且共从容

唐宋词讲稿

姚旭峰 著

上海交通大學出版社
SHANGHAI JIAO TONG UNIVERSITY PRESS

内容提要

唐宋词以其优美的文体和深曲要眇的抒情能力吸引着当代大学生进入词的世界。本讲稿授学生和读者以读词之法，更意在培养爱好者的一颗诗心。本讲稿以史为脉，以名家专讲为体例，每讲围绕一位重要词家，缘词史背景及问题导入，精读其系列作品，从语言修辞、情调意象、章法格律、文化典故、历史环境等多角度打开词境、探入词心，进行洞微察隐而别开生面的解析，既激活美感经验，也照亮理性觉知。十讲力图呈现十位古代文人的个体人生和精神世界，并建立与当下你我的心灵对话。讲稿定名为“且共从容”，即包含两重含义，或谓宋型文化的两种精神：对世间一切美好事物的敏感与珍爱；对人生诸般境遇的态度和应对。

本书适合大学生、古典诗词爱好者和普通读者使用。

图书在版编目(CIP)数据

且共从容：唐宋词讲稿 / 姚旭峰著. -- 上海 : 上海交通大学出版社, 2024. 12 -- ISBN 978-7-313-31815-2

Ⅰ. I207. 23

中国国家版本馆 CIP 数据核字第 20242MR493 号

且共从容：唐宋词讲稿

QIEGONG CONGRONG：TANG SONGCI JIANGGAO

著　　者：姚旭峰

出版发行：上海交通大学出版社　　地　　址：上海市番禺路 951 号

邮政编码：200030　　电　　话：021 - 64071208

印　　制：上海颛辉印刷厂有限公司　　经　　销：全国新华书店

开　　本：880 mm×1230 mm　1/32　　印　　张：11.625

字　　数：206 千字

版　　次：2024 年 12 月第 1 版　　印　　次：2024 年 12 月第 1 次印刷

书　　号：ISBN 978 - 7 - 313 - 31815 - 2

定　　价：68.00 元

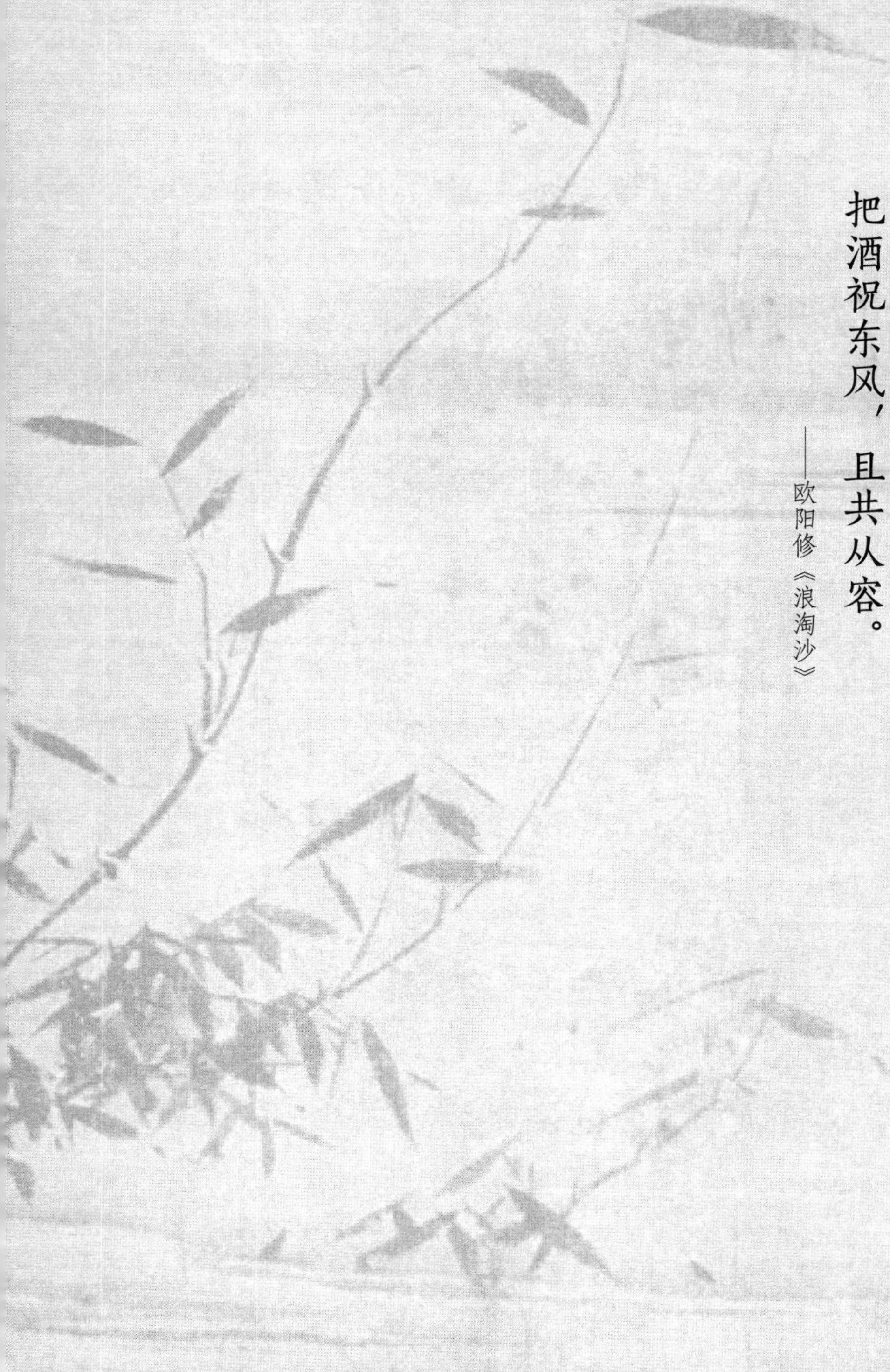

把酒祝东风，且共从容。

——欧阳修《浪淘沙》

诗词之美和人间情味（代序）

一

把酒祝东风，且共从容。垂杨紫陌洛城东。总是当时携手处，游遍芳丛。　聚散苦匆匆，此恨无穷。今年花胜去年红。可惜明年花更好，知与谁同？（欧阳修《浪淘沙》）

词起于酒宴歌席，兴于唐，盛于宋，总结陈说于清，一路走来，从遣兴之余技到抒情之大宗，况周颐谓“吾听风雨，吾览江山，常觉风雨江山外有万不得已者在。此万不得已者，即词心也。而能以吾言写吾心，即吾词也”（《蕙风词话》），王国维谓“词以境界为上”（《人间词话》），皆对“诗余”出身的这一轻量文体作了极具分量的评价。

上引欧阳修《浪淘沙》，很能呈现词诞生的情境和特有气质：在明媚春日，举起酒杯向东风祝祷。又是洛阳城春光繁盛时，忆起昔年和挚爱的人携手，徜徉于城东桃李芳菲、牡丹凝露的紫陌红尘深处。离别在即，惊觉聚散匆匆人生无定，奈何今年满城的花开得比去年还要浓艳。唉，待到明年花开时节，又有谁还在花树中和我同赏春光呢？

离亭别宴，对酒当歌。词在这样的场合应运而生，所以它歌唱的就是那心弦的最初一颤——敏感于世间风物人情的美好，又敏感于这美好的短暂易逝。当人以微小之个体走向广大世界时，他同时感知到了自我和世界：聚散离合、花开花落、漂泊流转，为世界法则，也是人生命运。在热烈而伤感的情怀中，升起诚挚祈愿：把酒祝东风，且共从容。愿这锦绣春光和我们的青春再多停留些时候吧。这像极了歌德《浮士德》中那句："你多美啊，请为我停留一下。"不过在中国古代诗人笔下，它并非情感和人生的终点，而是起点。欧阳修另有两句词："直需看尽洛城花，始共春风容易别。"像复调重歌又像自己的回答。

作为抒情诗之一种，称作"诗余"的曲子词在诗之后，返回自我，关注内部空间，灵敏轻盈地潜向微观世界。这是人生的另一种观照体验方式，呈现出另一般风景。当唐诗写遍浩荡山河，词回到闲庭静院，回到私己的角落。当诗以歌行跳荡的节奏穿越广阔天地，词却放缓时间，久久停留在一瓣落花或一缕池塘的涟漪之上。诗朝向大世界高迈庄严地言志，词在小世界内低回婉转地抒情。王国维说："诗之境阔，词之言长。"缪钺总结："词之为体，其文小，其质轻，其径狭，其境隐。"这些都道出词之初始与五七言诗的不同追求。而上溯诗歌源头，我们在《诗经》《楚辞》中就已看到不同表达——“风”是关于世界的诗，在世界中显示个体；“骚”是自我抒写的诗，由个体反映世界。它们殊途同归，构成古典诗歌道路的多样性和互补性。品赏唐诗宋词，人们也经常用“唐风宋韵”来形容——“风”是向外发扬的，“韵”是向内沉潜的。

词史上第一部文人词集为五代时期编撰的《花间集》，顾名思义，系花前月下的咏唱，主题则永远是为这自然风月所触发的爱情相思。以此为基调，爱情和时光之思成了五代至北宋词的流行主题，这些作品往往以惊人的敏感度，揭示和呈现世间万物的光彩，尤其是寻常、微小事物之美，转瞬即逝的美，它们若飞花轻盈浮空，或者如幽梦深潜于心灵深渺处。如果说古诗中常常出现一架望远镜，小词的世界里则仿佛嵌了显微镜。在风花雪月之外，婉约词甚至关注了一个极为微渺的物象：柳絮。本来，杨柳为诗歌经典素材，《诗经》谓“杨柳依依”，东晋才女谢道韫以柳絮状飞雪“未若柳絮因风起”，唐代王维的《渭城曲》再以春柳赋离别“客舍青青柳色新”，皆物色鲜明，得之天然。遵循着柳的物态特征和诗学意蕴，词又做了怎样的开掘呢？北宋词家张先称“张三影”，因其擅写通常被忽略的花影絮影，如“中庭月色正清明，无数杨花过无影”。这是什么感觉？月色清明，心中湛然，因而捕捉到了那近乎无声无息的生命形态——那流逝春光最后的脚踪或叹息。苏轼的杨花词《水龙吟》则往深幽处更进一步，以“似花还似非花”发问，在杨花（柳絮）飘忽不定的行踪和不即不离的神态中隐喻人的离思命运。盖因宋词恒常地观照着飞絮落花，后世曹雪芹著《红楼梦》，写到大观园诗社唯一一次填词，就用了“柳絮”这个题目。黛玉所填《唐多令》云：“飘泊亦如人命薄，空缱绻，说风流。”乃一向柳絮词的命意继承。宝钗却在一阕《临江仙》中翻出新意：“好风凭借力，送我上青云。”曹公可谓深深会得咏物词中的生命蕴意。

这种细微处的着力，正是词的用心，也体现词所附属的宋型文化的内倾气质。缪钺《论词》曾展开比较文章诗词：“人有情思，发诸楮墨，是为文章。然情思之精者，其深曲要眇，文章之格调词句不足以尽达之也，于是有诗焉……诗之所言固人生情思之精者矣，然精之中复有更细美幽约者焉，诗体又不足以达，或勉强达之，而不能曲尽其妙，于是不得不别创新体，词遂肇兴。”诚然，人的思想心灵有许多孔窍，词表达最“细美幽约”的情思。或许可以说，没有比词更关注生命、更多情的文体了。通过不断地洞幽察隐，词教你发现隐藏在弯曲小径后面的花园。一座花园可以包含无穷的生命哲思，容纳公共空间之外的私语，同时，它也隐秘地连通外部世界。在王国维著名的“三重境界说”

里，他裁取晏殊、柳永、辛弃疾三首词的各一句，用经典的爱情形象——独上高楼的相望、衣带渐宽的相思和蓦然回首的相遇，解说“古今成大事业大学问者”必将经历的三种境界，正是幽隐中见壮阔。

以上所说为大致的诗词之别。另一方面，我们应当看到：词也接应了传统诗歌的大部分命题，共处于中国古典抒情诗的传统中。从闺阁庭院、离亭别宴出发的曲子词，也将经历它的千山万水，跨越江海或塞漠。时代的变迁、创作者生命经验的介入，会让一种艺术形式不断突破疆界，譬如苏轼的“以诗为词”，辛弃疾的“以文为词”，迥然别立面貌，皆为阔大生命气象带来的文体开拓。明代学者张綖因此提出豪放、婉约之别。王国维虽总结“诗之境阔，词之言长”，而谈到李后主词又竭力称道其“眼界始大，感慨遂深”，对辛弃疾词的“横素波干青云之慨”更激赏不已。其实“辞情蕴藉”和“气象恢弘”，在一位词家身上亦并非不可兼美。

讲稿中的唐宋词，主题涵盖相思、节序、家山、行旅、流变……是人间情味的多重表达，至深切处，恰如晚清况周颐那段概说：“吾听风雨，吾览江山，常觉风雨江山外有万不得已者在。此万不得已者，即词心也。而能以吾言写吾心，即吾词也。”

二

词的别名很多，如倚声、曲子词、乐府、歌曲、乐章……都强调它的音乐属性。我们今天读词先看到词牌，如《更漏子》《渔歌子》《望江南》《蝶恋花》《西江月》《八声甘州》……像一个个浓缩古代生活和审美的符号，同时也蕴含了音乐信息。尽管词的音乐谱没能传诸后世（仅《白石道人歌曲》存十七首自度曲工尺谱），词的原初演唱方式难以再现，但是了解词乐关系仍有助于我们体会词的体式美。

诗大序云："诗者……在心为志，发言为诗。""言之不足故嗟叹之，嗟叹之不足故咏歌之。"中国传统抒情诗史始终伴随着音乐史，从诗骚到汉魏六朝乐府，从乐府到唐声诗，最初无不可歌。"弦歌不辍"的上古礼乐精神，"对酒当歌"的乱世怀抱抒发，还有"旗亭唱诗"所呈现的高适等唐代士子的风发意气，都联系着抒情诗的歌唱史，所对应的古典音乐体系，则为雅乐（上古/宫廷）、清乐（六朝）、燕乐（唐）。发源于胡夷闾巷的曲子词也被视为唐声诗变体，变齐言为长短句的动因之一即为适应日渐繁复的燕乐曲调。

李清照《词论》追溯词源，引用了一个传说中的故事：

乐府声诗并著，最盛于唐。开元、天宝间，有李八郎者，能歌擅天下。时新及第进士开宴曲江，榜中一名士先召李，使易服隐姓名，衣冠故敝，精神惨沮，与同之宴所，曰："表弟愿与坐末。"众皆不顾。既酒行乐作，歌者进，时曹元谦、念奴为冠，歌罢，众皆咨嗟称赏。名士忽指李曰："请表弟歌。"众皆哂，或有怒者。及转喉发声，歌一曲，众皆泣下。罗拜曰：此李八郎也。

玄宗朝设教坊，宫廷歌手曹元谦、念奴的歌艺为一时之冠（词牌中有《念奴娇》），让人叹赏；然而民间歌手李八郎一曲歌罢，竟令杏林筵上的新科进士们齐齐流下眼泪，说明曲子词的优势在体贴婉转，能移人情。李清照以映衬法揭示了流行歌曲的魅力和生命力，"自后郑、卫之声日炽，流靡之变日烦"。

作为俗乐机构，唐代教坊既创制新曲，也吸收民间音乐，教坊曲成为盛唐乐曲总汇。据统计，教坊曲演变为唐五代词调的有79种，如《菩萨蛮》《浪淘沙》《清平乐》《望江南》等，到了宋代，它们统称为旧声，以区别宋人创制的新声。在词牌的演变中，能看到它对音乐发展的配合，比如《浣溪沙》《木兰花》都出自唐教坊曲，上下片均为齐言，形貌像近体诗，到了五代北宋，就相继出现了《摊破浣溪沙》和《减字木兰花》，分别在原调基础上添字和减字，变齐言为杂言，以增加音乐文辞的表情变化；又如《望江南》，在唐代为单片，到宋代衍为双片，扩充了表达空间。词的分“片”，相当于歌曲的“遍”。一支曲子唱几遍，从词体可以直观看出来：小令多单片、双片；慢词甚至有三片、四片。词牌中但凡有“令、引、近、慢”，皆显示该调在原大曲中的乐段位置，也对应音乐的节奏和唱法。唐五代词多为小令，北宋逐渐出现慢词（长调）。擅长创制慢词的柳永堪称北宋词坛第一个风云人物：“变旧声为新声，大得声称于世。”

当北宋文人词兴起，文人词家各写其性情面目时，同时重视文学性和音乐性的李清照提出“词别是一家，知之者少”。词律较之诗律更精细：“盖诗文分平、侧，而歌词分五音，又分五声，又分六律，又分清、浊、轻、重。”何谓五音？宫、商、角、徵、羽，以五声音阶分；何谓五声？阴平、阳平、上、去、入，是对平仄的进一步细分。歌者的转喉发声，取决于五音、五声的协调安排。此外不同词牌各有押韵要求，平仄疏密有别，位置安排不一，这也区别于古近体诗，例如：“《玉楼春》本押平声韵，又押去声，又押入声。本押仄声韵，如押上声则协；如押入声，则不可歌矣。”李清照处于词体大盛的南北宋之际，她又是词坛名家，说的自是当行语。词为听觉的艺术，曲调声韵情辞皆配合到位，才能最大程度动人。

既然每一词牌对应着固定乐调，我们便可以想象，词家在下笔填词时，会依据情感和偏好挑选词牌。比如唐人笔记载，唐宣宗爱听《菩萨蛮》，令狐绹便密请温庭筠创制一批以进。菩萨蛮据说为蛮国女子的一种发型，华贵温柔，中晚唐最早一批《菩萨蛮》词，多关乎儿女相思，情调旖旎。而《蝶恋花》词牌，本名《鹊踏枝》，又名《卷珠帘》《凤栖梧》，五代北宋词家多用它写伤春悲秋、流连光景，北宋赵令畤曾以一组《商调蝶恋花》演绎《会真记》中的张生、莺莺故事。近世王国维也对该词牌情有独钟，创作了数阕佳制，如“最是人间留不住，朱颜辞镜花辞树”句，以春景写忧思，感慨时间之残酷。凡此表明，词调歌唱之“声情”，会一定程度影响填词内容。不过，随着词的创作普泛化，词牌与内容间的关系也越来越灵活。

以声情分，词有艳歌、雄曲，更多介乎之间的气质与风格。宋词中常见“清歌”：“帘内清歌帘外宴。”（柳永）“欲将沉醉换悲凉，清歌莫断肠。”（晏几道）“一阕清歌，且放梨花满。”（周紫芝）“清”，意味着动听、沁人心脾。歌声伴随牙板如珠串滚落，或向高处攀升，渐遏遥天。下面再摘举些宋词句子，以略窥若干常见词牌的声情：

《渔家傲》，出自道教法曲。晏殊句：“齐揭调，神仙一曲《渔家傲》。”揭调即高调。《渔家傲》为晏殊最常使用的词牌，有词十四首。欧阳修用之作鼓子词十二篇，歌唱时用小鼓伴奏。现存该调名作，或激越高亢，或感慨苍凉。

《水调歌头》，是《水调》大曲的头遍歌曲。苏轼句："谁家水调唱歌头，声绕碧山飞去晚云留。"苏轼以该调填写的佳作甚多。又晏几道句："《水调》声长歌未了。"当为悠扬高亢的曼声长调。

《念奴娇》，笛曲，高亢激越，念奴为玄宗朝宫廷女高音，歌声响遏行云。黄庭坚句："老子平生，江南江北，最爱临风笛。孙郎微笑，坐来谁喷霜竹。"辛弃疾句："片帆西去，一声谁喷霜竹。"苏轼《念奴娇》赤壁词最负盛名，因此该词牌别名《酹江月》。

《贺新郎》，又名《金缕曲》，音韵洪畅，歌时放声"浩唱"。是辛派词人最偏爱的词牌。叶梦得《贺新郎》："谁为我，唱《金缕》。"张元干《贺新郎》："举大白，听《金缕》。"辛弃疾集中有二十三首《贺新郎》，岳珂《桯史》记他"特好歌《贺新郎》一首"，或"抚髀自笑"，或"使妓迭歌，益自击节"，可以想象其声情之壮。

唐代燕乐乐器之首为琵琶，宋代唱曲子词多以笛箫、拍板伴奏，不过亦存乎作品风格。宋人笔记中载东坡幕僚的议论："柳郎中词，只合十七八女郎执红牙板，歌'杨柳岸，晓风残月'。学士词，须关西大汉、铜琵琶、铁棹板，唱'大江东去'。"可见声情辞情同演唱风格的协调是基本常识。南宋精通音乐的布衣词人姜夔，自度曲常以洞箫伴奏。

今天我们虽然听不到词的原始歌唱了，可词的音乐美保留在它的体式中。那些长长短短、参差错落的句子，疏密缓急间，或体现绸缪婉转之度，或传递清刚顿挫之韵，或携海雨天风之势。《人间词话》云："词之为体，要眇宜修。""要眇宜修"源出《九歌·湘君》："美要眇兮宜修，沛吾乘兮桂舟。"形容湘水女神的天然容色与曼妙风姿。词的情感是美丽的，精巧得宜的修饰使它臻于更美。尽管王国维最推崇艺术的真纯、词的"内美"，他仍然承认内美与修能的关系："'纷吾既有此内美兮，又重之以修能。'文学之事，于此二者不可缺一。"

三

本书十讲，选取唐宋词十位名家，细读作品，阐说词境与词心，并由之连接出晚唐到南宋这一段词史历程，让读者领略艺术和人生的风景。

这十位词家多为士大夫精英，他们既承担着传统社会士阶层的家国使命和道德伦理责任，也在各自的人生道路上砥砺跋涉，词披露他们的思欢怒愁，抒发他们的抱负意志，呈现甚至帮助他们建构生命态度——从一花一草、世界的温情，到江河湖海、浩然气象的养就。尽管每位词家在禀赋气质、人生际遇、精神境界上各不相同，于词的创作投入亦不同，但他们对心灵和情感的珍视、对生命价值的追寻又是一致的。词中所蕴含的生命美质，奋发踔厉者可以予人勇气，深沉蕴藉者可以启人深思，伤感型人物也别有婉转低回中的情感坚守，即叶嘉莹先生说的“弱德之美”，故万殊一本，皆能予我们以生命意义的启迪。

伴随着那些优美的词章，我们将走近十种似乎并未远去的人生，有时我们如此靠近他们生活的某一处现场——某一刻月下徘徊的身影、某一段旅程、某一场登高、某一次午夜梦回，甚至，能感受到那梦的温度和呼吸！我们穿越到某一个可以确信的日子，看见西湖的荷花、赤壁的月色，听到长江上的笛音，或者，在沙湖道中淋了一场透雨。我们进入那些有限性的空间：闭锁的深深庭院、迷失在雾色中的楼台、夜雨敲打的松窗……和他们一起思考破解这有限性的可能。时或，我们仿佛飞举起来，陶醉在那穿过千载与千里、浩荡而至的“快哉风”中……另一方面，在自己的世界里，我们也每每和那些句子相遇，比如在校园里看到花开，又或值毕业季的分离，心中就涌起类似“把酒祝东风”的感慨。我在课堂上常听学生谈苏辛、谈李清照，还曾有位大一男生说他喜欢姜夔，他语调平静地念出两句：“沙河塘上春寒浅，看了游人缓缓归。”然后说：“人生就是这样的，人生就是这样的。”那一刻，朴素的语言传递出别样的深深触动。

讲稿的写作源于我在上海交通大学中文系开设的“唐宋词课程”，后来，这门课面向全校展开，分别安排在春、秋学期。春季学期通常从元宵前后开始，秋季学期则大致始于中秋。词是如此富于节律性的文体，应和着窗外的四季。春天的湖畔，柳色每一周都不同，从冒出淡金色的芽尖到濯濯映水，逐渐柳烟转浓、柳絮扑面，其间梅樱桃李、芳菲相续，正仿佛唐五代宋初词呈现的春之娇妍。当时序转向初夏，“楼上晴天碧四垂”时，课程恰好来到博大精工的美成词。秋夜皓月高悬，西风飒爽，我们正好读到辛词。而当枫叶凋了霜红、湖心冷月无声时，白石出场了。就这样，词以对自然和人生无所不在的照映、揭示，提醒我们去欣赏、珍惜。讲稿命名为“且共从容”，即提取十讲内容的核心含义，或谓宋型文化的两种精神：对世间一切美好事物的敏感和珍爱；对人生诸般境遇的态度与应对。

讲稿另附20帧插图，多数为珍藏于各大博物馆的唐宋元明清书画，它们从不同角度描绘、呈现唐宋人的生活和审美意趣，以及世所共仰的文化风度，可和词的文本做对照互读。我希望与大家一起欣赏这些美好的作品。至于讲稿的粗疏谬误处，也诚请方家不吝指正。

目录

第一讲

屏风流光：
温庭筠和花间风调

如何看待美？美于这世界的价值和位置何在？古今中外哲人和凡人大抵都会面对这个问题。契诃夫有一句经常被引用的名言：人的一切都应该是美的——容貌、衣裳、心灵、思想。（《万尼亚舅舅》）孔子则说过：吾未见好德如好色者也。（《论语 · 子罕》）如果作简单概括：容貌和衣裳为色，心灵和思想大约可算德。契诃夫表达了关于人的理想，孔子那句话则有慨于一种现实状态。

而最常听到的俗谚是：爱美之心，人皆有之。

儒家对纯粹的外在美抱有警觉态度，道家更有一种超然的否定："五色令人目盲，五音令人耳聋"。哲学家寻求超越欲望的智慧，西哲中亦有相近表述，如："当我寻找真理，我得到了美；当我寻找美，却得到了空虚。"这样的声音反复提醒世人美的诱惑与迷乱。但是文学艺术与政治道德宗教不同，文学承载全面的人性内容，面对诱惑和迷乱，宗教家和道德家的诫命反而强化了人打破禁忌和逾越界限的冲动。我们在文学史中会看到这样的基本面貌：一方面，文学的源头声色已开，声色之美伴随着文学创作历程；另一方面，所有哲学的、道德伦理的、宗教的声音都会介入和回响于文学艺术的世界。

"词之为体，要眇宜修"（《人间词话》未刊稿第 13 则）。"要眇"指曼妙美好的容貌，"宜修"谓宜于修饰。王国维用屈赋对人神之际的美女的形容来概说词，精妙地道出词的气质。首部文人词集《花间集》，歌咏美女与爱情，叶嘉莹译成英文 *The Collection of Songs Among the Flowers*，从这个名称就可以想见里面收集着非常美丽的歌词。

一　镜前的女子

下面这首温庭筠的《菩萨蛮》，是《花间集》居首作品，也被视为花间定调之作：

小山重叠金明灭，鬓云欲度香腮雪。懒起画蛾眉，弄妆梳洗迟。　照花前后镜，花面交相映。新帖绣罗襦，双双金鹧鸪。

读这首小词，仿佛看到缓缓叠映的一组精美画面：日光照进居室、落在床榻半折叠的青绿山水屏风上，屏风上泥金闪烁，光影明灭。光映出侧边一张女子美丽的脸：发髻半松、乌云般低垂到她明艳如白雪的腮上。女子半支身体，意态慵懒，似仍未从梦境走出。我们看到她低垂的眉目、迷离惝恍的神情。镜头转换，女子现在已坐到妆台前，晨妆初就，正缓移手指，往丰盛的发髻上插戴一朵新撷的牡丹，同时微微转动颈项，让面前的镜子映照另一持于身后的镜子，前后镜面中云鬓花颜相映，云髻簇拥着的凝妆面庞，正如那朵娇艳的牡丹花。

她款款立起身，完成晨妆最后一步，穿上为这个春天精工巧绣的绫罗春衫，罗衫的前襟上，一对翅羽金光闪闪的鹧鸪两相顾盼。

温庭筠（约801—866），出身晚唐没落贵族家庭（唐初名相温彦博后裔），“士行尘杂，不修边幅，……与新进少年狂游狭邪”，“能逐弦吹之音，为侧艳之词”（《旧唐书·温庭筠传》）。温庭筠开创了花间词风，五代时后蜀赵崇祚编第一部文人词集《花间集》，列他为十八家中第一家，后人称其为“花间鼻祖”。在温庭筠之前，中唐诗人韦应物、白居易、刘禹锡等虽都留下词作，但属于配乐填词的偶然尝试，作品亦无多。温则词名不逊诗名——在晚唐诗坛，他与李商隐并称“温李”，在词坛，与稍后的韦庄并称“温韦”。然于蔚然大观的唐诗，他属殿军，于新兴的词，则是开先者。“词之初起，若刘、白之《竹枝》《望江南》，王建之《三台》《调笑》，本蜕自唐绝，与诗同科。至飞卿以侧艳之体，逐管弦之音，始多为拗句，严于依声。往往有同调数首者，字字从同；凡在诗句中可不拘平仄者，温词皆一律谨守不渝。”“凡其拗处坚守不渝者，当皆有关于管弦音度。飞卿托迹狭邪，雅精此事，或非漫为诘屈。”（夏承焘《唐宋词字声之演变》）温的精擅音乐和通晓音律，使他成了曲子词这一新领域的弄潮儿。

《菩萨蛮》一调为唐教坊曲，调名据说与一种外藩女子的发型相关："大中初，女蛮国入贡，危髻金冠，璎珞被体，号'菩萨蛮队'，当时倡优遂制《菩萨蛮曲》，文士亦往往声其词。"（《词谱》卷五引唐苏鄂《杜阳杂编》，龙榆生《唐宋词格律》页204）据此可知此调输入在公元847年以后，但开元间人崔令钦著《教坊记》已有此曲名，可能此队舞不止一次输入中国。温庭筠的《菩萨蛮》组词盛一时之名，唐人笔记称："宣宗爱唱《菩萨蛮》词，令狐相国（令狐绹）假其（温庭筠）新撰密进之。"（《北梦琐言》卷四，引自《温庭筠词集　韦庄词集》页11）

尽管调名即词牌名称在日后并不关联着词的内容，早期词却显示了相应关系，这首《菩萨蛮》便从女子梳妆入手，而同调联章的其他作品亦皆细致描绘女子的妆容、发髻、首饰。所以，我们大抵可以想象：温词的情调与当时乐曲的风致是高度接近的，其富艳精工，亦为宫廷队舞之形态追求。

回到这首词的情境：一位美女的起床和梳妆，蕴含了什么意义情味呢？

读温词，不妨首先借之品味唐代仕女之美。这种美与今天深受西方审美影响的现代女性美颇有不同，与宋以后尤其明清追求的单薄清秀之美也不一样：唐代美女是丰腴而明艳的，一如唐人最爱的牡丹花。头发如云一般丰盛，肌肤如雪一般明艳，再加以脂粉首饰的点染插戴。我们在唐代仕女画和文物中看到的女性妆容，追求饱满浓郁，相当大胆有创意——据统计，光眉妆就有几百种，通常剃去天然眉、以矿物颜料“眉黛”画出时兴样式。画眉因此成为女子的重要技能，甚至是邀宠的手段。“芙蓉如面柳如眉”，说的是杨贵妃；“妆罢低头问夫婿，画眉深浅入时无”，说的是新嫁娘洞房中的情态；“敢将十指夸针巧，不把双眉斗画长”，说的是“为他人作嫁衣裳”的贫女——开个认真的玩笑，如果你是手残党画不好眉毛，那在唐代是没有出路的。这首词中的女子“懒起画蛾眉”，但最后还是在镜前好好描画了一番，用心完成全套晨妆。“照花前后镜，花面交相映”，可见她对自己的容颜极为在意且深怀自恋。

女子的精心梳妆为哪般？今天的女权主义者会严格区分“女为悦己容”和“女为悦己者容”，强调：我不是为另一个人打扮，我为自己打扮。古代的女子多半还没有这种自觉。“伯也之东，首如飞蓬。岂无膏沐，谁适为容！”（《诗经·卫风·伯兮》）《诗经》中的这段咏叹，是“女为悦己者容”（更准确说是“女为己悦者容”）的古老出处：她的爱人去前线打仗了，于是她再也没有梳妆的心思，放着那么多化妆品，却一任自己“首如飞蓬”。此首《菩萨蛮》的上半片，“鬓云欲度香腮雪”，是美化过的“首如飞蓬”，暗示了女子的情怀和忧思：她的爱人显然不在身边。

满怀忧思的美女的梳妆情景可能是更动人的。下面引一个东晋的故事说明这点，也就是成语“我见犹怜”的出处：

桓宣武平蜀，以李势妹为妾，甚有宠，常著斋后。主始不知，既闻，与数十婢拔白刃袭之。正值李梳头，发委借地，肤色玉曜，不为动容。徐曰：“国破家亡，无心至此。今日若能见杀，乃是本怀。”主惭而退。（《世说新语·贤媛》第21条）

《世说新语》常常讲述魏晋人对美的迷恋，美男子的故事有潘安和卫玠。上文中李势妹是一名美丽的女俘，东晋的将军桓温平蜀，把她作为战利品纳为侍妾，但桓温的夫人乃晋室公主，为人彪悍，知道丈夫纳了偏房后，率领数十位侍婢带着刀剑闯入李氏居所。时李氏正在梳头，乌黑的长发一直垂到地面，黑发映衬得肌肤如莹洁的白玉，见到公主来势汹汹，她并不惊慌失措，而是非常沉静地说道：“国破家亡之人，根本无意于做人侍妾，如果今天公主把我杀了，正符合我的本意。”一路闯将过来的公主听闻此话，倒是愣住了，“惭而退”。

可能是李氏梳妆的那个画面给人印象太深，刘孝标注《世说新语》引《妒记》对这一段作了更生动的演绎：

……见李在窗梳头，姿貌端丽，徐徐结发，敛手向主，神色闲正，辞甚凄惋。主于是掷刀，前抱之："阿子，我见汝亦怜，何况老奴。"遂善之。（刘孝标注引《妒记》）

正在梳发的李氏的美丽，当然还有她沉静而凄婉的神情瞬间打动了公主，于是一个戏剧化逆转场面出现了——公主丢下刀，向前一把抱住李氏："姑娘，你这样的人品我见了都爱呢，何况那个老东西！"

如果说《世说新语》这个故事展示了美的力量，梳妆画面呈现了人在屈辱中仍可能拥有的优美和尊严，那么还有另一种情形：镜前的梳妆也揭示一种悬置的美。侯孝贤电影《刺客聂隐娘》第 50 分钟起，嵌入数分钟藩镇主母田氏梳妆的镜头，以恍如静止的长镜头，呈现仪式化的富丽精艳场景，画面中心的丽人，伺妆的婢女，敛声专注，只有手指和目光的移动，以及钗饰轻微的窸嗦声。画外的观众凝视画中人，画中人亦向镜中深深凝视着自己。这一组内景镜头，色调饱满浓郁，像极了温词的氛围。然而我们知道电影的剧情：田氏久已和丈夫失和，她光艳的容颜于那位别有所欢的藩主是无意义的，他的目光甚至不在上面作片刻停留。这组梳妆的长镜头，以富丽奢华的场景，反差性地呈现人物内心深深的压抑与痛苦，那镜中人美丽的容颜，仿佛一个空洞的面具。

或许你已经发现：《菩萨蛮》的词境可以镶嵌到不同的故事里，这位簪花照镜的女子，可能拥有截然不同的命运。但无论如何，簪花照镜，意味着一种自我价值的寻觅和发现。这里不妨稍微借鉴一下拉康的镜像理论：人在镜前看到自己、发现这就是自己，此系自我确认过程，在此过程“镜像”会逐渐内化为自我，比如说出现自我幻想和自我迷恋。艺术便也像这样的一面镜子。事实上，中国古典文学中一直有一面镜子，从古诗到婉约词再到后来的戏曲，这面雕饰着花纹的镜子伴随着无数女子的自我认知和想象，伴随着她们生命中的渴望或失落——美需要感应，青春不当辜负，爱情是在爱自己的人身上获得价值的证明。“新帖绣罗襦，双双金鹧鸪。”《菩萨蛮》结拍，再度出现一片金色，词中一开始穿越屏风的那道光，现在照亮新衣前襟以金线绣出的璀璨禽鸟，如百转千回而呼之欲出的渴望。

明代戏曲家汤显祖曾评点《花间集》，自己的创作也深受影响。其传奇杰作《牡丹亭》讲述名门闺秀杜丽娘“情不知所起，一往而深”的故事，作为重头戏的《惊梦》一出细细刻画了杜丽娘在春天早晨的对镜理妆，镜前的杜丽娘逐渐发现了自己幽闭的青春，有【步步娇】【醉扶归】两支曲子：

【步步娇】(旦)袅晴丝吹来闲庭院,摇漾春如线。停半晌,整花钿,没揣菱花,偷人半面,迤逗的彩云偏。(行介)步香闺怎便把全身现?(贴)今日穿插的好。

【醉扶归】(旦)你道翠生生出落的裙衫儿茜,艳晶晶花簪八宝填,可知我常一生儿爱好是天然?恰三春好处无人见,不提防沉鱼落雁鸟惊喧,则怕的羞花闭月花愁颤。

"可知我常一生儿爱好是天然",表达的是对美发诸天性的向往;"恰三春好处无人见",道出青春生命被幽闭和忽视的痛苦。另外,在绘画领域,唐代有《簪花仕女图》,宋代有《绣栊晓镜图》,可结合欣赏。当然,簪花照镜绝非中国文学和中国艺术专利,在日本浮世绘中,在西方文学和绘画中,你同样可以找出数量可观的已成为经典的"镜前的女子"。

二　　画屏上的人生

温庭筠的《菩萨蛮》今存十五首，其中十四首似一组联章，彼此存在细密的内部联系，可以被视为一件整体作品。上节重点讲了头一首“小山重叠金明灭”，下面来读读接下来的作品：

水精帘里颇黎枕，暖香惹梦鸳鸯锦。江上柳如烟，雁飞残月天。　　藕丝秋色浅，人胜参差剪。双鬓隔香红，玉钗头上风。（其二）

这是第二首或谓第二章。它和首章有什么关联？你发现它像是倒着往回写——词的上片，回到昨夜的睡眠和梦境。

仍是用精美的陈设器物来写女子居所。“水精帘”即水晶帘，“颇黎枕”即玻璃枕。水晶和玻璃皆有晶莹剔透的质地，水晶帘大抵为透明的珠子串成的帘子，李白有诗：“却下水晶帘，玲珑望秋月。”玻璃枕是硬枕，我们可能觉得讶异，但古人常用玉枕、瓷枕等硬枕，或亦有琉璃材质的，温庭筠另有诗：“颇黎枕上闻天鸡。”当然，“水精帘”和“颇黎枕”本身含有文学修辞意味，形容月光照进卧房的场景，与日光相比，月光是冷色调的。对应第一句物象的清凉剔透，第二句进行了反差性调和：“暖香惹梦鸳鸯锦”——居室虽月色清冷，但眠床是温暖的，而且给人芬芳馥郁之感，因为有人的体温，更有情感的温度。后面五言两句则宕开去，离开小小居室，去向开阔的自然空间：“江上柳如烟，雁飞残月天”，这是女子的梦境呢？还是她梦醒之际的想象？无论如何总为她思绪的萦系。

下片便转向了白天，已然是梳妆穿戴好的模样：从衣裳写到发式插戴。与上一首比，不着金饰，采取较为清新的自然色，仿佛有意在浓妆之后来个淡妆，以呈现参差之美。“藕丝秋色”为淡紫色，介于浅灰和粉之间，给人轻盈感；“人胜”是一种用纸或彩绸剪出的人形或花形首饰，通常在正月七日即人日插在头上作吉祥插戴，可像吊坠般挂在钗子上，再将钗子插于发鬟。“玉钗头上风”，说的是人胜很轻，时时随风在钗头飘起来。整首词从上片的通透到下片的轻盈，色彩较首章清淡许多，唯“暖香”“香红”点缀其中，又连通了非常饱满的生命气息。

两首读下来，感觉温庭筠真是非常讲究美的映衬搭配的艺术家。但且慢，这只是开了个头，还有更多的意趣等着我们：

蕊黄无限当山额，宿妆隐笑纱窗隔。相见牡丹时，暂来还别离。　　翠钗金作股，钗上蝶双舞。心事竟谁知？月明花满枝。（其三）

说起来，如果细细读完温庭筠十四首《菩萨蛮》，你也就对唐代女子的妆容有了基本了解。这一章是从额妆开始写的："蕊黄无限当山额"，"蕊黄"即额黄，又叫花黄，还称鸦黄、约黄等，《木兰诗》写荣归故里的木兰恢复女儿身："当窗理云鬓，对镜帖花黄。"又李商隐有诗曰："寿阳公主嫁时妆，八字宫眉捧额黄。"（《蝶三首》其三）寿阳公主乃南朝刘宋时一位美貌且引领时尚的公主。由此看来女子额部涂黄，南北朝时就很流行了。唐代女子喜爱高髻、险妆，多去眉、开额，为额面留出化妆的宽广空间，用鲜艳的黄色颜料涂亮，绘出花蕊般图案，非常艳丽。另外还可采用剪贴式，把金黄色材料剪成花朵、月亮等图案，粘于额上，同样有明艳的装饰效果。一个面容姣好的女孩子，顶着娇艳的额妆，大约是非常动人的，故常见于诗词描写。此词以额妆为记忆特写，似还有个缘故，我们读到下句就知道了：女孩子当初与情人是隔着纱窗相见的，这使得面部变朦胧了，于是男子最清晰的印象便是女子额上那一片娇艳的蕊黄，还有那含羞的一笑。这一情景为女子的记忆所追溯，当是那一瞬间她看到了情人目光中的自己，这便是美的感应与确认。他们相遇是在牡丹花盛开的季节，相聚的时光也像牡丹花季一样短暂。下片由记忆中的情景转入当下。又到牡丹开时，明月照着花枝，女子的翠钗上有两只金片打造的蝴蝶，它们在钗上颤袅，如蝴蝶双双轻舞——这是女子在相思的寂寞中，再度看到了自己。

由于此章颇富情节性，浦江清先生做了很妙的解读："词在戏曲未起以前，亦有代言之用，词中抒情非必作者自己之情，乃代为各色人等语，其中尤以张生、莺莺式之才子佳人语为多。宫闺体之词譬诸小旦的曲子。'蕊黄无限当山额，宿妆隐笑纱窗隔'，此张生之见莺莺也。'相见牡丹时，暂来还离别'，此崔、张合写也。'翠钗'以下四句，则转入莺莺心事……"（《词的讲解》）这一读法颇能增添意趣。

现在我们跳到第六首：

玉楼明月长相忆，柳丝袅娜春无力。门外草萋萋，送君闻马嘶。　　画罗金翡翠，香烛销成泪。花落子规啼，绿窗残梦迷。（其六）

就像故事线慢慢呈现、慢慢清晰，到第六首我们循着女子的追忆，看到了他们分别时的景象，那是在暮春时节，“柳丝袅娜春无力”，情调亦如李商隐的诗句：“相见时难别亦难，东风无力百花残。”叶嘉莹先生有次被问及李商隐何以不写词，回答说“义山诗已经很近于词了”。我们要记得温李乃同时代人，亦且相交，情调接近那是很自然的。不过词的韵致仍和诗不同，词更轻盈，更具参差变化之美。此章笔墨，一半在明月映照的玉楼：“画罗金翡翠”，写居室精致，“香烛销成泪”，写居人寂寥，环境的精致与心情的寂寥，正构成富有张力的反差；另一半笔墨落于记忆和当下感知中的自然空间——时序流转，又来到了当初送别的季节，那个说好要回来的人还没回来，“花落子规啼，绿窗残梦迷”。不仅为此章收结，而且暗暗联系了此前第三章的纱窗和牡丹花。

第八章再次出现了牡丹花和绿杨，还有月光和灯烛，第六章尚在言烛泪，此章则进而写居人的眼泪——那刻骨的相思反反复复缠绕着这个春天。除了时序已到残春，我们注意到时间不知不觉也停留在一天当中的夜晚：

牡丹花谢莺声歇，绿杨满院中庭月。相忆梦难成，背窗灯半明。　　翠钿金压脸，寂寞香闺掩。人远泪阑干，燕飞

春又残。（其八）

最后我们读一下末尾几章：

宝函钿雀金鸂鶒，沉香阁上吴山碧。杨柳又如丝，驿桥春雨时。　　画楼音信断，芳草江南岸。鸾镜与花枝，此情谁得知。（其十）

南园满地堆轻絮，愁闻一霎清明雨。雨后却斜阳，杏花零落香。　　无言匀睡脸，枕上屏山掩。时节欲黄昏，无憀独倚门。（十一）

夜来皓月才当午，重帘悄悄无人语。深处麝烟长，卧时留薄妆。　　当年还自惜，往事那堪忆。花露月明残，锦衾知晓寒。（十二）

竹风轻动庭除冷，珠帘月上玲珑影。山枕隐浓妆，绿檀金凤凰。　　两蛾愁黛浅，故国吴宫远。春恨正关情，画楼残点声。（十四）

我尽量多录篇什以呈现十四首《菩萨蛮》的整体感。浦江清将它们比作十四扇屏风："此十四章如十四扇美女屏风，各有各的姿态。但细按之，此十四章之排列，确有匠心，其中两两相对，譬如十四扇屏风，展成七叠。不特此也，章与章之间，亦有蝉蜕之痕迹。首章言晨起理妆，次章言春日簪花，皆以楼居及服饰为言，此两章自然相对，意境相同，互相补足。三章言相见牡丹时，四章言春日游园，三章有'钗上双蝶舞'，四章言'烟草粘飞蝶'，亦相关之两扇屏风也。""自首章言晨起理妆，中间多少时日风物之美，欢笑离别之情，直至末章写夜深入睡，是由动而返静也。"（《词的讲解》）

浦江清将《菩萨蛮》比作"美女屏风"，王国维则拈取温词中一句"画屏金鹧鸪"来概括飞卿词品。为何皆以屏风作比？还记得本讲正是从一叠山水屏风打开温词的世界吗？"小山重叠金明灭"，说的就是床上的山水折屏。如果你见过屏风的实物或图片，就知道这是一种非常美的传统工艺、一种装饰艺术，普遍存在于中国古人的生活空间。顺便提一句，可可·香奈尔也是中国屏风的爱好者和收藏者。温庭筠及花间词家常写到屏风：床上屏风、案上屏风、居室立屏，材质为沉香木、漆器、或玉质，工艺结合了泥金彩绘、精工细雕和螺钿装饰。屏风的图案与装饰，体现了流行审美和习俗，多山水、花卉、禽鸟、仕女人物等，或将各种元素巧相组合。你可以从屏风上看到传统中国人的生活。温庭筠的词，在对美的极致追求上、在生活场景和形象的提取上、在错彩镂金的装饰技巧上，有着近乎屏风般的精细工艺。

我们再借美国汉学家宇文所安的一段论述深化上述认识，在《追忆·绣户》一文中，他为婉约词找到的比喻是雕饰精美的门窗，与屏风相类：

> 词是在内部世界中，在一间屋子里或者在人的心里，才感到最为自在。当他的主题是回忆时，词作者会感到特别舒服，因为回忆提供了取自生活世界的形象和景象的断片，这些形象同人的感情是不可分割的，它们根据感情的内在世界的规律，又重新被组织起来。（宇文所安《追忆》，页135）

> 在词里，作者的结构的力居于主导地位：植物、动物、季节、天气和时间，都被搬离生活世界重新加以组织，不是根据经验世界的规则，而是根据内在情感世界的法则。（同上，页149）

所谓回忆主题偏好，以及根据情感世界的法则来组织植物、动物、季节、天气和时间，在《菩萨蛮》组词中可以看得非常清晰。他尚未说到的还有居室器物。我们不妨仍以“画屏金鹧鸪”为喻，画屏是居室器物，鹧鸪却是来自大自然的形象，犹如屏风留下了禽鸟的形象，闺怨词也总喜欢描绘包括动植物和天气在内的自然形象，或者说，相思女子的思绪徘徊在她的生活空间和想象空间中。

《菩萨蛮》组词用两个序列形象来营造美的场境，一是器物陈设之美：

> 小山重叠金明灭。（其一）
>
> 水精帘里颇黎枕，暖香惹梦鸳鸯锦。（其二）
>
> 翠钗金作股，钗上蝶双舞。（其三）
>
> 画罗金翡翠，香烛销成泪。（其六）
>
> 翠钿金压脸。（其八）
>
> 宝函钿雀金鸂鶒，沉香阁上吴山碧。（其十）

温词的香艳藻饰多体现于女子的容颜服饰及闺阁装饰上。据统计，其词作中用“金”字约三十处，用“红”“翠”字各近二十处，上举数例可见一斑，故而周济《介存斋论词杂著》称“飞卿严妆也”，王国维称“‘画屏金鹧鸪’，飞卿语也，其词品似之”，亦就此中着眼。不过，这恐怕也与时代习气有关，唐代本尚金银器，追求华艳富贵之美，与宋之雅淡幽约趋向有别。

再是自然物色之美：

相见牡丹时，暂来还相别。（其三）

池上海棠梨，雨晴红满枝。（其四）

牡丹一夜经微雨。（其七）

牡丹花谢莺声歇。（其八）

满宫明月梨花白。（其九）

雨后却斜阳，杏花零落香。（十一）

雨晴夜合玲珑月，万枝香袅红丝拂。（十三）

竹风轻动庭除冷，珠帘月上玲珑影。（十四）

十四首《菩萨蛮》皆写春天，由春光物色之动人而喻年华美好当珍重——语语是景，语语是情。十四首中，季候时序的编排亦极富心思，由上举例子可见：牡丹之花开花谢贯穿了数章，暗示春光的流转和相思转浓；柳这一物象亦反复出现，如张惠言概说："'柳丝袅娜'，送君之时。故'江上柳如烟'，梦中情境亦尔。七章'阑外垂丝柳'，八章'绿杨满院'，九章'杨柳色依依'，十章'杨柳又如丝'，皆本此'柳丝袅娜'言之，明相忆之久也。"（《词选》）

中国传统文学交错着两种审美：错彩镂金和出水芙蓉。温庭筠《菩萨蛮》组词相当纯熟地融合了这两种审美。美的居室、美的器物、美的山水、美的风物，映衬着美的女子、美的仪态，最后引入美的情感想象。这便是十四扇美女屏风令人目眩神迷的魅力。

十四首《菩萨蛮》，可以读作女子的一天或整个春天，甚至也可以读作岁月流转中她的一生。

三　温词和托喻传统

五代时，后蜀赵崇祚选录了温庭筠、皇甫松、韦庄等十八家词共五百首为《花间集》，欧阳炯作《花间集序》称："则有绮筵公子，绣幌佳人，递叶叶之花笺，文抽丽锦；举纤纤之玉指，拍按香檀。不无清绝之词，用助妖娆之态。"词被视为娱宾遣兴的工具，在绮筵公子与绣幌佳人之间交接，前者填出艳词，后者唱出清歌——词为"艳科"局面形成。《花间集序》还有一句重要的话："自南朝之宫体，扇北里之倡风。"明确道出花间词和齐梁宫体诗的传承关系。欧阳炯本人，也为花间词家。

《花间集》给后世留下的基本就是这一印象，如王国维《人间词话》谓："读《花间》《尊前集》，令人回想徐陵《玉台新咏》。"（《人间词话》未刊稿第46则）《玉台新咏》是南朝梁代徐陵编纂的一部诗歌总集，收东周至梁代诗歌，专收艳歌，提供给后庭歌咏，言情绮靡。徐陵本人是梁朝宫廷诗人，也为宫体诗最重要的作者之一。宫体诗多写宫室、器物、美女，再现富于官能诱惑的种种美态，同时也以细致入微的体察和描绘，提供了对大千世界新的观照。《玉树后庭花》《春江花月夜》等，都是南朝宫体诗题目。

因为温庭筠为花间第一家，后面的作者多多少少都受其影响，所以通常认为正是温词开花间艳科，花间词家之一的孙光宪就说温词“香而软”（《北梦琐言》），到清代刘熙载总结：“精妙绝人，然类不出乎绮怨。”（《艺概》）“精妙绝人”当然是赞语，“类不出乎绮怨”却似乎流露了某种遗憾。这就回到本讲开始提出的问题：美本身具有足够的价值吗？光写美女与爱情有什么问题？

中国传统文学批评讲究知人论世，时代特征、个人品格都会影响到对文学作品的看法。南朝是偏安江南的小王朝，宋齐梁陈国祚皆短，史家多将历史教训系之于君王的奢靡逸乐，“商女不知亡国恨，隔江犹唱后庭花”，《后庭花》之类的歌诗是有原罪的。温庭筠身处的晚唐，也是王朝走向没落而文学声色大开的时代，花间大部分词家则生活在五代西蜀，乱世偷安，自难有可观的政治气象，唯在声色之美上多有浸淫。因此，若诉诸道德批评，便是孔子那句话：“吾未见好德如好色者也。”若借之李清照《词论》的评价，便是“郑、卫之声日炽，流糜之变日繁”。——郑、卫之声同样出自孔子语录：“恶郑声之乱雅乐也。”（《论语·阳货》）

为温词作重新诠释和整体辩护的也是清代词论家，代表人物为常州词派的张惠言。周济《介存斋论词杂著》载张惠言语云：“飞卿之词，深美闳约，信然。飞卿蕴酿最深，故其言不怒不慑，备刚柔之气……《花间》极有浑厚气象，如飞卿则神理超越，不复可以迹象求矣。”“深美闳约”，谓深邃而优美，广博又精妙，这是极高的评价。“酝酿最深，不怒不慑”，“神理超越”，可见张惠言对温词别有体会。在张惠言看来，十四首《菩萨蛮》绝非单纯的“绮怨”，而是“感士不遇也，篇法仿佛《长门赋》。而用节节逆叙”。首章“从梦晓后，领起‘懒起’二字，‘照花’四句，《离骚》初服之意”（张惠言《词选》）。一言以蔽之：张惠言在温词中看到了传统意义上最深沉的寄托。

何为《离骚》初服之意？我们来看看其原文：“进不入以离尤兮，退将复修吾初服。”（《离骚》）两句意思为：既然我的进言不被听从、采纳，自己反而获罪，那么我应当退回来重新修整我的衣服。屈原的《离骚》往往用芳洁的服饰比喻美好的品德，“初服”喻固有的美德。张惠言认为：飞卿词继承了屈骚“香草美人”的传统，《菩萨蛮》中满怀相思幽怨而对镜理严妆的美丽女子，托指落魄不遇而深怀理想的士，换言之，正是身处末世的温飞卿自己。

张惠言的观点，得到《白雨斋词话》作者陈廷焯的完全继承：

飞卿词全祖《离骚》，所以独绝千古。《菩萨蛮》《更漏子》诸阕，已臻绝诣，后来无能为继。（《白雨斋词话》卷一第 7 条）

飞卿短古，深得屈子之妙；词亦从《楚骚》中来，所以独绝千古，难乎为继。（卷七）

飞卿词，大半托词帷房，极其婉雅，而规模自觉宏远。（卷七第 39 条）

叶嘉莹先生曾分析：造成对温词评价如此悬殊的原因是其词中表现的意境有一种特质，也就是文学艺术传达手法上的特质。温词有几点特色：一是标举精美的名物，且标举形式为感性的呈现而非理性的说明，这就容易引起读者的联想。温词的第二点特色，就是与托喻之作的传统有暗合之处。即《离骚》的“香草美人”传统，已经深植于中国文人的语义系统，而温词暗含于这个系统。那些不同意温词有托喻的学者，如李冰若、王国维（叶嘉莹也持这观点），也多半是从飞卿平生行事做推论。

其实，这正是文学艺术的模糊性和多义性魅力。与温庭筠同时代的李商隐，其《无题》诗系列聚讼至今——是写美丽哀婉的爱情呢？还是政治隐喻？义山本人称“楚雨含云俱有托”，又为何意？据此，当代作家王蒙提出爱情失意和政治失意的内心体验同构说，认为不必严执区别，创作者有个“混沌的心灵场”，同时投射生命的诸多感受。我比较同意这个观点。

再展开来看，不管温庭筠主观上有没有托喻，都为后世词的写作提供了这方面的思路。特别典型的，是豪杰词家辛弃疾那些“芬芳悱恻”“变慷慨成悲凉”的婉约词。我们前面提到的明代戏曲家汤显祖亦颇沾溉于《花间集》，其不朽杰作《牡丹亭》，正是通过一个深闺少女的惊梦寻梦，于爱情理想中表达了最深广的人性和社会探索。

当然，退回来说，就算温庭筠和《花间集》仅止于丽词丽句，精绝动人，那也是文学史不该轻视的价值，如当代学者江弱水言：“从南朝宫体诗到宋代的艳情词……诗人们在用语言试探，在用文字来描摹诱惑的女性的轻颦、微笑、曼舞、柔歌，尤其是她那充满细微变化的瞬间姿态。他们不断地给语言重新配方，每一次配方都有些微的不同，而恰恰在这些微的不同上，表现出艺术的因难见巧。”（江弱水《诗的八堂课》，页 137）

我们前面读的是《菩萨蛮》组词，这里再附上两首风格略有区别的《望江南》。当代词学家唐圭璋言："温词大抵绮丽浓郁，而此两首则空灵疏荡，别具风神。"（唐圭璋《唐宋词简释》）：

千万恨，恨极在天涯。山月不知心里事，水风空落眼前花。摇曳碧云斜。

梳洗罢，独倚望江楼。过尽千帆皆不是，斜晖脉脉水悠悠。肠断白蘋洲。

请细加品味——这样的温词你觉得动人吗？

四　　作为对比的韦庄五首《菩萨蛮》

花间诸家，除温庭筠外，成就最高的推韦庄。同温庭筠一样，韦庄也是晚唐著名诗人，他的长诗《秦妇吟》，写黄巢兵乱给京洛民众带来的灾难，全诗 1 666 字，为白居易《长恨歌》两倍，乃唐诗中最长篇幅。在词的风格上，韦庄与温庭筠相近而又有别，总体而言，要来得清新疏快一些，周济就说："温飞卿，艳妆也；韦端己，严妆也。"王国维亦说："弦上黄莺语，端己语也，其词品似之。"

下面附上韦庄的五首联章体《菩萨蛮》，写的是他自己的人生。与温词不同，用了男性/自我视角。五首联章，内含一定叙事性，但与诗又截然不同。相较那首 1 666 字的长篇叙事诗《秦妇吟》，《菩萨蛮》仅为 44 字小令，五首通共不过二百字出头，却概括了作者身经乱世、漂泊颠沛的一生。对比之下可看出韦庄诗词写作的两套笔法：长诗写事件，调动了叙述、铺陈、描绘诸种手法，呈现事件中的悲剧场景和人物命运；小词写情感，过滤了时空岁月的具象面貌，只留下每一阶段的生命气质和情感况味。

红楼别夜堪惆怅，香灯半掩流苏帐。残月出门时，美人和泪辞。　　琵琶金翠羽，弦上黄莺语。劝我早归家，绿窗人似花。（一）

人人尽说江南好，游人只合江南老。春水碧于天，画船听雨眠。　　垆边人似月，皓腕凝霜雪。未老莫还乡，还乡须断肠。（二）

如今却忆江南乐，当时年少春衫薄。骑马倚斜桥，满楼红袖招。　　翠屏金屈曲，醉入花丛宿。此度见花枝，白头誓不归。（三）

劝君今夜须沉醉，樽前莫话明朝事。珍重主人心，酒深情亦深。　　须愁春漏短，莫诉金杯满。遇酒且呵呵，人生能几何。（四）

洛阳城里春光好，洛阳才子他乡老。柳暗魏王堤，此时心转迷。　　桃花春水渌，水上鸳鸯浴。凝恨对残晖，忆君

君不知。（五）

此组作品不做详解，留给大家推敲和学习。仅从温韦不同即可推见：词的未来发展还有广阔空间。我们将在后面章节中一一领略。

第二讲

天上人间：李煜词的“担荷”

本讲的主角是一位君王——南唐后主李煜。李煜存词不多，在词史上分量却极重，王国维《人间词话》谓："词至李后主而眼界始大，感慨遂深，遂变伶工之词而为士大夫之词。"（第 15 则）

流行说法把李煜称为"千古词帝"，这个概念比较含混，似乎借用政治身份为李煜的文学地位加冕，或者反之。这一过分恢弘的称号，表明了后人对李后主的偏爱。不得不说，在中国历代亡国之君中，李煜是最受宽宥和偏爱的。救赎他的，正是他那些和着血泪填写、命运交响曲般激怆人心的词章。

一　南唐的春花秋月

春花秋月何时了，往事知多少？小楼昨夜又东风，故国不堪回首月明中。　雕栏玉砌应犹在，只是朱颜改。问君能有几多愁，恰似一江春水向东流。（《虞美人》）

这是李煜最为人推重的名篇《虞美人》，堪称千古绝唱。据宋人笔记，李煜作了此阕《虞美人》不久，便被宋太宗以牵机药赐死（王铚《默记》），这为词作赋予了格外悲怆的色彩，而词牌《虞美人》，也让我们联想到历史上另一段悲剧故事：四面楚歌的项羽帐前歌《垓下曲》，痛别爱侣虞姬。兴亡沧桑的历史沉甸甸地压在一阕短章之上，使得这首《虞美人》判然有别于一般小词，起兴也大，感慨尤深，短短八句，包含了对宇宙人生的整体认知。

"春花秋月"何谓？乃宇宙间恒常事物，也为世人眼中的美好物象，它们随时序流转：春花开，秋月明，往复不休，但是，那些在春花秋月下经历的美好往事、你的往岁人生、山河故国再也回不来了！在《虞美人》的追往叹逝中，映照出李煜平生的热爱和眷恋：春花、秋月、雕栏玉砌的宫殿、朱颜——他本人和所爱女子的青春、一江春水——由之构成他的整个南唐岁月。词从循环往复的“春花秋月”到一往不复的“一江春水”，都在用最美好的物象来写哀愁。“一江春水”，读者当然可以想象为任何一条江，但对李煜而言当就是那金陵城前的滔滔长江。他的《望江南》曾追忆长江的“芳春”与“清秋”，春天一首为：

船上管弦江面绿，满城飞絮滚轻尘。忙杀看花人。

长江水还在滚滚东流吧？且让我的血泪哀愁也和入那江春水滔滔长流吧。有人说，李煜到底是君王，所以他的哀痛也来得那么磅礴巨大。

词到五代，迎来一个发展期。宋人王灼《碧鸡漫志》总结：“唐末五代，文章之陋极矣，独乐章可喜，虽乏高韵，而一种奇巧，各自立格，不相沿袭。”（卷二）词的写作中心又推南方的两个文化重镇：西蜀和南唐，即西南和东南两个小王朝。西蜀创作风貌见《花间集》，另外前后蜀主王建和孟昶都写词；南唐最重要的词家为君臣三人，即中主李璟、后主李煜和李璟朝重臣冯延巳。三人中冯延巳年纪最长，存词最多，有百来首；李璟存词仅四首；李煜存词近四十首，数量虽不突出，却拥有非同寻常的分量。西蜀与南唐之间，南唐词家生年靠后，故他们的创作既承接《花间集》，又呈现出一定变化，北宋李清照做《词论》，略过西蜀而特别提了南唐，如下：

五代干戈，四海瓜分豆剖，斯文道息。独江南李氏君臣尚文雅，故有“小楼吹彻玉笙寒”“吹皱一池春水”之词。语虽甚奇，所谓“亡国之音哀以思”也。

李清照应该读过《花间集》，大抵把晚唐西蜀词统一归为“郑、卫之声日炽，流靡之变日烦”一路，而“独江南李氏君臣尚文雅”，则在“斯文道息”背景下给予南唐特殊认可。《词论》眼光颇高，“文雅”算得上相当不错的称誉，对所摘李璟、冯延巳的名句，作者显然颇为欣赏，不过仍站在北宋立场，添上“亡国之音哀以思”的总评。但换一个角度看，“亡国之音哀以思”或许正道出南唐君臣于词史的特殊贡献——由此和“郑卫之声”区别开来。用王国维的话：“词至李后主而眼界始大，感慨遂深，遂变伶工之词而为士大夫之词。”用当代学者叶嘉莹的总结，即“忧患意识的潜入与勃发”也。

李煜为南唐词坛殿军，为稍述词之发展脉络，我们先读两首冯延巳和李璟的作品：

谁道闲情抛掷久，每到春来，惆怅还依旧。日日花前常病酒，不辞镜里朱颜瘦。　　河畔青芜堤上柳，为问新愁，何事年年有？独立小桥风满袖，平林新月人归后。（冯延巳《鹊踏枝》）

菡萏香销翠叶残，西风愁起绿波间，还与韶光共憔悴，不堪看。　　细雨梦回鸡塞远，小楼吹彻玉笙寒，多少泪光无限恨，倚阑干。（李璟《山花子》）

试体会它们与花间词的区别。表现之一在“由外到内”，即不再将笔触集中于女性容貌、衣饰的外在摹绘上，而直写内心哀愁。表现之二在“由内到外”，即空间不局限于居室内部，而进入较为宽广的自然天地。由此还带来一种效果，那就是主体形象及性别趋于模糊，从而摆脱闺阁相思的限定，增加了词的联想空间和感发力度。上引《鹊踏枝》写春愁，《山花子》写秋恨，后者尚连接着传统的征夫思妇主题，前者则全然看不出主人公的性别、身份如何，谓其女子伤春亦可，谓其士人感怀亦可，那种由春天气候风物唤起的怅然思绪，那种心有郁结而无可排遣的执着深情，人人皆可由经验体会，实不必加于特定人事。

冯延巳有十四首《鹊踏枝》，冯煦《阳春集·序》谓之“郁伊怆恍”，又王鹏运说“郁伊惝恍”，张尔田说“幽咽惝恍”，大体意涵相近。若进一步解释：“郁伊”为抑郁不舒，难于言表；“怆恍”指伤感、心神不宁、恍惚若失状。这是一种烟笼雾罩般的心灵状态，形诸表达则含蓄节制，读来幽约朦胧，王国维曾拈出冯延巳本人词句概其风格“和泪试严妆”，言其伤感中有一份自持。而延巳词拓开的这一抒情空间，亦为王国维称道“堂庑特大，开北宋一代风气”。下一讲中的晏欧，最服膺的词家便是冯延巳。

再说李璟的《山花子》。《山花子》又名《摊破浣溪沙》，所谓“摊破”犹“添字”，该调上下片较《浣溪沙》皆多出一个三字句，词调遂变流转为顿挫。李璟存世两首《山花子》，一写春景，一写秋景，皆为众口交誉的名作。除李清照《词论》有相关摘句，《南唐书·冯延巳传》亦载李璟和冯延巳的这段对话：

元宗尝戏延巳曰：“吹皱一池春水，干卿何事？”延巳曰：“未如陛下小楼吹彻玉笙寒。”元宗悦。

据宋人笔记可知，喜欢“细雨梦回鸡塞远，小楼吹彻玉笙寒”两句的，还有大名鼎鼎的王安石。不过，观点相因到了清代，王国维却独出机杼，说“菡萏香销翠叶残，西风愁起绿波间”才是最佳，“大有众芳污秽，美人迟暮之感”（《人间词话》卷上第13则）。借屈赋香草美人、志洁行芳的意象，王国维深化了上阕起首的内涵。而借着静安先生的眼光，我们也看出“细雨”两句尚不出征夫思妇范畴，“菡萏”两句则恍若有漫卷而来、充塞天地的深广忧思。此感发之力大矣。

概言之，李氏君臣的“文雅”，与他们敏感的诗心、身处动荡时代挥之不去的忧患意识、命运感知相关。不过对冯延巳和李璟来说，达摩克利斯之剑还未劈下来，尚在“西风愁起绿波间”那惘惘的预感中；轮到李煜，命运降临，他作了历史的受难者，遂倾泻出“一江春水向东流”这样无遮无拦的悲歌。

二　梦里花落知多少

南唐后主李煜于公元961年继位，时年二十五岁——他是李璟的第六子，工书善画，通晓音律，精于鉴赏，“为文有汉魏风”，在人生前二十年未曾想过成为君王，但命运偏让他在这风云变幻的时节登基。我们知道，往前推一年，公元960年，宋太祖赵匡胤在北方建立了赵宋王朝。“卧榻之侧，岂容他人酣睡”，赵匡胤登基之后便在宰相赵普的辅佐下，将矛头对准了南方诸国。974年北宋对南唐用兵，经过十月围城，宋军于975年年底攻下金陵城，李煜投降，拱手献出李氏维持了祖孙三代的“三千里地山河”，次年北上接受屈辱的“违命侯”任命。

以地缘政治和历史时势看，南唐亡国几无可避免，李煜在北方大邦的虎视眈眈下维持了十五年国祚，简单以“亡国之君”判定他并不公正（顺便说一句，历史上的亡国之君亦非尽皆昏聩无能之辈）。但另一方面，他也的确不具备在乱世中审时度势、化险为夷的政治韬略。面对强势的北宋，李煜的对策是不断通过示弱以求保全宗庙，包括奉宋正朔、自降为江南国主。简言之，他想躲，躲过时代劫难，躲过命运敲门。在十多年的君王生涯中，李煜一面应对越来越紧张的政治局势，另一面，艺术和爱情，成了他的避风港。关于后者，他的词作提供了最生动的证明：

晚妆初了明肌雪，春殿嫔娥鱼贯列。凤箫吹断水云闲，重按霓裳歌遍彻。　　临风谁更飘香屑，醉拍阑干情味切。归时休放烛花红，待踏马蹄清夜月。（《玉楼春》）

李煜的前期（亡国前）词多宫中行乐题材，风格似花间。这首《玉楼春》写夜宴，呈现君王排场，我们从中也可一窥李煜的性情。

这是一场在官能体验上全面铺展开的宫廷飨宴，上下片从视觉、听觉、嗅觉、味觉逐次写来：艳妆的宫女，雪肤花貌照亮了夜色，她们鱼贯进入大殿，裙裾拂动春风。箫管先吹奏出序曲，将人带向云水悠悠的清惬世界，而后歌舞高潮到来，盛大的队舞伴随着管弦协奏，再现了《霓裳羽衣曲》的美妙仙境。司香宫女开始撒“帐中香”，香屑临风飘起，满殿氤氲，君王分明是醉了，兴致勃勃地拍打着栏杆，仿佛随音乐飘飘升入仙宫。中宵宴罢，月华满天，意兴未阑的君王说：“今夜不需点蜡燃灯了，如此月色，且让我听着马蹄清音、踏月而归。”李煜不愧是艺术家，在官能的饱满绽放后，犹能让诗意绵延。

《玉楼春》词调包含八个七字句，上下片各四句，押仄声韵，共六个韵脚。此作充分利用了仄韵特点，令每一韵脚犹如顿挫的节拍，将情兴推向高潮。另外，字面上，名词如“雪”“月”“香”“红”，活色生香，动词如“吹断”“歌遍”“情味切”，强调程度之极致，皆可见出作者个性不受约束与节制。该调调名据说取自《花间集》顾夐“月照玉楼春漏促”句，这个组合意象还让我们想起白居易《长恨歌》的句子：“玉楼宴罢醉和春。”白诗的主角恰是《霓裳羽衣舞》的原创者、那个缔造了开元盛世的一代英主李隆基和他集万千宠爱于一身的妃子杨玉环。“渔阳鼙鼓动地来，惊破霓裳羽衣曲”，历史悲剧并不妨碍李煜和他的昭惠皇后，收拾《霓裳》残谱，在自己的宫殿中复排复演。这首《玉楼春》当作于南唐全盛时，然则大唐盛世都不免于“舞破”，南唐小朝廷的宴乐又能持续多久呢？

但从南唐君王到江南国主，李煜天真耽溺于风花雪月和诗歌的快意中：

寻春须是先春早，看花莫待花枝老。缥色玉柔擎，醅浮盏面清。　何妨频笑粲，禁苑春归晚。同醉与闲评，诗随

羯鼓成。(《子夜歌》)

他还留下两首题画的《渔父词》:“一壶酒,一竿身,快活如侬有几人?”“花满渚,酒满瓯,万顷波中得自由。”作为君王,他羡慕渔父的“快活”和“自由”,应该不是说说而已。

李煜的爱情更是著名,他的一系列情词,被后世一一附以大小周后的故事,虽然词并非纪实作品,但代入和想象的乐趣读者可不愿放过:

花明月黯笼轻雾,今宵好向郎边去!刬袜步香阶,手提金缕鞋。　　画堂南畔见,一向偎人颤。奴为出来难,教君恣意怜。(《菩萨蛮》)

夜晚是恋爱的白天,饶是君王,亦痴醉于小儿女风情。这首词多被解释为李煜和小周后幽会,词中呈现的情调值得一说——与《花间》相比,李煜的情词更活泼灵动。《花间集》多相思之作,李煜则偶或写相思,更多写欢会、写温存浪漫的二人世界。李煜情词中的女子似乎都年龄偏小,天真娇俏模样,让人见怜。恋爱的双方,又都有点淘气,喜欢给对方送去惊喜。在这些词中你完全看不到君王、后妃的姿态,甚至成人世界都隐退了,只剩下童真烂漫，满满的娇嗔、爱悦和欢喜——

潜来珠锁动，惊觉银屏梦。脸慢笑盈盈，相看无限情。（《菩萨蛮·蓬莱院闭天台女》）

绣床斜凭娇无那，烂嚼红茸，笑向檀郎唾。（《一斛珠·晓妆初过》）

两词都有“笑”字，一词有“梦”字。词境之清浅透明，情调之烂漫天真，令人想起一首现代诗：

记得当时年纪小
你爱谈天我爱笑
有一回并肩坐在桃树下
风在林梢鸟儿在叫
我们不知怎样睡着了
梦里花落知多少

爱情中的君王，或许也像做梦的孩子，一朝梦醒，却不知花落知多少。

声色、美女、爱情，在史家话语中是君王一定要抵制的诱惑，文学史家的态度却矛盾许多，因为文学面对真实人性，揭示人性的丰富、复杂和深邃。王国维说李煜“生于后宫之中，长于妇人之手”，阅世浅而性情真。这样的人格可以借一个文学形象来增加了解，那就是《红楼梦》中的“怡红公子”贾宝玉，小说写宝玉搬入大观园后的情态：

> 且说宝玉自进花园以来，心满意足，再无别项贪求之心。每日只和姊妹丫头们一处，或读书，或写字，或弹琴下棋，作画吟诗，以致描鸾刺凤，斗草簪花，低吟悄唱，拆字猜枚，无所不至，倒也十分快乐。（第二十三回）

为贾宝玉量身定制的大观园，无疑也是一个象征世界，力图超逸但仍然置身于历史现实。因此，它越是清净美好，便也越脆弱如幻梦，故鲁迅谓“悲凉之雾，遍披华林，惟宝玉呼吸感受之”（《中国小说史略》）。南唐宫苑中的国主李煜，又怎能对北方步步逼凌的形势无感知呢？

开宝四年（971），李煜遣其弟郑王李从善入北宋朝贡，被宋祖扣留，逼迫之势已明，李煜忧心如焚，却百无可解。下面这首《清平乐》或说即因思念从善而作——

别来春半，触目柔肠断。砌下落梅如雪乱，拂了一身还满。　　雁来音信无凭，路遥归梦难成。离恨恰如春草，更行更远还生。（《清平乐》）

落梅如雪，春草复生，凋零和生长，竟带来双重悲哀，所谓旧梦新愁也。落花这个题目，中国诗歌写了再写，老杜《曲江诗》开篇“一片花飞减却春，风飘万点正愁人”，道出一颗诗心对春天的惊人敏感，若再将此诗与《哀江头》联系起来，则仿佛在对长安春色的珍爱怜惜中令人唏嘘地交织进了王朝的命运面影。再看冯延巳名作《鹊踏枝》“梅落繁枝千万片，犹自多情，学雪随风转”，也向空中摄取镜头，写梅花辞落繁枝、依依惜别之态，说尽繁华寂寞转换之际的缠绵伤感：那空中回旋再回旋的瓣瓣梅花，终不能再回去点缀繁枝，只能如雪片般飘零消逝。李煜《清平乐》写落梅，情绪上更变怅惘为痛切，开头便推出令人触目惊心的特写：落梅如雪，铺满庭阶，更沉痛的是这样的谢幕还在进行中，一往无回。“乱”写落花之狼藉，“满”写程度之剧烈，“雪”是清冷悲哀刺激的色调，至于“肠断”“离恨”，由物象而至心境，李煜用词，总是程度饱满。

三　天上人间

郑瑗《蜩笑偶言》说历代亡国君主："刘禅既为安乐公，而侍宴喜笑，无蜀技之感，司马昭哂其无情。李煜既为违命侯，而词章凄惋，有故国之思，马令讥其大愚。噫！国破身辱之人，瞻望故国，思与不思，无往而不招诮，古人所以贵死社稷也。"这番议论陈说的是亡国之君避不开的屈辱，然而刘禅或李煜，毕竟以不同的生命个体留存于历史记忆。那些含思凄婉的词章，本不为庇护现世肉身，而是李煜天问般的灵魂独语。李煜之所以为李煜，在于他有一颗异常澄澈的灵魂，无所遮蔽和掩饰，"乐亦沉酣哀亦深"。

> 四十年来家国，三千里地山河。凤阁龙楼连霄汉，玉树琼枝作烟萝。几曾识干戈？　　一旦归为臣虏，沈腰潘鬓消磨。最是仓皇辞庙日，教坊犹奏离别歌。垂泪对宫娥。（《破阵子》）

面对屈辱，常态的反应是遮掩回避，面对至深的屈辱，人甚至需要封存记忆。所以李煜的这首《破阵子》读来令人惊异，因为它以最袒露的方式，直面一位君王至深的苦痛与屈辱。它言说的风格也“特别李煜”：上片追溯南唐的家山宫苑，极写峥嵘繁华气象，结句问以“几曾识干戈”——真如同梦语！君不见，“五代干戈，四海瓜分豆剖”？君不闻，“卧榻之侧，岂容他人酣睡”？但李煜却像个委屈的孩子，流着泪说“我没有想到”。换头，骤转被掳后之凄凉憔悴，今昔对照，警动异常。“最是”三句聚焦于辞别宫苑的最后一刻，以其场景逼真、细致引发评议纷纷，最常被引用的为苏轼这份评点：“后主……举国与人，故当恸哭于九庙之外，谢其民而后行，顾乃挥泪宫娥，听教坊离曲哉!”（《东坡志林·书李后主词》）身为士大夫精英的苏轼表达了正统价值观对李煜的看法，这也是北宋人对五代降国之君的一般看法。后世的学者则对李煜宽容得多，南宋袁文《瓮牖闲评》已开始为李煜辩护，谓“是时更有何教坊，何暇对宫娥”，声称《破阵子》绝非李煜之词。清代以降，人们多强调这是后主“北上追赋之作”（毛先舒），“教坊、宫娥，乃诗人夸张手法，不定为现实”（王仲闻《南唐二主词校订》），当代词学家唐圭璋演绎得最生动：

当年江南陷落之际，后主哭庙，宫娥哭主，哀乐声、悲歌声、哭声合成一片，直干云霄。宁复知人间何世耶！后主于此事，印象最深，故归汴以后，一念及之，辄为肠断。……后主聪明仁恕，不独笃于父子昆弟夫妇之情，即臣民宫娥，亦无不一体爱护。故江南人闻后主死，皆巷哭失声，设斋祭奠。而宫娥之入掖庭者，又手写佛经，为后主资冥福。亦可见后主感人之深矣。（《唐宋词简释》）

这段解说，亦如后世爱重赵佶书画者为宋徽宗的辩护。无论如何，在君王与词家的双重身份中，李煜给后人留下了评说难题，也许还是王国维认识透辟：“生于后宫之中，长于妇人之手，是李煜为人君所短处，亦即为词人所长处。”（《人间词话》第 16 则）可以引来作为比照的是：一代雄主唐明皇虽然也是不错的诗人，但不会写马嵬，那不堪和惨痛的场景只由一代代诗人代言。顺便说一下，唐明皇才是最常见于诗歌和戏曲中的那个帝王：他创造了最大的辉煌，也制造了最大的遗憾。而李煜，随着其词家的地位日益崇高，其君王身份常常被视为一个错位。

亡国将李煜的人生和创作判然分为前后期，这后期虽然很是短暂，却留下了分量最重的词章，盖因它们为这位“赤子”般的君王以亡国破家的深痛巨创写就——或者说，是命运假手于李煜这位天生的诗人留下的。它们有最浓郁的色彩、最跌宕的落差、最深切的追问，又呈现为绝假修饰的语言和形式：

林花谢了春红，太匆匆，无奈朝来寒雨晚来风。　胭脂泪，留人醉，几时重？自是人生长恨水长东。

无言独上西楼，月如钩，寂寞梧桐深院锁清秋。　剪不断，理还乱，是离愁，别是一般滋味在心头。（《相见欢》）

《相见欢》，又名《乌夜啼》，两阕分别以春景和秋景来写亡国之悲。词在五代尚属开创阶段，情景模式多定格在春秋两季。据学者们研究，一年四季中，春秋的情绪色彩浓于冬夏（冬冷夏热，生理性感受突出），故春秋为中国古典诗歌偏爱的季节。《唐诗三百首》中的四季篇目，春略多于秋，远多于冬，再多于夏，可资参考。婉约词的经典主题是“春恨秋悲”。李煜的作品也借助了经典模式，但写来极富个人特质。先看春天这首，写的是落花，却无暇写一瓣两瓣落花，甚至也非一树两树落花，而是整体性的谢幕“林花谢了春红”。村上春树《挪威的森林》中有一名句“全世界的雨落在全世界的草地上”，庶几相类。那是弥漫整个世界的哀愁。词中“林花”，通指所有枝头的花；“春红”，如周汝昌先生言：若说绿是生命的青春，红便是青春的精华。生命芳华的集体凋谢，万语千言只凝结成一句“太匆匆”，然又感慨这正是世间定律“无奈朝来寒雨晚来风”。下片写雨湿落红，如和着胭脂的眼泪，凄艳令人销魂。花能重上枝头吗？不能，由花而见人事亦如此“自是人生长恨水长东”。唐圭璋解“几时重”三字轻顿，“自是”句重落，“重笔收束，沉哀入骨”。（《唐宋词简释》）

秋景一阕写索居之凄清。“无言”乃万语千言道不得，只好登楼向外寻觅，然登高所见仍是自己置身的寂寞锁闭环境，则孤独何由摆脱？“剪不断，理还乱”，写出主体的努力与无力，下片十八字如白话从肺腑间出，道尽伤心人别有怀抱。

但李煜的天真在于他还有梦，梦中有他珍藏的江南芳春和清秋：

闲梦远，南国正芳春。船上管弦江面绿，满城飞絮滚轻尘。忙杀看花人。

闲梦远，南国正清秋。千里江山寒色远，芦花深处泊孤舟。笛在月明楼。（《望江南》）

他曾经享有那样的春天的繁华和秋天的旷净，如今是遥远的梦了。成为阶下囚的李煜不断写梦，也不断感慨浮生若梦：

人生愁恨何能免？销魂独我情何限！故国梦重归，觉来双泪垂。　　高楼谁与上？长记秋晴望。往事已成空，还如一梦中。（《子夜歌》）

世事漫随流水，算来梦里浮生。醉乡路稳宜频到，此外不堪行。（《乌夜啼》下片）

梦在李煜的笔下由此呈现两种意涵：一方面，它用来指代他的故国人生——凡诸繁华、欢乐和沉醉；另一方面，因这美好的逝去，梦也意味着脆弱和虚幻。史载李煜对佛教有很深的浸淫，梦的概念也可能受到佛教影响。不过就其词而言，李煜并未真正走向佛教的“觉”，而是表现出执着的人间情意和天真、热烈、坦切的性格，他不曾以“梦”来虚化他的痛苦，更不曾用“觉”来超越那份现世命运。读李煜的词，你会格外感受到：这是一颗至诚的心灵，向外没有面具，向内也没有解药，在这颗心灵面前，欢乐和痛苦总是呈现出天然本色。下面两阕《浪淘沙》，仍采用李煜擅长的春秋情景模式，写刹那的欢乐和永恒的悲哀：

帘外雨潺潺，春意阑珊，罗衾不耐五更寒。梦里不知身是客，一晌贪欢。　　独自莫凭阑！无限江山，别时容易见时难。流水落花春去也，天上人间。

往事只堪哀，对景难排。秋风庭院藓侵阶。一任珠帘闲不卷，终日谁来？　　金剑已沉埋，壮气蒿莱。晚凉天净月华开，想得玉楼瑶殿影，空照秦淮！（《浪淘沙》）

读到“梦里不知身是客，一晌贪欢”，未免仍然有惊异感。清代的纳兰容若写悲哀，是拒绝梦的存在的，至少否定了美梦之为可能，其《采桑子》名句为：“醒也无聊，醉也无聊，梦也何曾到谢桥。”相比纳兰，李煜的悲哀似乎不是灰色的，没有厌世症在其间，这个“日夕以泪洗面”的被囚君王，留着一颗晶莹剔透的心，里面仍能装进彩色的梦。虽然，“梦里不知身是客”，但是更深一层的意涵为：人生譬如一梦，每个人都是过往匆匆的行旅人。但你仍不妨想象：在这个清冷的北方春日，李煜的确做了个温馨欢乐的梦，梦醒时分，他再次从天上跌落人间。失去了无限江山的他，也永远地失去了生命中的春天。

秋景一首，在沉痛悲凉中能读出李煜的帝王气。“往事只堪哀，对景难排”，结合上下片语境看似为政治追悔，痛定思痛，痛如之何——直接将郁勃的情感推到高峰，是李煜起调的特点。续写藓阶帘静，凄寂仿佛长门，道出日复一日的煎熬和难堪。换头奇峰突起“金剑已沉埋，壮气蒿莱”，见出李煜亦非无有君王意气，只是时运已去，俞陛云谓之犹“千寻铁锁沉江底”。“金陵王气黯然收”（刘禹锡《金陵怀古》），但刘禹锡乃历史凭吊者，李煜却是亲历者，情感力量实以李词胜。结拍由沉痛壮阔再跌入悲凉，写月夜旷净，那秦淮河畔的宫苑仿佛明明白白映现在月光下，然而它的君王却是回不去了。此词以昼景连接夜景，“终日谁来”，是白昼的落空；“空照秦淮”，为夜晚的悬想。同时联结出遥相阻隔的南北时空——失去江山的君王与失去君王的江山。

“一任珠帘闲不卷，终日谁来?”困居的李煜叹息门庭冷落，但据北宋王铚《默记》的记载：访客却给李煜这个阶下囚带来不虞之灾。《默记》相当生动地叙述了南唐旧臣徐铉对李煜的一次拜访：

徐铉归朝……太宗一日问：“曾见李煜否?”铉对以：“臣安敢私见之!”上曰：“卿第往，但言朕令卿往相见可矣。”铉遂径往其居，望门下马，但一老卒守门。……顷间，李主纱帽道服而出。铉方拜，而李主遽下阶引其手以上。铉告辞宾主之礼，主曰：“今日岂有此礼?”徐引椅少偏乃敢坐。后主相持大哭，及坐默不言。忽长吁叹曰：“当时悔杀了潘佑、李平。”铉既去，乃有旨再对，询后主何言。铉不敢隐，遂有秦王赐牵机药之事。……又后主在赐第，因七夕命故妓作乐，声闻于外，太宗闻之大怒。又传“小楼昨夜又东风”及“一江春水向东流”之句，并坐之，遂被祸云。

按《默记》所议，李煜一不该谈政事，二不当做乐章思故国，此二事便加速了李煜命运的终结。不过，野史笔记漏洞甚多，传说色彩浓于事实，可能倒是反过来据李煜词及二三史料编撰敷衍而成。李煜的《虞美人》是否令宋太宗大怒不得而知，我们知道的是它传下来并打动了许多人。如果持续的书写也算对命运的一种担荷，受难者李煜堪称诚勇的担荷者，他用眼泪和文字书写痛史，同时再造了记忆中的江南、那个梦中永恒的花园。

春花秋月何时了，往事知多少？小楼昨夜又东风，故国不堪回首月明中。　　雕栏玉砌应犹在，只是朱颜改。问君能有几多愁，恰似一江春水向东流。（《虞美人》）

四 赤子词人和“以血书者”

对李煜词的评价离不开对他这个人的看法，因此离不开时代语境。

北宋人看李煜，大体将他与其他降君或亡国之君归为同列，至南宋王灼《碧鸡漫志》仍沿用这样的归类：

诸国僭主中，李重光、王衍、孟昶、霸主钱俶，习于富贵，以歌酒自娱。

明代杨慎《词品》亦持此论：

五代僭伪十国之主，蜀之王衍、孟昶，南唐之李景、李煜，吴越之钱俶，皆能文，而小词尤工。

这是值得关注的文学现象和历史现象。词由是在美丽迷人的同时也具有了某种“原罪”，犹如南朝宫体诗。所以苏轼读李煜词会特别触动于《破阵子》中“垂泪对宫娥”句，而李清照一句“亡国之音哀以思”也代表了北宋人的基本评价。另外比较有趣的是作这样的对照：

帝王文章自有一般富贵气象。国初，江南遣徐铉来朝。铉欲以辩胜，至诵后主月诗云云。太祖皇帝但笑曰："此寒士语耳，吾不为也。吾微时，夜自华阴道中逢月出，有句云：'未离海底千山暗，才到中天万国明。'"铉闻，不觉骇然惊服。太祖虽无意为文，然出语雄杰如此！予观李氏据江南，全盛时宫中诗曰："帘日已高三丈透（按：出自《浣溪沙》）。"议者谓与"时挑野菜和根煮，旋斫生柴带叶烧"者异矣。然此尽是寻常说富贵语，非万乘天子体。（宋·陈善《扪虱新话》）

宋人乐于讲述太祖及其臣服者的故事。在上引段落中，宋太祖赵匡胤两句"未离海底千山暗，才到中天万国明"，以真正帝王家的雄杰之气完胜李煜的风花雪月。又元人刘壎发扬了这样的比较思路：

汉高祖《大风》之歌曰："大风起兮云飞扬，威加海内兮归故乡，安得猛士兮守四方。"宋太祖咏日出之诗曰："欲出未出红剌剌，千山万山如火发。须臾拥出大金盆，赶退残星逐退月。”陈后主之诗曰：“午醉醒来晚，无人梦自惊。夕阳如有意，长傍小窗明。”南唐后主之词云：“樱桃落尽春归去（按：出自《临江仙》）。”合四君之所作而论之，则开基英雄之主与亡国衰弱之君，气象不同，居然可见。（元·刘壎《隐居通议》）

以上皆可视为由文学衍生的政治议论，或曰为政治覆盖的文学视角。以此视角观之，李煜的词和他失败的命运绑在一起，是不值得称道的。

对李煜词的评价转变出现在词学复兴的清代，原因有二：数个王朝过去，李煜的帝王身份早成了一个不那么重要的标签，其词作却切切实实流传下来，在时光的磨洗中显示出独特魅力，清代词学家多能就词论词，掘发李煜词的特别气质和造诣，此其一；另一个原因则更微妙，跟两宋倾向中和雅正之美不同，清代人更多嗜好悲剧美，李煜词的深刻哀感击中了他们，如由明入清的余怀说：“李重光风流才子，误作人主……其所作之词，一字一珠，非他家所能及也。”（《玉琴斋词序》）悲情公子纳兰容若也是李煜的粉丝，称“《花间》之词如古玉器，贵重而不适用，宋词适用，而少贵重；李后主兼有其美，更饶烟水迷离之致”（《渌水亭杂识》）。所谓“适用”当指抒情能力。这两位读李煜词，多的是“心有戚戚焉”的共鸣。

下面重点介绍几种有影响力和启发性的评论，以之进一步认识李煜词。

清代首先出现了二李并提说，即将李煜和他的批评者李清照进行关联，如徐士俊说：“后主、易安直是词中之妖，恨二李不相遇。”（见卓人月《古今词统》）这一感兴式观点，至沈谦《填词杂说》有了更准确的评述：

男中李后主，女中李易安，极是当行本色。

当行本色是一种大家之气：当行言对词体的精擅，即通晓包括章法、格律在内的艺术规范，本色指表达地浑成自然，无矫饰态，自家面目分明。无论是李煜还是李清照都当得起这个评论，他们都具有极高的艺术禀赋和创作自信力，以及难得的坦荡率真的性格。他们的作品也都很好读。以李煜言，其词作语言明净清浅，章法流转自然，情感表达炽烈饱满，跌宕处如飞湍激瀑一出天然。

与上面意思相近，常州学派的周济有更生动的论述：

李后主词，如生马驹，不受控捉。毛嫱、西施，天下美妇人也，严妆佳，淡妆亦佳，粗服乱头不掩国色。飞卿，严妆也。端己，淡妆也。后主则粗服乱头矣。

周济用了两个比喻，一是比喻为生马驹，有还未被驯服的生命冲动、有一种稚气和朝气。李煜的词是不是这样呢？不妨温习一下我们读过的这些句子：

自是人生长恨水长东。

流水落花春去也，天上人间。

问君能有几多愁，恰似一江春水向东流。

——是不是有一股不加节制的生马驹般的力量？

二是将好词比喻为绝色佳人，她可以艳妆，如温庭筠的词，可以淡妆，如韦庄的词，也可以粗服乱头，也就是根本不梳妆打扮，却仍然“不掩国色”，如后主的词。下面也举一些例子：

林花谢了春红，太匆匆，无奈朝来寒雨晚来风。

剪不断，理还乱，是离愁，别是一般滋味在心头。

人生愁恨何能免？销魂独我情何限！故国梦重归，觉来双泪垂。

梦里不知身是客，一晌贪欢。

——是不是全无修饰、把所有涂脂抹粉都省略了？写景不暇细节描绘，言情纯从胸臆流出，自我面貌毫不遮掩。然愈真率，愈动人，此即“不掩国色”。

然而王国维对周济这个评语有意见，在《人间词话》中郑重作了修订：

温飞卿之词，句秀也；韦端己之词，骨秀也；李重光之词，神秀也。（重订本第 14 则）

词至李后主而眼界始大，感慨遂深，遂变伶工之词而为士大夫之词。周介存置诸温、韦之下，可谓颠倒黑白矣。（第 15 则）

其实周济并未将李煜置诸温韦之下——夸赞一个女子美，“粗服乱头不掩国色”不是至高评价吗？但王国维另有心得需要阐发。静安先生情性热烈，设计的梯级对比更分明：句秀；骨秀；神秀。由妆貌之别上升到了形神之别。

由此我们要说说《人间词话》对李煜的解读。王国维这位尼采、叔本华哲学的追随者、悲剧美学的拥趸，在李煜词中发现了最高级别的文学。“眼界始大，感慨遂深”为其一：后主词摆脱了闺阁庭园的狭窄空间，而将生命忧思投诸无限深广的天地，这是哲学意义上的进阶。

对沈谦、周济相继指出的李煜词的本色真率，王国维则追溯到生命底色：

> 词人者，不失其赤子之心也。故生于深宫之中，长于妇人之手，是后主为人君所短处，亦即为词人所长处。（第 16 则）

> 客观之诗人，不可不多阅世。阅世愈深，则材料愈丰富，愈变化，《水浒传》《红楼梦》之作者是也。主观之诗人，不必多阅世。阅世愈浅，则性情愈真，李后主是也。（第 17 则）

王国维对李煜的评点，区分开了政治人格和艺术人格，他将心灵的真纯看作艺术家最重要的品质。赤子指新生婴儿，老子《道德经》谓：“含德之厚，比于赤子。”《孟子·离娄下》：“大人者，不失其赤子之心者也。”都认为婴儿是最天然醇厚的。事实上，明清以降有一股以天性反抗礼教的任真思潮，如李贽“童心说”，如张岱名言：“人而无疵，不可以交，以其无真心也。”又如《红楼梦》推出的贾宝玉这种“秉正邪之气”的反传统新异人物。这就对人性和文学打开了新的认知。深受西哲影响的王国维还在李煜身上看到个体与命运相抗的悲剧力量：

> 尼采谓：“一切文学，余爱以血书者。”后主之词，真所谓以血书者也。宋道君皇帝《燕山亭》词亦略似之。然道君不过自道身世之戚，后主则俨有释迦、基督担荷人类罪恶之意，其大小固不同矣。（第 18 则）

李煜的词诚然是“以血书者”，但其分量远超“自道身世”的一己之悲。佛教说爱恶贪嗔痴，基督说原罪，这是人类共有的罪恶，也是人类共有之命运，李煜触到了这份命运，承担了这份命运，在视悲剧为人生本质的王国维看来：他就是“我不下地狱谁下地狱”的那个人。

由此“以血书者”的后主词，也对向来被目为绮艳的江南文学进行了一场救赎。

第三讲

庭院深深：晏殊词的内宇宙开拓

词到北宋，已经大流行。但这种迷人的艺术样式带有危险，耽溺是不符合儒家道德的，五代那么多亡国之君提供了证明。

先来看宋太祖赵匡胤的两个故事。太祖灭蜀后，任命后蜀旧臣欧阳炯为翰林学士，一日罢朝后召欧阳炯至偏殿吹奏笛子，御史中丞刘温叟闻知此事，叩殿门进谏：陛下岂不知后蜀因何亡国吗？太祖回答：我听说孟昶君臣皆耽于声乐，所以亡国，今天正是验证了传言不诬呢。（《宋史》卷479）我们知道西蜀和南唐同为五代词写作中心，欧阳炯是花间词人，擅长写艳词，曾官至后蜀宰相。开国之君赵匡胤以逸乐为戒，那是极有必要的。但我们还知道另一个著名故事“杯酒释兵权”，太祖对石守信等开国功臣说：“何不多积金帛田宅以遗子孙、歌儿舞女以终天年？”（《宋史·石守信传》）可见统治者亦乐见歌舞宴饮为承平风气，从而达到上下晏安，政治宽和。

在这种观念张力之下，虽然曲子词盛行坊间，宋初词坛却“顿衰于前日”（王灼《碧鸡漫志》卷二），直到真宗朝后期，才出现了几位重要的文人词家，其中晏殊以高官显宦身份，引领了北宋士大夫词的发展。

晏殊如何规避这一文体的“原罪”？词到了晏殊手下，怎么写？

一 为宰相而作小词

一曲新词酒一杯，去年天气旧亭台，夕阳西下几时回。　　无可奈何花落去，似曾相识燕归来。小园香径独徘徊。

这是晏殊的一首名作《浣溪沙》，词所写内容，也正呈现了它的创作情境：暮春，园亭，小酌听歌，即兴填写新词。“一曲新词酒一杯”，这个起调若比之李煜词，便格外显出它的平淡和日常：饮酒听歌，酒不过一杯，歌不过一曲，可知为闲常消遣，别无事由，情绪也是平和的；“去年天气旧亭台”，恍如涟漪微微泛起，于时空的体味中牵出一缕情绪：当旧事物召唤起熟稔亲切的感受时，却分明也提醒了你年华流逝。于是，带着一份怅然，词人看到这日的夕阳，它将缱绻余晖洒满庭园，然后又一次消失于西面天际。“太阳下山明朝依旧爬上来”，晏殊当然不会不明白这个道理，却偏偏要问一句“夕阳西下几时回”，潜台词无疑更接近那句“我的青春小鸟一去不回来”。

年华流逝，青春难再，是人类亘古的悲伤，也因而成为文学反复咏叹的主题。诞生于10世纪的晏殊的这阕《浣溪沙》，与诞生于20世纪的王洛宾的《青春舞曲》，就其命意是完全一致的，因为道出的是普遍性认知，也很难说前者影响了后者。《青春舞曲》今天的我们听过，甚至自己也能唱，知道它的曲调是欢快的、纵情的，呈现出通达而爽朗的生命态度。《浣溪沙》我们听不到原曲，只能通过词意细细寻绎晏殊当日的心境。

词的下片，嵌着一对非常优美的对句——“无可奈何花落去，似曾相识燕归来”，这也是晏殊颇为得意的句子，反复把它写在自己诗中、词中，但公认这首词中用得最好。且看上片逐渐浮现、逐渐转浓的怅惘情绪，此时径以“无可奈何”诉之。无可奈何花落去，承接去年天气、夕阳西下，俨然又是一份不召而至的晚春的感伤，但词人并不就此停留在感伤中，他向这世界继续探寻，接着得到了抚慰：园中呢喃的燕子，原来刚刚伴随着春光归来了。于是，词人由敏感的觉知抵达对世间规律的理性认识：天地运转，万物循环，有生有没，来来往往，美好总是与遗憾相伴随，你既享有了美好，又安能不接受它的不足？花落燕归，恰如造物精妙的平衡，参悟到了这种平衡，纵有怅惘与遗憾，也能心中释然了。不过，理智上虽则释然，情感的微澜仍在深处漾动，内心的对话似乎还在继续，词收结于这帧小小的画面：我们看到词人在庭园深处独自徘徊的身影。

作为一首小词，《浣溪沙》写的不过是闲暇时日，寻常光景，与李后主那些饱含深痛巨创的作品相比，简直像什么事也没有，但为何也能打动我们呢？细细读来，此词的魅力恰在跌宕冲动的反面，它是情感与理智的内在平衡，有如静水深流，以宽容的理性节制情感的波动，于寻常中参悟永恒，在平淡中蕴有深情。

我们来认识一下晏殊（991—1055），他是北宋真宗、仁宗年间人，神童出身，官做到宰相，人称“太平宰相”。这几个信息无疑一下子就勾勒出晏殊非常幸运的人生，但我们也知道：人生哪会如此简单？那些光芒闪闪的标签后面，是一介负载了家国使命的士大夫文人绝不轻松的真实人生。

先说神童。北宋以文立国，大兴文教，完善科举制，选拔知识精英为治国人才。在立朝之初，表达国家昌明、求贤若渴的一个特别手段为荐举“神童”。北宋第一代神童当推杨亿，11 岁出道，活跃于太宗、真宗朝，第二代神童即是晏殊，7 岁能属文，14 岁获荐，15 岁召试朝廷。无论杨亿还是晏殊都经受住了时间考验，成为北宋第一、二代文坛领袖，而非“方仲永”。北宋的人才梯队最初可谓排列齐整、代际分明：杨亿是晏殊的举荐人和导师；晏殊选拔了欧阳修；欧阳修又选拔了苏轼。

据史料记载，15 岁的晏殊不仅文才出众，而且少年老成，初入朝堂就表现出非同寻常的气度：

帝召殊与进士千余人并试廷中，殊神气不慑，援笔立成。帝嘉赏，赐同进士出身。……后二日，复试诗、赋、论，殊奏："臣尝私习此赋，请试他题。"帝爱其不欺，既成，数称善。擢秘书省正字，秘阁读书。命直史馆陈彭年察其所与游处者，每称许之。（《宋史·晏殊传》）

少年晏殊就这样步入政坛，而且一开始就在皇帝跟前接受重点栽培。此后他为太子舍人、翰林学士、礼部侍郎、枢密副使、参知政事，直到集贤殿大学士同中书门下平章事兼枢密使，基本把北宋所有清贵、显要的职位做了个遍，其间虽然也经历几次降谪，但都还是方州大县长官，并未遭受苏轼那种放逐式的贬谪。从另一个角度来看，"少年处富贵"的晏殊，也因此很早就交付出个体自由，终其一生未有太多私人空间。我们甚至可以发一句现代人的感慨：神童是没有童年的。

再说"太平宰相"。晏殊政治生涯的特点是稳健，欧阳修称其："富贵优游五十年，始终明哲保身全。"晏、欧二人气质有别，这个评价略显耐人寻味，但"致太平"正是仁宗朝的追求。

晏殊为政有两点做得非常出色：一是举荐人才，北宋名臣范仲淹、韩琦、二宋兄弟等皆出自其门下，富弼为其女婿，天圣八年晏殊知贡举，擢欧阳修为第一；二为兴办学校，“自五代以来，天下学校废，兴学自殊始”（《宋史·晏殊传》）。此外身为显宦的晏殊，令时人瞩目的是那种独特的清高与优雅。今天的学者亦注意到晏殊与一般科举出身的士大夫不同，在北宋文臣中别具一种衍自中古的“贵气”，或与其家世背景及“神童”出身相关。顺便说一句，今本《世说新语》，即出自晏殊整理。

北宋词的第一个士大夫阶段由晏殊开启。晏殊何以成为第一人？身为宰相的晏殊大量写词意味着什么？给词坛带来怎样的影响？我们可以从宋人笔记中获得一些线索：

> 王荆公初为参知政事，闲日因阅读晏元献公小词而笑曰：“为宰相而作小词，可乎？”平甫曰：“彼亦偶然自喜而为耳，顾其事业岂止如是耶！”时吕惠卿为馆职，亦在坐，遽曰：“为政必先放郑声，况自为之乎！”平甫正色曰：“放郑声，不若远佞人也。”（魏泰《东轩笔录》卷五）

这段对话触发于“为宰相而作小词”，因为吕惠卿的插入而改变了议论方向。王安石系晏殊同乡晚辈，他担任参知政事时晏殊已不在人世，但两人有过交往，晏对王安石的政治才具相当看好，曾面授机宜曰“能容于物，物亦容矣”，安石彼时大不以为然，晚年方悟晏殊先见。（《默记》卷中）此时刚做副宰相的王安石，闲暇中读到晏殊小词，又是一个大不以为然：“为宰相而作小词，可乎？”一旁的弟弟王安国为晏殊辩护：他不过高兴时偶然做做，其一生事业何止于这个层面，又有何妨呢？在座的吕惠卿忍不住插话，引圣人语录，口气峻厉：执政者应当首先排斥郑声，何况自己干这种事呢？安国看不上吕惠卿为人，正色直言：排斥郑声，还不如远离小人呢。

这条笔记显示出士大夫群体对于写词的两种意见，一种认为“不可”，一种认为“不妨”，但不论可与不可，对词的定位都是“小词”——写写风月情事，没有大的志向，接近于孔夫子批判的“郑声”，流行于市井就罢了，士大夫却不可耽溺。王安石本人，倒也留下了十余首词，浅尝而已，李清照评之为“偶然作小歌词，人必绝倒”。我们今天称为一代之文学的宋词，至少在北宋前期地位仍是相当卑下的。

回到晏殊写作的年代，当时大量创制小词的士大夫文人有三位：晏殊、张先、柳永。张先位阶在晏殊之下，柳永更不必说，是一位流连于烟花巷陌的浪子文人，为写词付出了很大代价（我们将在下讲讨论他）。“为宰相而作小词”，晏殊势必知道风险，但他坚持了这项爱好。一种说法认为，晏殊最爱南唐冯延巳的词，而冯在晏殊的家乡抚州担任过节度使，或是初始渊源。另一条材料记载，晏殊担任官职时，真宗亲自选拔他为东宫讲官（太子的老师），原因是皇帝听说其他馆阁臣僚暇时都在嬉游宴赏，只有晏殊在家和兄弟读书，“如此谨厚，正可为东宫官。”晏殊却这样回答：“臣非不乐宴游，直以贫无可为。臣若有钱，亦须往，但无钱不能出也。”真宗一向信赖晏殊，这次也格外欣赏他的诚实，“眷注日深。”（《梦溪笔谈》卷九；《墨客挥犀》卷十同）

的确，晏殊并非在皇帝面前表演谦抑，而是清醒地为私人领地留下空间。日后的他，果然是“酒宴歌席莫辞频”：

> 晏元献公虽早富贵，而奉养极约，惟喜宾客，未尝一日不宴饮……既命酒，果实蔬茹渐至，亦必以歌乐相佐，谈笑杂至。数行之后，案上已灿然矣。稍阑即罢，遣声伎曰：“汝曹呈艺已毕，吾亦欲呈艺。”乃具笔札相与赋诗，率以为常。前辈风流，未之有比也。（《避暑录话》）

身份虽为高官，情性上是个文人，晏殊显然需要自己的精神和艺术领地。或者说，他正是以分寸感和节制力为自己创造了这个领地。晏殊生活朴素，“处富贵如寒士”，据说他饮食甚微，清瘦如削，又“平居书简及公家文牒，未尝弃一纸，皆积以传书”。可见他于常人眼中的“富贵”并不着意。酒宴歌席，自非昏天黑地的逸乐，更近于精神排遣和艺术情兴的发挥。下面这首《浣溪沙》，不妨看作晏殊自己的解释，也是一位兼具敏感与通达的传统文人的生命态度：

一向年光有限身，等闲离别易销魂，酒宴歌席莫辞频。

满目山河空念远，落花风雨更伤春，不如怜取眼前人。

人世有许多遗憾，许多感伤，生命之千百情味，总要为其寻找一处寄托。一代名臣、晏殊的门生兼同僚范仲淹将士大夫的处境概括为两种：居庙堂之高和处江湖之远。晏殊平生大体是“居庙堂之高”，因而尤其需要一个有别于朝堂的自在空间，对他来说，那个调节放松的私己空间最稳定地存在于自家庭院：一曲新词酒一杯……小园香径独徘徊。词，亦近于一个情感的庭院。故而，“为宰相而作小词”，于晏殊是平衡之道，是微妙恰当的精神出口。

二　庭院风光：时间与空间

注意到了晏殊以高官身份创制小词的不同寻常，学者们随即也就看到晏词的独特品格。大晏词虽脱胎花间，而风调闲雅，骨格自高，与花间之闺音绮语又有别。宋刘攽《中山诗话》谓“晏元献尤喜江南冯延巳歌词。其所自作，亦不减延巳”，大体道出晏词路径。在晚唐五代词的传统中，花间之艳语与李煜之悲音，于承平时代的晏殊都是不合适的，唯冯延巳之深沉雅调，与其心灵节拍自然相应。冯延巳，我们此前提到，是南唐中主李璟的宰相，而且在晏殊的家乡抚州做过官。

叶嘉莹先生曾论及正中词的特点是“摆脱对容貌衣饰的外在描绘，直写内心无法排遣的哀愁”，与此相对应，冯延巳的部分作品在抒情主体和抒情内容上做了模糊化处理，晏殊则充分掌握和发展了这种手法，恰如美国汉学家艾朗诺在《美的焦虑》一书中写道：

> 比之花间词中几乎篇篇都有的女性主题和浓烈脂粉气，晏词一个突出的特点便是其叙述者性别的

模糊，读者在字里行间找不出任何可以将叙述者确定为女性的细节或暗示，其干净彻底的程度让人难以相信这只是偶然或巧合。

……

与此同时，晏词——特别是那些常入词选的最成功的代表作——描述对象的性别也很含混。这在花间词中是罕见的，《花间集》绝大部分的词作都明确地以女性为描述对象。同样含混的还有词中人感伤的缘由，我们已无法将这种伤感再简单归结为闺情别怨，相思只是众多原因中的一个，他（她）们的哀怨更有可能是因为霜染青丝，伤春别离。这大概便是词评家们何以会将晏词称为“士大夫词”或“哲人词”（的缘故），通过对词中人物性别和感伤缘由的双重含混处理，晏词找到了一种观照外界的新方式。（艾朗诺《美的焦虑》，页 197）

必须稍加纠正的是：这种技巧并非晏殊首先发明，他只是将之发展到纯熟程度，以至于其子晏几道——小晏后来理直气壮地为父亲辩护：“先公小词虽多，未尝作妇人语也。”（《宋人轶事汇编》页 701）也因此，晏殊很大程度上缓解了他的阶层对于词的争议，将词带到一个能获得更多文化认同的优雅境界。

晏殊为词选择的书写场域是庭院——一个虽然小巧，却具有丰富联想度的空间，既为日常生活的亲近场景，也敏感应和着自然的律动。中国文人向来敏于从自然中参悟生命，庭院提供的正是这样一方天地：于中体察时序，静观万物，并由之反照自己的生命。

小阁重帘有燕过，晚花红片落庭莎。曲阑干影入凉波。一霎好风生翠幕，几回疏雨滴圆荷。酒醒人散得愁多。（《浣溪沙》）

小径红稀，芳郊绿遍。高台树色阴阴见。春风不解禁杨花，蒙蒙乱扑行人面。　　翠叶藏莺，珠帘隔燕。炉香静逐游丝转。一场愁梦酒醒时，斜阳却照深深院。（《踏莎行》）

金风细细，叶叶梧桐坠。绿酒初尝人易醉。一枕小窗浓睡。　　紫薇朱槿花残。斜阳却照阑干。双燕欲归时节，银屏昨夜微寒。（《清平乐》）

《浣溪沙》《踏莎行》《清平乐》皆系常见令调，也都为晏殊所擅。这些创作于不同时段的作品，事实上不妨连读，它们捕捉和描绘的时间片段，像一幅幅微型拼图，拼出一位上层士大夫文人的日常空间和心灵地图。晏殊的词，给人的基本印象是“闲雅”，其魅力还在“幽微”。你看晏词通常写什么呢？写某个黄昏的片刻：燕子飞过，花瓣飘落在草地上，风过帘幕，一星雨点滴落池塘；某个暮春的时日：绿暗红稀，世界转向幽深，炉香静转，一道斜阳穿过庭院；又或是早秋时节：一片片梧桐叶飘坠的声响，以及身体与心灵的微凉感受……它捕捉日常中的幽微、平静中的流动，呈现那些我们不经意间忽略了的事物，那些于无声处的生命绽放和流逝。

这正是小词与诗的不同。词之为体，其言小，其质轻，其径狭，其境隐。诗多写现实人事，社会风云，重视向外拓展，而词或者说诗的一类则恰好相反，致力于向内的开掘，关注幽隐的角落及微观世界，体察其间律动与声息。在晏殊的笔下，庭院就是那么一个曲径通幽的世界，一个“交叉小径的花园”：四时风光，万千动止，特别近于人心这个内宇宙。清凉水波中的倒影、蒙蒙拂面的杨花、缭绕着空中游丝的袅袅炉香……是物象，也是心境，唯心之精微，方能映照物之精微，而凡诸轻、淡、幽、约之庭院物事，似也特别契合晏殊含蓄节制的表达。此际的词，供诸宴饮，通常仅有词牌而未著标题，不系于具体人事，但我们不妨猜想，园林深处那些微不足道的声响与震颤，未尝不联结着晏殊漫长而繁密的政治生涯的诸般事件和心底波澜。

我们注意到晏词常写酒醒情绪，这是一种什么情味呢？典型的唐诗譬如说盛唐诗喜欢写酒宴高潮，并每以酒及酒器之贵重映衬生命之豪健张扬："葡萄美酒夜光杯""新丰美酒斗十千""兰陵美酒郁金香"，唐人陶醉于酒带来的生命冲动："眼花耳热后，意气素霓生"，那是一种少年侠气，浓于生命彩色和热情。相比较之下，宋词尤其是北宋文人词偏好写酒醒时刻——热情的高潮退去，人由闹返静，由沉醉归于清醒，透出来的感受是微醺和微凉。此时的情绪不是冲动的，而是富于体味的，调和了热情和冷静，经过酝酿，沉潜于心。故而唐诗华美，宋词雅淡，词中体现的宋式美学，亦如汝窑的雨过天青色，含蓄幽约。

以庭院为空间，晏殊将词的写作控制在一个合适尺度，即如真宗常常称道的其为人品性：不逾矩。晏词的最大特征，便是在有限空间发展它的深度和敏感度。最典型的写作，便是借由园林风物，传递敏锐的时间感受和深沉的生命忧患，传统文学中的时间命题，在以晏殊为首的北宋文人词中得到了有效推进。区别于乱世悲音，晏词每每在普遍恒常的生命状态中表现时间忧思，或者说，它将时间忧患日常化了。时间尺度在晏殊笔下是细密的，他很少说十年、三十年，不用落差顿挫，用幽微，常见的是"去年”“又一年”：

探花开，留客醉，忆得去年情味。（《更漏子》）

绿树归莺，雕梁别燕，春光一去如流电。（《踏莎行》）

急景流年都一瞬，往事前欢，未免盈方寸。（《蝶恋花》）

可耐光阴似水声，迢迢去未停。（《破阵子》）

人貌老于前岁，风月宛然无异。（《谒金门》）

皆是于无声处的警醒。意识赋予了时间以形质——听到泊泊的水声，看到闪电的划过。又如《采桑子》一阕，首句以感慨起调“时光只解催人老”，上下片接以人事、自然之变迁，仿佛时间的急管繁弦：

时光只解催人老，不信多情，长恨离亭，泪滴春衫酒亦醒。　　梧桐昨夜西风急，淡月胧明，好梦频惊，何处高楼一雁声。（《采桑子》）

再看《渔家傲》，犹如复调重弹，将思绪和视野延伸到更深广悠邈的天地：

画鼓声中昏又晓，时光只解催人老，求得浅欢风日好，齐揭调，神仙一曲渔家傲。　　绿水悠悠天杳杳，浮生岂得长年少，莫惜醉来开口笑，须信道，人间万事何时了。（《渔家傲》）

定更的钟鼓声提醒你又一天的到来，天地万物循环运转，但人不是神仙，年华易老，浮世多忧，何不趁着这美好风日当筵一笑、记取那些浅浅的欢乐？写这首《渔家傲》时晏殊罢相知颍州，同调另有十三首荷花词，大略皆为游颍州西湖一时之作。《渔家傲》词牌是个高调，据说唱来响遏行云——“齐揭调”即同时发出高声。想象一下用一个高亢清越的音调来唱这首词，传递的况味是颓丧？是旷达？

读晏词，我们会感慨这位跑在时间前面的神童，同时也是时间定律的警悟者。“神仙一曲渔家傲”，让我联想到晏殊生平中一个有些悲伤的故事——它告知我们神童的另一面，或可名之神童/天才的负担。事见《道山清话》，另可参考《宋会要辑稿》等史料：

临淄公既显，其季弟颖自幼亦如临淄公警悟。章圣闻其名，召入禁中，因令作《宫沼瑞莲赋》，大见称赏，赐出身，授奉礼郎。颖闻之，走入书室中，反关不出。其家人辈连呼不应，乃破壁而入，则已蜕去。案上有纸，大书小诗二首，一云：“兄也错到底，犹夸将相才。世缘何日了，了却早归来。”一云：“江外三千里，人间十八年。此行谁复见，一鹤上辽天。”其年十八岁也。章圣御篆“神仙晏颖”四字，赐其家。（《道山清话》）

临淄公即晏殊。“举神童”的晏殊，其实还有个神童弟弟晏颖。重视文教的北宋多科举人才家族，兄弟并辔不罕见，如二宋兄弟、二苏兄弟、曾巩兄弟、王安石兄弟等。北宋皇帝多爱文学人才，真宗既赏识晏殊，对晏颖也表现出极大兴趣，“赐出身，授奉礼郎”，但这份特殊优宠给晏颖带来巨大的精神压力，《道山清话》说他蜕化成仙了，这是虚饰，事实上可能比较悲哀——总之，他由人世消失了，还给兄长留下充满警示的辞别诗。无论这个记载有多少传说部分，它都显示了另一种价值观。但和弟弟不同，晏殊并没有成为早夭的神童或超脱的神仙，他留在世间，这意味着与其成功显贵人生相伴随的，是无法逃避的责任与负荷：人间万事何时了。《渔家傲》或许呈现出短暂的精神游离和超逸，词人向极悠远处、向神仙世界看了一眼，不过他仍清楚悠邈天地间人的位置。

学者郑骞曾这样评说《珠玉词》："《珠玉词》清刚淡雅，深情内敛，非浅识者所能了解。近人遂有讥为'身处富贵，无病呻吟'者。不知同叔一生，亦曾屡遭拂逆，且与物有情，而地位崇高，性格严峻，更易蕴成寂寞心境。故发为词章，充实真挚。安得谓之无病呻吟。文人哀乐，与生俱来，断无作几日宦即变成'心溷溷而面团团'之理。"（《成府谈词》）综合晏殊的生平和词章，这是比较透辟和全面的解读。

现在我们再来读晏殊的一首名作，再次跟随词人回到那个优雅的庭院，去看看他别有容藏的内宇宙，以及它与广大世界的关联：

槛菊愁烟兰泣露，罗幕轻寒，燕子双飞去。明月不谙离恨苦，斜光到晓穿朱户。　　昨夜西风凋碧树，独上高楼，望尽天涯路。欲寄彩笺兼尺素，山长水阔知何处。（《蝶恋花》）

此阕《蝶恋花》写秋景、秋思，以珍美的物象寄托感伤而清高的意绪，展现了时空和意识的多重流动。词由近处风物落笔，"槛菊愁烟兰泣露"，为入眼的秋天物象，也似人心郁结；"罗幕轻寒，燕子双飞去"，淡接一笔，写出季节的消减与冷清，同时将视线延向远方；"明月不谙离恨苦，斜光到晓穿朱户"，由昼入夜，观照的角度亦反转，仿佛不是人观物，是月光穿透到人的世界，映照警醒的心灵——晏词中的庭院，常常为一束光探入和照亮，瞬间呈现出它的深邃："斜阳却照深深院""斜阳却照阑干""斜日更穿帘幕"，此处则为秋夜皎洁的月光。我们知道，月光总是唤醒诗人的灵魂，日后东坡中秋词写月"转朱阁、低绮户、照无眠"，与晏词这两句有异曲同工之妙。上片至此，像一组逐渐拉开景深的镜头，让我们看到庭院深深深如许。

过片的转和接，诚为此作最高妙处。"昨夜西风凋碧树"，是以夜又返昼，而仍然留着夜的记忆：因有恨而不眠，因不眠而警醒、而听了一夜秋声。木叶之凋零，于昨夜是入耳之秋声，于今朝为入眼之秋色。"碧树"，绿树也，言碧则格外蕴贵重珍爱之意，老杜诗云"凤凰栖老碧梧枝"，即以碧梧之珍美对凤凰之高贵。西风凋碧树，世界由繁华变为寂寞萧飒，人在天地间仿佛更孤独，却也更清醒、更执着于一心的坚守："独上高楼，望尽天涯路"，这真是庄重而决然的态度。瞻望之远，正对应郁结之深，下片的视野因而持续投向开阔和深远，收于结拍之天高地迥思无穷："欲寄彩笺兼尺素，山长水阔知何处"。

你或许要问：这首《蝶恋花》到底表达了何种情思？它是代言？还是自诉己志？这又要回到本节开始提出的问题：晏词是如何利用传统和改造传统的。此词脱胎于游子思妇题材，但通过对抒情主体和感伤内容的模糊化处理，而使作品的气象境界突破了原有畛域，产生出更为深广的感发力量。换言之：此中郁结为何、瞻望为何，亦系乎读者一己之心灵。我们知道王国唯尤爱此词下片首三句，《人间词话》反复拈出叹赏：“《诗》蒹葭一篇，最得风人深致。晏同叔之‘昨夜西风凋碧树，独上高楼，望尽天涯路’意颇近之。但一洒落，一悲壮耳。”（第 24 则）又：“‘我瞻四方，蹙蹙靡所骋’，诗人之忧生也。‘昨夜西风凋碧树，独上高楼，望尽天涯路’似之。”（第 25 则）

风人之旨，代代相接。词之为体虽小，却可蕴寄深广的世界人生。

三　　庭院风光：燕子

下面我们来谈晏词一个颇为有趣而又相当重要的细节。

打开《珠玉词》，你读到庭院深深、四时风物，同时也发现一个频频出场的小生灵：飞来飞去的燕子。或许可以开个玩笑：晏殊姓晏，他是多么爱他们家的燕子啊。前面提到的词作中，燕子出现的频次就不低，不妨温习一下：

无可奈何花落去，似曾相识燕归来。（《浣溪沙》）

小阁重帘有燕过，晚花红片落庭莎。（《浣溪沙》）

翠叶藏莺，珠帘隔燕。炉香静逐游丝转。（《踏莎行》）

绿树归莺，雕梁别燕，春光一去如流电。（《踏莎行》）

罗幕轻寒，燕子双飞去。（《蝶恋花》）

双燕欲归时节，银屏昨夜微寒。（《清平乐》）

我们再举一些例子：

燕子双双，依旧衔泥入杏梁。（《采桑子》）

燕子飞来，几处风帘绣户开。（《采桑子》）

晚雨微微，待得空梁宿燕归。（《采桑子》）

日高深院静无人，时时海燕双飞去。（《踏莎行》）

燕子欲归时节，高楼昨夜西风。（《破阵子》）

金菊满丛珠颗细，海燕辞巢翅羽轻。（《破阵子》）

无情一去云中雁，有意归来梁上燕。（《木兰花》）

朱帘细雨，尚迟留归燕。嘉庆日，多少世人良愿。（《殢人娇》贺寿）

……

作为常见禽鸟、自然界的形象和人类生活的伴侣，燕子很早就出现在诗歌吟咏中，从《诗经》到古诗十九首、从六朝诗到唐诗，我们不断读到燕子的形象和象征。因为燕子是候鸟，春天北上而秋季南飞，故被视为时序标志；因为燕子通常双双对对，比翼齐飞，故亦用于爱情寄托；因为燕子长栖于人家屋檐下，筑巢而居，故引申为平世象征。向来民间习俗以燕子为祥瑞，譬如立春日以彩纸、丝绸剪出燕子形象，为春幡。凡诸意涵，皆契乎宋词的题材内容，更内在应和着有宋一朝文质彬彬的精神风貌，因而燕子成了宋词和宋式美学的代表形象之一。盛唐诗好写鹰，盛宋词爱咏燕，各为一代情彩风调。晏殊庶几为宋人中第一爱咏燕的，也许因为他姓晏，更因为这位仁宗朝宰相，爱的就是燕子翩翩飞过的闲雅雍容景象：

晏元献尝览李庆孙富贵诗云："轴装曲谱金书字，树记花名玉篆牌。"公曰："此乃乞儿相。余每言富贵不言金玉锦绣，惟说气象。若'楼台侧畔杨花过，帘幕中间燕子飞'，'梨花院落溶溶月，柳絮池塘淡淡风'，穷儿家有此景致也无?"（《青箱杂记》）

这是一条常被引用的宋人笔记。晏殊的"清贵之气"在这则轶事中表现得很充分，用今天的话说：他看不上暴发户腔调。俗子眼中的富贵不过金玉锦绣堆砌，而晏殊追求的是气象，是天气澄和，风物闲美，是由内至外透出来的清明安定。闲庭静院，燕子飞来飞去，为实景，更寓示了和平光景的流转有序。晏殊的文学品位和为政风格，要义都在"气象"二字。下面这首《破阵子》，有人说可以看出宰相胸襟：

燕子来时春社，梨花落后清明。池上碧苔三四点，叶底黄鹂一两声，日长飞絮轻。　　巧笑东邻女伴，采桑径里逢迎。疑怪昨宵春梦好，元是今朝斗草赢，笑从双脸生。（《破阵子》）

《破阵子》词牌来自唐教坊曲。唐大曲有《秦王破阵乐》，歌颂李世民讨伐四方之功，声容激壮。南唐李煜《破阵子》，则系亡国痛心疾首之作，激楚悲怆。晏殊五首《破阵子》，为宋词定格，内容已与破阵无关，此调适应之题材遂演为普遍。这首《破阵子》写春景，上片为自然景象，写春和景明，万物复苏。“燕子来时春社”，谓春社日燕子从南方飞来。古人以春秋两社祭土地神，时间在立春、立秋后第五个戊日，传说燕子春社来而秋社返，故称“社燕”，代表万物有时。“梨花落后清明”，则气候已近暮春。“二十四节气中，立春为春天六节气之首，清明为其五，正当春光最堪留恋处。节气又应花信，自小寒至谷雨，每五日一花信，每节气应三信即三芳开放。春分连接清明，春分三信为海棠花、梨花、木兰花，梨花落后，清明在望。”社日与节气，都表达了农耕社会对时序的敏感，时序之不紊，意味着风调雨顺、国泰民丰。此词上片正写出时序不紊，于云淡风轻的节物风光点染中，呈现清明融合之气。

下片转向人事，仍化繁为简，仅用轻快之笔触，写了两个天真活泼的采桑女，而欣赏春天的眼光，也由庭院来到田园。作为农耕生活的典型景象，女子采集之劳事自《诗经》便多有吟咏，《周南》之“采采芣苡”，言劳作之乐也；《豳风·七月》之“春日迟迟，采蘩祁祁”，言生事之忧也。忧乐之间可观治乱之别。晏殊此词写乐，只写了件微不足道的小事：女孩子斗草得胜。然则小事足为乐，正见世道清平，百姓安康，人心和悦。此片头尾两着“笑”字：“巧笑东邻女伴”“笑从双脸生”，青春少女之明媚、无忧无虑、意态娇憨宛然如现。至此，春花春鸟、春天的女孩子连同她欢愉的春梦，织出一幅升平时代的“春景”。这一幅春景，就是晏殊心中的理想图画吧。周汝昌先生论词曾说：“词中伤感悲凉之音多，荣和愉悦之境少。”这本是抒情文学的规律，然北宋晏欧诸人，笔端毕竟可见“太平气象”也。而晏殊的这首《破阵子》，化干戈为玉帛，真乃“春光的破阵子”。那对温雅和平的燕子，在晏殊的庭院和词章中飞来飞去，终而作为经典形象，镶嵌在宋词的风景中。宋代词家谁没有写过燕子？如欧阳修的“燕子飞来窥画栋，玉钩垂下帘旌”，晏几道的“落花人独立，微雨燕双飞”，苏东坡的“燕子飞时，绿水人家绕”……再到南宋史达祖的咏物名作《双双燕》：“过春社了，度帘幕中间，去年尘冷。差池欲住，试入旧巢相并。还相雕梁藻井，又软语商量不定。”燕子寄托了一个时代的温雅和平、缱绻情深。然则我们别忘了自然界中还有鹰。于是我们读到宋徽宗的《宴山亭》："凭寄离恨重重，这双燕何曾，会人言语?"读到文天祥的诗《过金陵驿》："满地芦花和我老，旧家燕子傍谁飞?"燕子，这小小的生灵，飞过了一个王朝的兴衰变迁。

四　晏殊词的影响

冯煦《蒿庵词话》称："晏同叔去五代未远，馨烈所扇，得之最先，故左宫右徵，和婉而明丽，为北宋倚声家初祖。"揭橥了晏殊和五代词尤其是与南唐词的关系。这个"初祖"地位，当放在士大夫词家范围讨论。因为柳永年代不在晏殊之后，市民词的领域，柳永影响更大。

"为宰相而作小词"，晏殊的创作，以其和雅品位为北宋文人词打开了一条合理化路径。此前，尽管南唐君臣词写得不俗，但毕竟背着亡国标签，李清照《词论》就概之为"亡国之音哀以思"。而自奉清俭、为政刚简的晏殊，在政事之暇别创乐府雅调，倒是可以被视为太平气象、文臣风流的——"顾其事业岂止如是耶"！晏相之风雅，首先影响到身边的门生僚属：

> 相国不自贵重其文，门下客及官属解声韵者，悉与酬唱。（《宋景文笔记》）

作为文坛领袖，晏殊一向推重优礼诗人，最喜相与酬唱。诗人梅尧臣、张先都曾被他辟为僚属，张先即张子野，为北宋词坛著名的“张三影”，如“云破月来花弄影”等句，深得词幽微绰约之美；在其门生当中，二宋兄弟始终视晏为偶像，二宋当中的小宋宋祁，以《玉楼春》佳句“红杏枝头春意闹”被称作“红杏尚书”。李清照《词论》，于宋初阶段特别提到张子野、宋子京兄弟，将他们归于“虽时时有妙语，而破碎何足名家”辈。顺便说说，《词论》篇幅短小而立论严苛，被提名者皆非等闲之辈。

但为晏词影响最深且造诣尤高的，此处要特别说到两位：一为晏殊门生欧阳修；一为晏殊幼子晏几道。

欧阳修，晏殊后一辈的文坛领袖，当年应礼部试时为晏殊擢拔，故有师生之分和知遇之恩，晏殊去世，神道碑铭也由欧阳修撰写。但师生之间有过节，事亦恰因酬唱而起：

> 晏元献殊作枢密使。一日雪中退朝，客次有二客，乃欧阳学士修、陆学士经。元献喜曰：“雪中诗人见过，不可不饮也。”因置酒共赏，即席赋诗。是时西师未解，欧阳修句有“主人与国共休戚，不惟喜悦将丰登，须怜铁甲冷彻骨，四十余万屯边兵。”元献怏然不悦，尝语人曰：“裴度也曾燕客，韩愈也会做文章，但言园林穷胜事，钟鼓乐清时，却不

曾恁地作闹。"（《隐居诗话》，事又见《东轩笔录》卷十一）

彼时锋芒颇盛的政坛少壮派欧阳修，就这样冲撞了老成稳健的晏殊。有一个说法，晏殊后来受弹劾罢相，也与欧阳修此诗有关。但事实上两年后，晏殊来到他一生中最高的位置：同中书门下平章事，集贤殿学士，兼枢密使。而且，身居高位的晏殊根本不改宴乐酬唱癖性，索性将东山风流发扬到底：

庆历癸未十二月二十九日立春，甲申元日，丞相晏元献公会两禁于私第。丞相席上自作《木兰花》以侑觞，曰："东风昨夜回梁苑。"于时坐客皆和，亦不敢改首句"东风昨夜"四字。（杨湜《古今词话》）

那么严正劝诫过老师的欧阳修呢？说来有趣，欧阳修后来知颍州，也模仿晏殊填了十二首《渔家傲》，他晚年为颍州西湖创作的十首鼓子词《采桑子》，更是追步晏殊而有出蓝之势。我们知道现存《六一词》，数量又近倍于《珠玉词》，另外，欧阳修一生因词招致的非议风波，也大大超出了晏殊，因为欧阳修的性格，确实比较"恁地作闹"。这一对脾气不大投合的师生，创作的词却总被论家相提并论，才女李清照将北宋三代文坛领袖搁在一起打包评论：

> 至晏元献、欧阳永叔、苏子瞻，学际天人，作为小歌词，直如酌蠡水于大海，然皆句读不葺之诗尔。

李清照的分类法揭示了从晏殊到苏轼之间的承传关系。的确，无论从才学、地位和角色自期而言，晏、欧、苏都是同类，都堪为北宋士大夫精英代表，也无论彼此性格有何不同，其心灵空间的情调色彩皆有高度的相似性。以生涯履历而论，他们都是以余力作词，词在他们庞大著述中仅占一个微小的比例，李清照将他们的词视为“句读不葺之诗”，除了从声律方面严格持论，其实也透露了这些“小歌词”与文人诗潜在的精神相通：变伶工之词为士大夫之词也。

试以《木兰花》一调（又名《玉楼春》，又名《木兰花令》）来看晏欧苏三人的递相承继：

> 池塘水绿风微暖，记得玉真初见面。重头歌韵响琤琮，入破舞腰红乱旋。　　玉钩阑下香阶畔，醉后不知斜日晚。当时共我赏花人，点检如今无一半。（晏殊）

尊前拟把归期说，欲语春容先惨咽。人生自是有情痴，此恨不关风与月。　离歌且莫翻新阕，一曲能教肠寸结。直须看尽洛城花，始共春风容易别。（欧阳修）

霜余已失长淮阔，空听潺潺清颖咽。佳人犹唱醉翁词，四十三年如电抹。　草头秋露流珠滑，三五盈盈还二八。与余同是识翁人，惟有西湖波底月！（苏轼）

当然，你仔细体会：这三者的情调是一个比一个奔放。晏欧之不同，亦如郑骞所说："《珠玉词》缘情体物，细妙入微处，为《六一》所不及。《六一》情调之奔放，气势之沉雄，又为《珠玉》所无。"（《成府谈词》，引自《二晏词》，页206）顾随论晏欧，则谓晏亦蕴藉亦明快，而欧极是热烈（《顾随文集》页742—744）。欧阳修的奔放热烈，再传到苏轼——"疏隽开子瞻"（冯煦《宋六十家词选·例言》），词的天地将大大拓宽，境界气象又不同了。这是后话，此处从略。

再来说说晏几道，他是晏殊第七子（一说八），深得晏氏家传。区别于父亲显达，小晏仕途偃蹇，落魄终身。但父子二人的气质禀赋颇见相承处——大晏如何处富贵，小晏亦便如何处贫贱，清高且晏如也。黄庭坚谓小晏有四痴："仕途连蹇，而不能一傍贵人之门，是一痴也；论文自有体，不肯一作新进士语，此又一痴也；费资千百万，而面有孺子之色，此又一痴也；人百负之而不恨，己信人，终不疑其欺己，此又一痴也。”（《小山词序》）简言之，小晏是典型的落魄贵公子，唯其落魄，倒是将大晏词深婉的情思解放出来（实则大晏多有相思、悼亡之作，只是表达含蓄），发展为清丽芊绵。

陈廷焯《白雨斋词话》谓：“北宋晏小山工于言情，出元献文忠之右，然不免思涉于邪，有失风人之旨；而措辞婉妙，则一时独步。”（卷一 26 条）“思涉于邪”自是道德家论，其实小晏作词全无狎昵之气，痴情又兼纯情，形象有类《红楼梦》中的怡红公子贾宝玉，而比贾宝玉还立得住。此处仅附小晏代表作数首，以窥一斑：

梦后楼台高锁，酒醒帘幕低垂。去年春恨却来时，落花人独立，微雨燕双飞。　　记得小苹初见，两重心字罗衣。琵琶弦上说相思。当时明月在，曾照彩云归。（《临江仙》）

彩袖殷勤捧玉钟。当年拚却醉颜红。舞低杨柳楼心月，歌尽桃花扇底风。　　从别后，忆相逢。几回魂梦与君同。今宵剩把银釭照，犹恐相逢是梦中。（《鹧鸪天》）

秋千院落垂帘幕，彩笔闲来题绣户。墙头丹杏雨余花，门外绿杨风后絮。　　朝云信断知何处？应作襄阳春梦去。紫骝认得旧游踪，嘶过画桥东畔路。（《木兰花》）

天边金掌露成霜。云随雁字长。绿杯红袖趁重阳。人情似故乡。　　兰佩紫，菊簪黄，殷勤理旧狂。欲将沉醉换悲凉，清歌莫断肠。（《阮郎归》）

二晏相仿处在体式，多限小令，题材亦不开阔，然真是两宋词坛最清洁优美的作品。

第四讲

便纵有千种风情：柳永的词边人生

李清照《词论》于北宋词坛诸家中，第一个提到的便是柳永：“始有柳屯田永者，变旧声作新声，出《乐章集》，大得声称于世。”不仅如此，论及其他词家，李清照都照类别来，唯于柳永单独作论。何也？

简言之，李清照看到了柳词的开创性和有别于通常士大夫词家的大众性，此其一；随之而来的是：柳永因而成了北宋文人词家中别具一格的那位，取得的成就正与付出的代价相牟。

一　柳词面貌之一：盛世风采

东南形胜，三吴都会，钱塘自古繁华。烟柳画桥，风帘翠幕，参差十万人家。云树绕堤沙，怒涛卷霜雪，天堑无涯。市列珠玑，户盈罗绮，竞豪奢。

重湖叠巘清嘉。有三秋桂子，十里荷花。羌管弄晴，菱歌泛夜，嬉嬉钓叟莲娃。千骑拥高牙。乘醉听箫鼓，吟赏烟霞。异日图将好景，归去凤池夸。（《望海潮》）

杭州“宋城”入门处的一块横卧石碑上，镌着柳永这首《望海潮》。杭州人把西湖给了苏东坡，但把称美这座城市盛世风情的位置留给了柳永。

《望海潮》，柳永自制曲，词牌当据钱塘潮命名，专门献给这座城市。这首词拥有小词鲜有的全景画幅，它不是从某一特别角度、而几乎是以上帝之眼阅读杭州城的：它的地理位置、历史角色，它的市肆繁华、江山胜景。上片五十三个字，将如上内容交代得清清楚楚。其中用了两组非常漂亮的对偶！第一组，四四六句式的古今对，写钱塘自古繁华，今天亦人烟阜盛；第二组，自然景象与人境对，“云树绕堤沙”三句取五五四句式，绘湖山胜景，“市列珠玑”三句取四四三句式，状街市繁荣，句式虽略参差，意涵完全互映，写出杭州这座城市真得天独厚、富庶风流也。你再仔细看，两组对偶内部又有对偶，通共包含三组四字对，一组五字对，地理历史，仰取俯拾，近景远景，统摄而来，构成相得益彰、浑然天成的照映。五十三个字中句有单式偶式，内容或放或收，完成了大手笔的整体勾勒。

词转下片，由勾勒而进一步渲染，为图画添加色彩、氛围、细节。换头“重湖叠巘清嘉”垫上一句，道湖山秀色氤氲，唤起憧憬。接着写时令风物：三秋桂子，十里荷花——物事既美，又兼时空舒展，所以美得丰饶。再由物事转人事：“羌管”三句，照顾到了昼与夜、劳事与欢歌、叟与娃，真个是天下熙熙，安且乐哉。——“嬉嬉钓叟莲娃”，仿佛后世的杨柳青或桃花坞年画，代表民间丰乐愿景。到此可借用孔夫子一句感叹：“尽美矣，又尽善也。”（《论语·八佾》）于是词进入终章的颂：“千骑拥高牙”，这是皇帝钦派的地方治理官的排场气势，他威严自重，理政有方，更兼风度闲雅、诗兴盎然。等他还朝复命时，应当将这治地的清平景象好好摹绘摹绘，呈给凤池上的官家。

词写城市，自柳永始。原本对都市进行讽咏颂扬的任务多由赋来承担，或者是赋化的诗，如篇幅较长的古风或歌行。赋的特点是铺张扬厉，穷尽历史沿革、典章文物、形貌声色。柳永此作也可以说是“用赋笔写词”，然而何等举重若轻、舒卷自如。据说《望海潮》本为一首干谒之作，赠给与柳氏有通家之好的孙何。吴熊和则考证此词为至和元年（1054）柳永在杭州赠资政殿学士、知杭州孙沔作（《柳永与孙沔的交游及柳永卒年新证》）。与这首词相关的更著名传说则出自南宋人罗大经《鹤林玉露》：金主完颜亮读柳永《望海潮》，“遂起挥鞭渡江、立马吴山之志”（《鹤林玉露》卷一）。历史上完颜亮于公元 1161 年率军进攻南宋，同年被部将射杀于瓜州渡，并未能“立马吴山”。如果传闻属真，《望海潮》中的杭州真成了北方异族首领完颜亮那座“看不见的城市”（卡尔维诺语）。

柳永堪称城市歌者，这在北宋词家中甚为罕见。在中国士大夫文化语境中，山水特具精神性内涵，而城市是世俗性的，所谓“京洛多风尘，素衣化为缁”，说的是城市哪有山林干净？洁白的衣服蒙了灰尘，都变成黑的了。历来的都市赋和都市诗都包含劝讽，歌咏城市意味着贪恋繁华，道德上不够节制。但柳永偏就喜欢歌咏城市，他的城市词写了一首又一首，都是赞美，都是满心满眼的沉醉，没有劝讽。我们再来看看他怎么写最爱的汴梁城——

嶰管变青律，帝里和新布。晴景回轻煦。庆嘉节、当三五。列华灯、千门万户。遍九陌、罗绮香风微度。十里然绛树。鳌山耸、喧天箫鼓。　　渐天如水，素月当午。香径里、绝缨掷果无数。更阑烛影花阴下，少年人、往往奇遇。太平时、朝野多欢民康阜。随分良聚。堪对此景，争忍独醒归去。（《迎新春》）

词中的“少年人”很像柳永自己。这首词可能作于柳永青年时期，写的是汴京的元宵节，词调也为柳永自制，与内容相应，就叫《迎新春》。词的上片由新春气象落笔，首句“嶰管变青律”谓节序转换、空中飘来司春之神的乐律（据《汉书·律历志》，古人以嶰谷所伐之竹制律本，即今之所谓定声器，青律即青帝——司春之神所司之律），伴随着这徽音，帝京物候焕然一新。接着仿佛大幕拉开，进入元宵夜盛况：千门万户，九陌十里，华灯璀璨，香风旖旎……描叙戛然收于高潮：“鳌山耸、喧天箫鼓”。至此已完成一幅风俗图。换头一转，由闹至静，以素月对上片华灯，又开一幕，写更阑人散后月光下的浪漫邂逅——原来这才是少年人期盼的节日风光。元宵节，真不愧是宋人的情人节！

宋人特重元宵，宋词亦多写元宵节，如欧阳修《生查子》、苏轼《蝶恋花》、周邦彦《解语花》、李清照《永遇乐》、辛弃疾《青玉案》等都是佳构。相比之下这阕《迎新春》的特点是浅近单纯，一首长调，概括起来不过欧阳修《生查子》上片四句："去年元夜时，花市灯如昼。月上柳梢头，人约黄昏后。"另外，不像欧苏等人的元宵词别有寄托，《迎新春》就是满怀欢喜写这个节日、写这个城市，词人天真地陶醉在眼前的太平景象中，既是景中人，也是睁大了好奇之眼的欣赏者。慢词和小令的区别，在于有铺陈空间，柳词即如王灼所言："序事闲暇，有首有尾。"又如陈振孙评价："承平气象，形容曲尽。"

《乐章集》中像《望海潮》《迎新春》这样的作品，还有不少。我们再来读一首非常可爱的春词：

> 拆桐花烂漫，乍疏雨、洗清明。正艳杏浇林，缃桃绣野，芳景如屏。倾城。尽寻胜去，骤雕鞍绀幰出郊坰。风暖繁弦脆管，万家竞奏新声。　　盈盈。斗草踏青。人艳冶、递逢迎。向路傍往往，遗簪堕珥，珠翠纵横。欢情。对佳丽地，信金罍罄竭玉山倾。拚却明朝永日，画堂一枕春酲。（《木兰花慢》）

真乃没有一丝阴影的盛世游春图。

年代稍后于柳永的福建人黄裳在《书乐章集后》说："予观柳氏乐章，喜其能道嘉祐中太平景象。……尤想见其风俗，欢声和气，洋溢道路之间，动植咸若。"（《演山集》卷三十五《书〈乐章集〉后》）柳永何以成为盛世歌者？推其原因主要有二。第一个原因是他生逢北宋开太平后的真宗、仁宗朝，其时虽有外患而大抵海内平宁，经济文化发展，城市富庶，"节物风流，人情和美"，"法度礼乐，浸复全盛"（王灼《碧鸡漫志》），总体来说是个好时代。而繁华所聚的都城汴京，人口超百万，是当时世界上最大最先进城市。如果说后来的孟元老《东京梦华录》、张择端《清明上河图》呈现了徽宗朝东京梦幻般的繁华，比他们早一百年的柳永则首先对到来的盛世有一番青春浪漫的拥抱。

第二个原因也非常重要，即柳永本人呼吸着奢华浪漫的都市气息长大，构成对他一生性格和癖性的影响。据宋代相关笔记史料，柳永的父亲柳宜曾仕南唐，入宋后降职为地方令，在太宗淳化年间入朝为官（参薛瑞生考证，为淳化四年即993年）。柳永可能童年随父入京，在京城度过了相当重要的青少年时代，他晚年作《戚氏》追想平生，再现了年少的恣意生涯：

帝里风光好，当年少日，暮宴朝欢。况有狂朋怪侣，遇当歌、对酒竞留连。（《戚氏》）

柳词凡提到“故乡”，多指向汴京，而非原籍崇安。这一自我定位值得重视。正如宇文所安《盛唐诗》提出的京城诗人和外省诗人概念一样，我们读宋词也须留意地理空间作用。宋代很多著名文人都出自外省，因为科举做官才来到京城，携着各自的原乡背景和成长经历。而柳永的人生底色就是京城印上去的，京城既是他的成长环境，也为其创作空间，所以柳词格外突出地表现出醉太平倾向。翰林学士侍读范镇说：“仁宗四十二年太平，镇在翰院十余载，不能出一语咏歌，乃于耆卿词见之。”（祝穆《方舆揽胜》卷10）不期然中道出趣尚之别。柳永是真心爱大都市、爱繁华、爱享乐、爱你侬我侬的，一句话，沉醉于“花柳繁华地，温柔富贵乡”，而且不加掩抑。这不加掩抑是关键。

总结一下：柳三变耆卿，生长于北宋升平年代的京城官二代，上有父兄依傍，下有才华自恃——是不是天生的幸运儿？然而窥其一生，却成了盛世的失意者，这又岂非造化弄人？

二　柳词面貌之二：谢娘心曲

黄金榜上，偶失龙头望。明代暂遗贤，如何向？未遂风去便，争不恣狂荡？何须论得丧。才子词人，自是白衣卿相。　　烟花巷陌，依约丹青屏障。幸有意中人，堪寻访。且恁偎红倚翠，风流事，平生畅。青春都一饷。忍把浮名，换了浅斟低唱！（《鹤冲天》）

对柳永来说，他的人生成也因为曲子词，败也系乎曲子词。这首《鹤冲天》，颇能见出柳永的脾性和行事风格。此词作于柳永（当时名三变）第二次应进士考失利后。词意直白，就是对科第不进的负气发泄：我落榜了，不过我自认是个贤才，这清明时代竟把我给遗漏了。未能乘着好风攀上青云，你让我怎么办？我这么个才子词人，权且自封作“白衣卿相”吧（唐宋七品官员着绿袍，进入仕途称“脱白挂绿”）。能安慰这颗失意心灵的，唯有烟花巷陌中那些红颜知己，那么让我再回到她们当中、再风流畅快一把，毕竟青春不可辜负！要什么虚飘的功名，不如且斟酒，且听这些解心意的美人儿曼声歌唱。

这样一首词，着实让人瞠目，不用说，以“才子词人”声名，这首词的传播度不会低，引发的议论不会少，于是又有了吴曾《能改斋漫录》记录的这则故事：

仁宗留意儒雅，务本理道，深斥浮艳虚薄之文。初，进士柳三变，好为淫冶讴歌之曲，传播四方。尝有《鹤冲天》词云：“忍把浮名，换了浅斟低唱。”及临轩放榜，特落之曰：“且去浅斟低唱，何要浮名？”（卷十六）

仁宗当为真宗误。因为后来柳永正是在仁宗景祐元年（1034）中的进士，此系他的第三度应试（一说第五次），而该年为仁宗赵祯亲政的第二年。这时柳永已年近五十，不复青春少俊，而且耐人寻味的是，他将自己的本名“三变”改为了“永”。当年的“奉旨填词柳三变”成了日后留名词史的“柳屯田永”。

说柳永“好为淫冶讴歌之曲”，倒的的确确没冤枉他。我们来看看柳三变在那些烟花巷陌填的曲子——

心娘自小能歌舞。举意动容皆济楚。解教天上念奴羞，不怕掌中飞燕妒。　　玲珑绣扇花藏语。宛转香茵云衬步。

王孙若拟赠千金，只在画楼东畔住。

佳娘捧板花钿簇。唱出新声群艳伏。金鹅扇掩调累累，文杏梁高尘簌簌。　　鸾吟凤啸清相续。管裂弦焦争可逐。何当夜召入连昌，飞上九天歌一曲。

虫娘举措皆温润。每到婆娑偏恃俊。香檀敲缓玉纤迟，画鼓声催莲步紧。　　贪为顾盼夸风韵。往往曲终情未尽。坐中年少暗消魂，争问青鸾家远近。

酥娘一搦腰肢袅。回雪萦尘皆尽妙。几多狎客看无厌，一辈舞童功不到。　　星眸顾指精神峭。罗袖迎风身段小。而今长大懒婆娑，只要千金酬一笑。（《木兰花》）

以上《木兰花》四首，可以让我们一睹北宋汴京“新声巧笑于柳陌花衢，按管调弦于茶坊酒肆”的风貌，而柳永流连此中，这个温柔乡为他的情性所托和灵感来源，以此留下诸多冶游的“供诉状”。不过这恰又说明他和词的机缘所在。曲子词这一艺术样式，源头本自民间，即所谓“闾巷胡夷之曲”。有唐一代，流行的闾巷胡夷之曲收集到教坊，经整理润饰后再付诸歌宴，留下词史最初一批词牌。凡音乐文学，文人与艺人的配合是重要条件，曲子词如此，此前的乐府歌谣也是这样，后来的戏曲更离不开这一合作。烟花巷陌、歌楼楚馆乃词这种流行歌曲的源发地和重要传播场域，歌儿舞女则为演绎传播曲子词的主体，她们较量才艺，各擅胜场。《木兰花》所写心娘、佳娘、虫娘、酥娘，无不能歌善舞，柳永的音乐才华，很可能与他常年浸泡于歌楼、接触流行歌曲前沿有关。因而在两宋词坛，柳永成为创调最多的词人，《乐章集》现存210余首作品中，用了133种词调，故李清照《词论》说柳永“变旧声为新声，大得声称于世”。这一位浪子，堪称流行艺术的弄潮儿，只是这个身份在士大夫群体中并不那么光彩。

也因为这样的一种人生和艺术耽癖，柳永和歌儿舞女们结下了很深的情谊，为她们代言、赋“谢娘心曲”就很自然。他既欣赏她们的姿容才艺，也了解她们的欢场遭遇，尤其是能放下身段，揣摩这些风尘女子的心思语态。下面这首《定风波》便是典型的“谢娘心曲”：

自春来、惨绿愁红，芳心是事可可。日上花梢，莺穿柳带，犹压香衾卧。暖酥消，腻云亸。终日厌厌倦梳裹。无那。恨薄情一去，音书无个。　　早知恁么。悔当初、不把雕鞍锁。向鸡窗、只与蛮笺象管，拘束教吟课。镇相随，莫

抛躲。针线闲拈伴伊坐。和我。免使年少，光阴虚过。（《定风波》）

词写春天的早晨、满腹心事的青楼女子——她在恼人的春光中想起那一去不返的薄情郎，懊悔当初没拼尽全力把他留住。在这般花红柳绿的春日，若得与意中人耳鬓厮磨，两相欢洽，才算不辜负青春年华。词中艺妓心思以第一人称出之，一读便是市井中人语，声口毕肖，明白泼辣。上至敦煌曲子词中《抛球乐》《望远行》等唐代闾巷歌谣，下至《金瓶梅词话》中明代流行的行院曲子，无不是这种风格。文人写同类主题，通常雅致含蓄得多，譬如温庭筠的《菩萨蛮》系列，“小山重叠金明灭”一首，人物情节与此词差似，情调则迥异。温词何等精致且华贵！女主人公置身于精心调度的高光映照中，像不说话的艺术品，优美娴静，曼妙婉转，只让你去揣摩、去领会、去欣赏。也因此温词能让人起《离骚》“初服”之附会联想，柳词却爽捷了当：词中女子念叨着“日上花梢，莺穿柳带”的巷陌春光，赌咒般说出“悔当初、不把雕鞍锁”“镇相随，莫抛躲”的市井情话，决不会让读者附会联想到他处去。

宋人笔记中的柳永总是因填词惹麻烦，《定风波》又是一例。传说有一次柳永去找晏殊，情况大抵即官场小人物去找宰相大人论理，希望他能抬举抬举自己，不料在“好为曲子词”的晏相公那里，柳永的词名没能帮上忙，反倒坏了事——

柳三变既以词忤仁庙，吏部不放改官，三变不能堪，诣相府。晏公曰：“贤俊作曲子么？”三变曰：“只如相公亦作曲子。”公曰：“殊虽作曲子，不曾道‘彩线慵拈伴伊坐’。”柳遂退。（宋张舜民《画墁录》）

这几句对话很是生动，包含的信息丰富，柳永的任性亦可见一斑。“以词忤仁庙”指柳永的应制词《醉蓬莱》有几句叫仁宗读了不痛快（事见王辟之《渑水燕谈录》卷八）[①]，这其实也怪柳永粗心，颂圣之作却写什么“渐亭皋叶下”“太液波翻”，用语确属不当，据说仁宗掷词于地曰：何不云“波澄”？柳永自负词才，希图以词博晋身，哪知弄巧成拙。晏殊何等精细的人，或许想对柳永点拨一二：“贤俊作曲子么？”可是柳永虽然比晏相还年长几岁，却像个愣头青，冲口便出负气话：“只如相公亦作曲子。”这

① ［宋］王辟之《渑水燕谈录》卷八：柳三变景祐末登进士。少有俊才，尤精乐章。后以疾更名永，字耆卿。皇祐中，久困选调，入内都知史某爱其才而怜其潦倒。会教坊进新曲《醉蓬莱》，时司天台奏老人星见。史乘仁宗之悦，以耆卿应制。耆卿方翼进用，欣然走笔，甚自得意，调名《醉蓬莱慢》。比进呈，上见首有“渐”字，色若不悦。读至“宸游凤辇何处”，乃与御制真宗挽词暗合，上惨然。又读至“太液波翻”，曰：“何不云‘波澄’?”乃掷之于地。永自此不复进用。

下晏殊也不客气了："殊虽作曲子，不曾道'彩线慵拈伴伊坐'。"明白告诉柳永分寸界限所在。

"为宰相而作小词"的晏殊同样因其词曲爱好承受压力，但他清晰划定了疆界，并在此疆界内发展出一种雍容典雅的风格。叶嘉莹曾提到，晏殊便算赠歌女之词，发语亦是："偶学念奴声调，有时高遏行云。""衷肠事，托何人？若有知音见采，不辞遍唱阳春。"（《山亭柳》）晏殊有多清高，柳永就有多俚俗，晏殊有多节制，柳永就有多放浪。从客观背景而讲，晏殊听歌填词时面对的是家妓官妓，有天然的身份界限，而柳永交往的多是烟花巷陌中的艺妓，每于平交当中见情意。也正因此，他们的这次对话可谓文人群体在小词观念和趣味上的交锋，或者说，士大夫趣味和市民趣味的交锋。两种趣味都为词的发展注入了新能量。晏殊表现出的沉潜、细腻、节制、理性，实为典型的北宋士大夫文化精神，赋予小词雅正深沉的意涵，提升了其精神格调。"浪子"文人柳永则另外习得市井民间的一套鲜活话语，且不惮将之纳入自己的创作空间和美学结构中，从而打破雅俗界限，拓宽词的门径。未来的岁月，柳永还将因此为苏东坡调侃、被李清照批评。大苏或以柳永自我比照："我词何如柳七词？"或调侃门生秦观："不意别后，公却学柳七作词。"（《词林纪事》）秦观则慌忙自辩："某虽无学，亦不如是。"李清照呢，给柳词的评价是："虽协音律，然词语尘下。”然，所失亦所得，上举数家虽秉持士大夫趣味而不满柳词俚俗，却无一忽略柳永的词坛影响力，事实上，他们自身也都不无直接、间接受到柳永影响。毕竟，“凡有井水饮处，即能歌柳词”。

且，柳永的情词就一味俚俗吗？非也。一旦柳永从自身这面着笔，则既特具少年才士的风流婉转，又不乏精英文人的思慨深沉，不妨读两阕他的《凤栖梧》：

帘内清歌帘外宴。虽爱新声，不见如花面。牙板数敲珠一串，梁尘暗落琉璃盏。　　桐树花深孤凤怨。渐遏遥天，不放行云散。坐上少年听不惯，玉山未倒肠先断。

伫倚危楼风细细。望极春愁，黯黯生天际。草色烟光残照里。无言谁会凭阑意。　　拟把疏狂图一醉。对酒当歌，强乐还无味。衣带渐宽终不悔，为伊消得人憔悴。（《凤栖梧》）

前一首殆为少作，写隔帘听歌、情难自抑的沉醉，情调芊绵婉转，下语珠圆玉润，开日后小晏、秦观情词一派。后一首是世所公认的名篇，即周济所谓“珍重下笔”的高手之作：“言近意远，森秀幽淡之趣在骨”（两作亦见欧阳修近体乐府，今天基本断于柳永名下)。许多人经由王国维著名的三重境界说而熟悉下片结拍两句：衣带渐宽终不悔，为伊消得人憔悴。揆柳永本意，此或仍不过是浪子情话，王氏却做了极高的引申：

古今之成大事业、大学问者，必经过三种之境界："昨夜西风凋碧树，独上高楼，望尽天涯路"，此第一境也。"衣带渐宽终不悔，为伊消得人憔悴"，此第二境也。"众里寻他千百度，蓦然回首，那人却在，灯火阑珊处"，此第三境也。

王国维论词，多从感发力量入手，每从景语情语中读出人生境界。三种境界分别拈取晏殊《蝶恋花》、柳永《凤栖梧》、辛弃疾《青玉案》句子，贯通其中的是心有所系者的执着与深情。在面对人生的这份诚意上，在对人生诚意的书写中，柳屯田和晏相公隔空相遇了，这一次，他们被视作精神同盟。

三　柳词面貌之三：羁旅情怀

柳永为轻狂和任性付出的代价，便是作了太平时世的失意者，这位官宦家庭出身的才子，身逢文人学士最“得遇”的真宗、仁宗朝，却落拓不遇，科场蹭蹬，仕途偃蹇，被他所归属的那个士大夫文人群体抛掷到边缘，终其大半生艰难行走在由柳三变成为柳永的道路上。

长安古道马迟迟。高柳乱蝉栖。夕阳岛外，秋风原上，目断四天垂。　　归云一去无踪迹，何处是前期。狎兴生疏，酒徒萧索，不似去年时。（《少年游》）

这是追怀往昔还是自悔前尘？那个放浪的自我和渴望标准人生（世俗意义的成功与内心的安顿）的自我间有着难以弥合的矛盾。可以想象柳永一直承受着来自传统/主流价值观的压力，但要转头，想必不是那么容易。当少年的繁华和快意失去，而人生的志意寄托无着，柳永看到自己成了那个最寂寞的天涯沦落人。

在文人世界，柳词获得最高声誉的正是他独具特色的羁旅行役之作。《乐章集》收有六十多首羁旅行役词，这些作品开辟了词的又一新领地——本来，词多写闺阁庭院，羁旅行役是诗歌的题材，但柳永填词从来不受题材惯例束缚。他喜欢繁华热闹，便写都市风情，他流连烟花巷陌，便作“谢娘心曲”，他的人生从繁华热闹处跌落出来，便写这一份颠沛奔波、孤独与凄凉。羁旅词记录了柳永人生中一趟趟的旅程，也以彼此间高度的相似性呈现出这位浪子文人的真实心声：

寒蝉凄切，对长亭晚，骤雨初歇。都门帐饮无绪，留恋处、兰舟催发，执手相看泪眼，竟无语凝噎。念去去千里烟波，暮霭沉沉楚天阔。　　多情自古伤离别，更那堪、冷落清秋节。今宵酒醒何处？杨柳岸，晓风残月。此去经年，应是良辰好景虚设。便纵有千种风情，更与何人说。（《雨霖铃》）

对潇潇、暮雨洒江天，一番洗清秋。渐霜风凄紧，关河冷落，残照当楼。是处红衰翠减，苒苒物华休。惟有长江水，无语东流。　　不忍登高临远，望故乡渺邈，归思难收。叹年来踪迹，何事苦淹留。想佳人、妆楼颙望，误几回、天际识归舟。争知我、倚阑干处，正恁凝愁。（《八声甘州》）

望处雨收云断，凭阑悄悄，目送秋光。晚景萧疏，堪动宋玉悲凉。水风轻、蘋花渐老，月露冷、梧叶飘黄。遣情伤。故人何在，烟水茫茫。　　难忘。文期酒会，几孤风月，屡变星霜。海阔山遥，未知何处是潇湘。念双燕、难凭远信，指暮天、空识归航。黯相望。断鸿声里，立尽斜阳。（《玉蝴蝶》）

以上数阕，再加一首多达 212 字的自制长调《戚氏》，可以代表柳永羁旅词的面貌和成就，也让我们更深刻地认识柳永其人：当其凄清、孤独、痛苦之际，他到达了情感体验的高峰。

先说说这几首词的词牌。《雨霖铃》，唐教坊曲，《乐府杂录》谓：“明皇自西蜀返，乐人张野狐所制。”王灼《碧鸡漫志》称：“今双调《雨霖铃慢》，颇极哀怨，真本曲遗声。”（《唐宋词格律》，页 169）该调首见于柳永《乐章集》，盖柳永借旧曲名另倚新声也。《八声甘州》，简称《甘州》，唐边塞曲，王灼《碧鸡漫志》卷三：“《甘州》世不见，今‘仙吕调’有曲破，有八声慢，有令，而‘中吕调’有《象八声甘州》，他宫调不见也。”《乐章集》该调入“仙吕调”，因全词八韵，故称“八声”。《玉蝴蝶》，唐为 41 字小令，至宋衍为慢曲，《乐章集》入“仙吕调”，99 字。在此需强调的是：这些词牌的定格皆首见于柳永词集，此即李清照所说的“变旧声为新声”。与同时期其他词家相比，柳永不唯填词，更多创调，而且创制的多为难度高的长调慢词。用今天的话说：他是包揽词曲创作的全能音乐人。可惜因为宋词音乐谱不传，所以我们今天很难从音乐层面欣赏柳永的创调之才。

不过，柳永的羁旅词创调虽多，大抵异调同声，表达的都是孤旅凄凉和对温柔乡的眷恋。一首首读下来不禁感慨：词人是如何穷尽不同的曲调文辞，反反复复倾诉同一种生命感受的？——那于他定然是最深切的感受。《雨霖铃》翻新帝王后妃的悲情旧曲，来写才子佳人的等闲离别，词牌中“秋霖”化入词境。同时期的晏殊小令表现别情，只一句“等闲离别亦销魂”，而柳永慢词以赋笔铺叙渲染，在抒情外兼叙事之真。上片写离亭别宴，起调四字句叠出寒蝉、晚亭、秋雨——以寒蝉之音声引领，以长亭对晚点题，以一霎秋雨渲染情境之凄清，盖景由心造也；“都门帐饮无绪”，六字句收住，切入主体；“留恋处、兰舟催发，执手相看泪眼，竟无语凝噎”，特写情人离别最揪心的一幕，用了一连串动词，营造急管繁弦般促迫张力。以细节之真传写情感之切，此种笔法在词中为柳永首创。试味由“无绪”而“无语”，“无”恰是多——千头万绪、千言万语堵在心头。此时行人望向旅程，只觉天水茫茫，愁怀如织：“念去去千里烟波，暮霭沉沉楚天阔”，景语亦肺腑中情语。过片由“多情自古伤离别”转向对别后光景的想象，虽为虚想，景象却极真切。“今宵酒醒何处”为近瞻，接以风景之冷清：“杨柳岸晓风残月”；“此去经年”为远望，接以心情之寥落：“应是良辰好景虚设”。就这样，柳永道出了对世间风物人情的敏感与眷恋，进而道出了那份唯恐落空和辜负的浓郁情怀：“便纵有千种风情，更与何人说”——世上万万千多情复对生活满怀热忱者，都能会得此中心意吧。

“黯然销魂者，唯别而已矣。”南朝江淹作《别赋》，把世间别离分作七种类型，其中写才子佳人的别离，将感伤情绪融于春秋两季的优美物象：

春草碧色，春水渌波，送君南浦，伤如之何！至乃秋露如珠，秋月如圭，明月白露，光阴往来，与子之别，思心徘徊。

又元剧爱情佳构《西厢记》，其《长亭送别》一折备受称道：

［正宫］［端正好］碧云天，黄花地，西风紧，北雁南飞。晓来谁染霜林醉？总是离人泪。

［滚绣球］恨相见得迟，怨归去得疾。柳丝长玉骢难系，恨不倩疏林挂住斜晖。马儿迍迍的行，车儿快快的随，却告

了相思回避，破题儿又早别离。听得道一声“去也”，松了金钏；遥望见十里长亭，减了玉肌：此恨谁知？

柳永《雨霖铃》，正是在这场文学接力的中间，为词体写别离的名篇。这些诗词歌赋仿佛因感伤而迷人——借着有情人的眼光，世界呈现更加饱满绮丽的色彩，值得万千流连。清人冯煦称道柳词：“状难状之景，达难达之情，而出之以自然。”（《宋六十一家词选·例言》）王国维《人间词话》总论曰：“能写真景物、真感情者，谓之有境界。”

能写真景物、真感情，可移来评价《八声甘州》《玉蝴蝶》乃至几乎所有柳氏羁旅词。《八声甘州》上片“渐霜风凄紧，关河冷落，残照当楼”数句为苏轼极力称道，谓“此语于诗句不减唐人高处”（赵令畤《侯鲭录》卷七）。不知苏轼联想到哪些唐人诗？或是托名为李白的佳句“暝色入高楼，有人楼上愁”，更可能是那些雄浑苍凉的边塞诗。世界之阔大苍凉，衬托出个体之渺小孤独，人在旅途的柳永，深谙漂泊滋味，苦苦追问自身在这个世界何来何往、何为寄托、知己何在。中国的行旅诗里自古回响着最恳切的世界人生追问，呈现最真实的心灵面貌，而柳永把这种声音和样貌带到曲子词中。

一首首读下来，你还发现了什么？看，这些羁旅词的背景总在深秋，总是雨后的黄昏——“一层秋雨一层凉”，总是登山临水面对萧飒景象，总是“堪动宋玉悲凉”（《雪梅香》作“当时宋玉应同”，《戚氏》作“当时宋玉悲感”）……难道柳永都是在秋天行走旅途吗？还是旅途之寂寞冷清反复予以其生命秋意、故而此中景象实为心象？向来词家多以春恨秋悲相对，但柳永笔下倒鲜有春恨——他词中的春天通常旖旎浪漫——多为秋悲，这颇能看出其天真坦率的性格。柳永最喜欢自拟的人物当推“悲秋之始祖”宋玉，千百年来宋玉代表了落魄文士形象，诗圣杜甫亦曾感慨：“摇落深知宋玉悲……萧条异代不同时。”然而柳永之游宦，实难与老杜的乱离忧患相提并论，老杜怀禀深沉的家国之思，在柳永则不过为对青春风流繁华的贪恋。这些物象动人的羁旅词，下片无不由广阔苍茫天地收于一己之情感角落。词人似乎并非他笔下这份阔大苍凉风景的欣赏者，他心心念念的，是他获得欢乐和知音的城中温柔乡。他对这世界的追问，往往并不指向远方，而是一遍遍回到某个佳人身畔：

杳杳神京，盈盈仙子，别来锦字终难偶。（《曲玉管》）

归去来，玉楼深处，有个人相忆。（《归朝欢》）

此际空劳回首，望帝里、难收泪眼。（《阳台路》）

暗寻思、旧追游，神京风物如锦。（《宣清》）

暮云过了，秋光老尽，故人千里。（《诉衷情近》）

旧赏轻抛，到此成游宦。觉客程劳，年光晚。（《迷神引》）

昔日是青春浪子，今朝为天涯孤客。所以柳氏羁旅词，大抵上片之“霜风凄紧”能入东坡法眼，下片之“想佳人、妆楼颙望”，便是少游语态。当苏轼对秦观打趣：“不意别后，公却学柳七作词。”又拈出其句道：“‘销魂、当此际’，非柳词句法乎?”似乎在表达一种欣赏和遗憾相交的看法。以苏之格局，柳七郎风味虽有其佳处，但病在气格不高。

可以说，柳词展现了一种虽非完美但真实的情性。《红楼梦》写贾宝玉喜聚不喜散，喜热闹不喜冷清，唯有在姐姐妹妹面前用心，“爱博而心劳”，刻画出传统文化背景中生成的一种叛逆型人格——以自然天性对抗规矩。柳永虽不像贾宝玉那样唾弃功名，但耽于情而伤于志是有可能的，不能因为他留下一首《煮海歌》就强辩他为治世之才。在宋人笔记中，柳永往往被描绘为文士群体的另类，不过，这也许恰恰是因为他靠近凡俗。柳词张力在于呈现了个体和世界之间的矛盾，对今天的我们也仍然具启示性；柳词魅力在于坦率真实地倾吐了其中的爱恨悲欢，并且兼富辞情与声情。倘若我们的价值标准不那么单一的话，这位浪子词人是应当受到推重的浪漫派艺术家。

“衣带渐宽终不悔，为伊消得人憔悴”，“便纵有千种风情，更与何人说”，柳词塑造的自我形象，给后世的戏曲、小说很多灵感。柳永的人格和故事，几乎最大程度接近了戏曲中的书生原型。只不过，戏曲、小说喜欢为现实世界补缺补漏，“始于离者终于合，始于悲者终于欢”。明代拟话本《众名妓春风吊柳七》给了柳永一个他所欢喜的热闹：众名妓，那是柳永看重的风尘知己，春风，骀荡而温暖——这世界终于还是理解和宽宥了柳永。

第五讲

有情风万里卷潮来：
苏轼词的再开拓和士大夫气象

作为文化偶像，苏轼的词创作在宋代就赢得了极高赞誉，南宋王灼《碧鸡漫志》说苏词：“指出向上一路，新天下耳目，弄笔者始知自振。”胡寅《题酒边词》谓：“及眉山苏氏一洗绮罗香泽之态，摆脱绸缪婉转之度，使人登高望远，举首高歌，而逸怀浩气超然乎尘垢之外，于是《花间》为皂隶，而柳氏为舆台矣。”宋末刘辰翁更总结：“词至东坡，倾荡磊落，如诗，如文，如天地奇观。”（《辛稼轩词序》）一言以蔽之：东坡词的天地、气象直是不同。

人人都爱苏东坡，本讲意图借着苏轼词的道路开拓，来说说苏轼何以成为那个千古风流人物苏东坡。由于苏词编年较清晰，我们不妨循着其人生履历来探入词中世界，并由之内观和领略这位精英士大夫的精神气象和人生境界。

一　　杭州通判时期（1071—1074）：初创

凤凰山下雨初晴，水风清，晚霞明。一朵芙蕖，开过尚盈盈。何处飞来双白鹭，如有意，慕娉婷。

忽闻江上弄哀筝，苦含情，遣谁听！烟敛云收，依约是湘灵。欲待曲终寻问取，人不见，数峰青。

（《江城子·湖上与张先同赋，时闻弹筝》）

苏轼的这首《江城子》，不如他后来写于密州的两首同调作品出名，却值得一说。首先，这大抵为苏轼在词坛初试啼声的作品，且是与他填词路上的引领者、词坛前辈张先的唱和之作，由此可以略窥其入门的机缘、门径；其次，都说东坡先生是“豪放派”，我们读这首词，却只觉得空灵婉丽，是地地道道的婉约词，这一个苏东坡，是不是也该为我们所认识呢？

写这首词的苏轼尚不是东坡，当时他在杭州通判任上。据龙榆生《东坡乐府笺》，苏轼最早的可系年词作于抵杭后的熙宁五年（1072），这年他三十七岁。这首《江城子》当亦作于熙宁五、六年间。在青春的尾巴上，苏轼来到杭州，结识了后来他以诗笔为之生色的西湖，并于此时开始填词——词坛多了这位北宋大文豪，可以说有西湖水的功劳。

这个傍晚，凤凰山下的西湖雨霁天澄，晚霞如绮，风含水而清，霞照水愈明，湖上的苏子也一片澄明心境。悠然云水间，万象为宾客，耳得之而为声，目遇之而成色。词的上下片便分别写了“目遇”和“耳得”，意趣存乎这视听的撷取。他看到了什么？一朵莲花。西湖上接天莲叶无穷碧，莲花千朵万朵，何以只看到这一朵？这朵莲花是怎样的呢？不是小荷才露尖尖角，亦非正当盛开的丰妍状态，而是开过，然丰韵未消，盈盈之致，入目萦心，让人怜爱。巧的是当苏子目遇这朵莲花时，一对白鹭双双飞来，也绕着这朵莲花，欣赏那盈盈殊致。换头一转，转入“耳得之而为声”，他听到了什么？水上传来的筝声。“哀筝”为习语，如“高谈娱心，哀筝顺耳”，形容筝声婉曲而幽深，能移人情，接下去的“苦含情”接此意，苦亦非悲苦，而犹言“苦苦地”，是执着深情之意。是谁弹出如此深情的曲调？又有谁在听呢？此系有心之问、深情人语。有问便有寻取，结拍用钱起《湘灵鼓瑟》诗意：曲终人不见，江上数峰青。但这亦为文本的迭代回响，湘灵还必令我们追溯到楚辞中那绰约要眇的湘水女神——上古传说中的美爱之神。到此我们发现词的上下片妙合天成：烟云中恍惚一见的这个绰约姿影，岂不正对应着那朵盈盈有殊致的荷花吗？而“寻问取”，正与“慕娉婷”情切相似。所以在那个明净的黄昏，苏轼在西湖上遇到的正是心中的那朵莲花、那个神明。

我们知道苏轼喜欢水，水总能激发他的灵感思致。他是喝长江水长大的，来杭州路上曾写下这样的诗句：我家江水初发源，宦游直到江入海。西湖水却又给了他一番别样的感受：水光潋滟，山色空蒙，像绝代佳人西施一样迷人。当中国最有灵性的诗人遇到中国最有灵性的山水，诗便泼洒而至，氤氲而出，然而这犹嫌不足，正如西湖的柔波总是唤起苏轼多情的想象，他多情的内心被触开一角，于是和那最多情的文体——曲子词——相遇。

三十七岁开始填词，在北宋词家中不算早，却是因何？首要原因仍推我们前面提到的词之地位、角色问题。传统观念中，诗言志，文以载道，诗文为士大夫文人的正统文体，也是政治场域的应用文体，写诗作文契合士大夫的身份和责任。词则为消遣，为末技小道，不过余情，可能轻薄淫荡，最好别碰，更耽溺不得。北宋词史前期，鲜有不因填词而遭受指摘的词家。第二个原因则要说到苏轼本人的经历。与我们习惯想象出的潇洒风流坡仙形象不同，苏轼早年接受了最严谨的儒家教育，他和弟弟苏辙，一路由父亲苏洵教导护持，读书习文，应进士考，试制科（北宋科举最难一等），其间无有须臾松懈，名满天下的成绩后面是极为艰苦扎实的努力。步入仕途后苏轼初任凤翔签判，碰上性格端严的顶头上司陈希亮，而不似欧阳修当年遇到的诗酒风流的西京留守钱惟演，在风气厚朴的凤翔，亦断难生出“曾是洛阳花下客”的风流行事。凤翔任满后苏轼回到京城，遭遇发妻王弗和父亲苏洵先后去世，待他还乡守制后再返京，王安石开始变法，朝中很快翻云覆雨。如此梳理过来，就知道三十七岁前的苏轼还真没有太多机会用心填曲子词。

苏轼因反对变法被外迁到杭州，未料就此补上和词的机缘：这里有天下最美的湖山，有爱好风雅的上司太守陈襄，有一次又一次的湖上饮宴——宴席中定然有官妓唱曲侑酒，有张先这一最负盛名的前辈词家参与唱和……最重要的一点，是三十七岁的苏轼有了丰厚的人生体验和阅历，那些蕴蓄的情感，在这青春的尾巴上酝酿发酵，在一场场离席别宴上借清歌啭唱出来。而且，因为有了丰厚的人生体验和阅历，乍入词场的苏轼浑未习染浮薄轻艳之气——那是他的老师欧阳修都不曾完全避开的，哪怕是酬赠唱和之作，苏轼下笔也体现出一种向内倾向，体现为情感世界的浸味涵泳和灵魂深处幽微的叩问，《江城子》便是一例。苏词的个性化初露端倪。

马里扬《盛宋词史》认为：苏轼在杭州始为歌词，“眉山记忆”是重要动因。这提醒我们留意苏轼词的情感源头和个性主题。杭州阶段的创作纵然落笔于四季风物、东南山水、西湖和钱塘美景，那后面也总是透露着一种旅人心绪，更不用说直接抒写乡谊亲情的作品了。“故山知好在，孤客自悲凉”“此身如传舍，何处是吾乡”（《临江仙》）——苏轼此际的乡愁，一重指向眉山，那是睽违多年的故土家山，埋葬着父母双亲和发妻王弗；另一重则发自对人生本原的追问。当年甫登仕途的年轻诗人就有“人生到处知何似”一问，并以雪泥鸿爪比喻人在世间的命运。如今仕宦十余年，西北东南流转，更面对王安石变法带来的个人政治困境，因而对人生何来何往这一根本性命题产生了更迫切的思考。不过乡愁和本原追问原本就是苏轼诗歌最常见的命题，那么词与诗有何不同呢？词多付诸歌宴，多了音乐这重要素，更兼旖旎的江南山水、灵心慧性的歌女，像倒影般出现在词境里，从而赋予了词别一种气质——非止于句调韵律之别。我们知道苏轼的侍妾王朝云出身杭州歌女，她作为苏轼的红颜知己而闻名后世。这个情节似亦表明来到杭州的苏轼对词产生了新鲜兴趣，而走进这片创作新天地，这位文豪就必然探索其中的奥秘和不同。我们再来读一首《昭君怨》：

谁作桓伊三弄，惊破绿窗幽梦。新月与愁烟，满江天。　欲去又还不去，明日落花飞絮。飞絮送行舟，水东

流。（《昭君怨·金山送柳子玉》）

词作于熙宁七年（1074）春天，当时身为杭州通判的苏轼“以转运司檄，往常、润、苏、秀赈济饥民”（孔凡礼《苏轼年谱》），一路所填词调多发故园之思，如“一纸乡书来万里，问我何年，真个成归计”（《蝶恋花》），“家在西南，久作东南别”（《醉落魄》）。这首《昭君怨》则可能包含和故乡有关的隐秘情感。词题为“金山送柳子玉”，子玉名瑾，乃苏轼的朋友兼亲戚，其子仲远为苏轼堂妹婿。林语堂《苏东坡传》曾考证这位堂妹为苏轼初恋，盛年遽逝，令苏轼极为痛心。此赠别词以桓伊笛曲《梅花三弄》铺下情感基调。“凡音之起，由人心生也”，东晋首屈一指的音乐家和吹笛高手桓伊，也是谢安口中的“深情人”——桓伊笛曲《梅花三弄》引发出怎样的情思？“绿窗幽梦”又何指？由绿窗幽梦到送别的新月江天，画面的漂移中似乎潜行着层层叠叠的情感，烟笼雾罩，难以径辨。下片写别情的徘徊缠绕，更有无奈和凄迷。飞絮意象接上片梅花，似乎包含了整个春天——春天毕竟是过去了，所以送行舟，水东流。这首送别友人的词，可能埋伏着苏轼幽隐的少年恋情和故园离思吗？无论如何，苏轼在词中找到一种含蓄朦胧的表达，以之留给更私人、更隐秘的情感空间。

在这趟差旅后程，苏轼还做了一首清丽小词，给相别近半年、留在杭州城中的妻子王闰之，调寄《少年游》：

去年相送，余杭门外，飞雪似杨花。今年春尽，杨花似雪，犹不见还家。　　对酒卷帘邀明月，风露透窗纱。恰似姮娥怜双燕，分明照、画梁斜。（《少年游·润州作，代人寄远》）（熙宁七年，1074 年）

“代人寄远”，代的就是王闰之。发妻王弗在治平二年（1065）去世后，苏轼续娶其堂妹王闰之。闰之成为和苏轼相伴最久的那位妻子，陪他经历包括乌台诗案在内的宦海浮沉，《后赤壁赋》中的那位“妇”，即是王闰之。在写这首词时，闰之还是二十多岁的青年女子，随苏轼转徙任所，为他悉心照顾三个儿子，词中她在月光下风露独立的身影，映照出一位丈夫对妻子的怜恤，还有那份含蓄的青春爱意。犹如老杜诗《闺中望月》，此词写别离思念从反向着笔，更觉情感邃密体贴。“飞雪似杨花”“杨花似雪”化用南朝范云《别诗》中“昔去雪如花，今来花似雪”句，而语态绰约、情致深婉过之。说起来，苏轼为他生命中的三个女人都写了深情词章，人们似乎更熟悉关于王弗和王朝云的悼亡之作，其实这首《少年游》写给尚在青春年华的闰之，别饶温存情味，试体会境象之轻盈优美，章法之亲切流转，再加上平声韵脚的轻悄落下，真有无限怜惜关爱之意。若非小词，何以道此亲密幽婉之情？须知一位士大夫的妻子通常只是墓志中的贤良道德角色。

反过来说，一位士大夫的公共生活和公共写作必须克制私情，尤其是男女情愫（骆玉明说苏诗爱写花，因为很多情况不能直写女子），但是词释放了一个出口。苏轼料必体会到了——词天生是多情的文体，如后世王国维总结："能言诗所不能言，不能尽言诗之所能言。"而我们欲说东坡之豪放，亦当先说苏子之多情。

二　　密州知州时期（1074—1077）：“自是一家”

密州阶段，苏轼填了一首著名的豪放词，即《江城子·密州出猎》。后人将苏轼视作“豪放词人”，印象多半基于《江城子·密州出猎》和《念奴娇·赤壁怀古》这两阕。苏轼当初写出《江城子·密州出猎》也非常惊喜，请看他给鲜于侁的信：

> 近却颇作小词，虽无柳七郎风味，亦自是一家，呵呵。数日前，猎于郊外，所获颇多。作得一阕，令东州壮士抵掌顿足而歌之，吹笛击鼓以为节，颇壮观也。（《与鲜于子骏书》）

熟悉东坡的人都非常喜欢那个“呵呵”，这是怎样的自得天真状啊。这正是苏轼最可羡的地方：才如江海，文如万斛泉源，吟诗作文对他从来都是乐事，现在又解锁了词的新技能，于是不妨挑战词场的大众偶像柳七郎了。

为了领略苏轼的自得与快意，我们再读一读这首初中生即能背诵的名篇：

老夫聊发少年狂，左牵黄，右擎苍，锦帽貂裘，千骑卷平岗。为报倾城随太守，亲射虎，看孙郎！　　酒酣胸胆尚开张，鬓微霜，又何妨！持节云中，何日遣冯唐？会挽雕弓如满月，西北望，射天狼！（《江城子·密州出猎》）

熙宁八年（1075）冬，苏轼在密州组织了一场狩猎活动，事后作词、演唱，朱刚比喻为“仿佛运动会的闭幕式”。“这‘聊发少年狂’的‘老夫’已兼有多重领军人物的身份：作为密州知州，他是当地军民的长官，在狩猎活动中，他是总指挥，而填出一首《江城子·密州出猎》的他，又成为‘豪放词派’的开创者。”（《苏轼十讲》页128）总之，这是系列联动，是雄豪之气的逞弄发扬。我们不知道苏轼是否真的马背射虎（钱锺书对陆游在南郑军营中的射虎表示怀疑），但酒力加身的他自诩可以把天上的天狼星都射下来，于是，幸甚至哉，歌以咏志。

你能想象一个架鹰驱狗、千骑追随、挽弓如月的飞将军苏轼吗？

或许这更像一幕自导自演的戏剧：当太守苏轼循例组织地方冬猎（习练）仪式时，诗人苏轼在酒神助力下又搭建了一个空中舞台，自己酣畅饱满地扮演了一次孙权或魏尚、或那些滔滔从脑际走出的英雄。而这首狩猎凯歌，也可能就是情绪热烈的进行曲。苏轼的创作一向擅长随物赋形，这样的壮词在山水清美的杭州断然写不出，只有到了东鲁蛮荒苍凉的山野上，才得风土助力，乘势而出。

但要真正读懂《江城子·密州出猎》这首豪放词，须得参照另一首写于同年年初的《江城子》——那首悲凉的悼亡之作：

十年生死两茫茫。不思量，自难忘。千里孤坟，无处话凄凉。纵使相逢应不识，尘满面，鬓如霜。　　夜来幽梦忽还乡。小轩窗，正梳妆。相顾无言，惟有泪千行。料得年年断肠处，明月夜，短松冈。（《江城子·记梦》）

看，同样的歌调，同样的韵部，却一壮一悲，反差甚大。

熙宁七年（1074）冬，结束杭州通判任期的苏轼抵达密州。这次他的职位是太守，升了一级，密州任所也是他自己申请的。不过，苏轼赴密的心情却极糟糕：朝中变法在继续，意味着他这个反对派回不去了，而作为地方官，他还不得不执行内心抵触的政策。苏轼年少成名，政治起点很高，自我期许也很高，不料人到中年，却颓落到了边缘，失志之痛和中年危机便一齐袭来；密州又是穷乡僻壤，不像杭州繁华、兼有山水友朋之慰。密州的第一个元宵节，雪意垂野，火冷灯熄，对此景象初来乍到的苏轼心意灰冷，“寂寞山城人老也”（《蝶恋花·密州上元》）。逾五日，他半夜梦醒，写下《江城子·记梦》。

现代精神分析学家弗洛伊德谓：梦是潜意识的浮现。中国古话亦云：积思成梦。苏轼本人也对梦深有兴趣，《东坡志林》存多则记梦。而《江城子》所记密州早春的这个梦，画面真切、情感色彩至为浓郁：风尘仆仆的词人恍惚回到家乡，回到当年与王弗新婚的那间居室，年轻的妻子正在窗前梳妆，她转过头来，恍然与丈夫四目相接——这里出现了一个时空交错，对视的是新婚的王弗和如今已届中年的苏轼（梦遵循心理而非现实逻辑），由此引发强烈的情感震撼——年轻的妻子错愕地看着夫君，而借着爱侣的目光他也看到自己：“尘满面，鬓如霜”。这是至爱与至痛的时刻：“相顾无言，惟有泪千行”。梦就中断于这一情感高潮，意识渐渐醒转，浮现千里外清冷月光下的那座孤坟。十年与千里，骤然凸显时空的无情。

清代词家纳兰性德曾评价苏词“才有余而情不足”，殆乎气质不同、别生误解？“不思量，自难忘”，相较于纳兰那些哀感顽艳的悼亡词，分量丝毫不逊，不过一者是一往无回的沉溺，一者体现为节制和深沉。与纯情任性的纳兰公子比，苏轼乃深具儒家修养和理性精神的北宋士大夫，对人生和世界皆负有厚重使命，作为丈夫、父亲和兄长，也是皇帝的臣子和百姓的父母官，这多重身份及由之而来的责任，令其生命维度变得宽厚，当正对生活而将伤痛埋到深处。但苏轼为人，何尝吝惜情感表达？他是敏感与豪宕的结合体。

作为披露心灵之痛的悼亡词，《江城子·记梦》还有一层反观自照——爱人的目光代表了苏轼的自我觉知：那个英姿勃发的青年如何变得潦倒和消沉了？借由所爱他也警策了自己：在世者不应让逝者失望和担心。那么，他消沉的状态应该有所改变了。

于是有了这年冬天的《江城子·密州出猎》，它真真切切呈现了如叶嘉莹先生形容的“情绪的反扑”，呈现了苏轼性格底色中倔强和英雄主义的那一面。两阕《江城子》构成词人的自我对话也是自我交战：我迟暮衰老了吗？那就“老夫聊发少年狂”，只要保持少年心气，年纪就不是问题。前作说“尘满面，鬓如霜”，后作却说“鬓微霜”，且是“又何妨”，对容貌的变化完全释然了。由是“锦帽貂裘，千骑卷平冈”，意气风发，一扫曾经的困惫消沉，“会挽雕弓如满月，西北望，射天狼”更是神超意远，豪气干云。我猜想苏轼有意挑选一样的《江城子》词牌和江阳韵部，借旧调翻新词，以示从困顿中超拔出来。“令东州壮士抵掌顿足而歌之，吹笛击鼓以为节”，简直就是为自己呐喊助威。

到此我们解得一首豪放词何以横空出世。然而，《江城子·密州出猎》还有两处用典尚值得一说，即上片所用孙权事和下片所用魏尚事。前者见《三国志·吴志》："权将如吴，亲乘马射虎於庱亭。马为虎所伤，权投以双戟，虎却废，常从张世击以戈，获之。"孙权是东吴英主，少年英豪，苏轼在词中自比孙郎，所以"聊发少年狂"，但言"老夫聊发少年狂"，可见对年龄仍无法不介怀。这样的时间紧迫感延至下片，便有"何日遣冯唐"一问。典出《史记·冯唐列传》：汉文帝时，魏尚为云中太守，戍边卫国，忠勇非凡，却因文书小过被削职。冯唐为之辩解，文帝就派冯唐"持节"去赦免魏尚的罪，仍复职为云中太守。苏轼用此典，当然是表明自己殷切的用世之心。但朱刚联系神宗朝政治背景，还有一重解读。他认为，苏轼当时的情形与魏尚有别，他和神宗间不存在误解，而是根本政见不同——"这首词的下阕表达得十分复杂，不像字面意思那样简单。如果君臣之间只有在面对外国时才能勉强寻求到一致的立场，那么这位士大夫的苦闷几乎是无法消释的，更何况这对外作战的说法也是言不由衷（苏轼兄弟皆不赞成向西夏用兵）……他只好抱着一腔笼统抽象的报国激情，没有具体实践的途径。然而这抽象笼统的激情又确实存在，无处释放，于是我们看到一个接近神话的形象：他把雕弓拉得如满月一般，向天上的星座射去。"（《苏轼十讲》页 128）

总结《江城子·密州出猎》，可以说是政治逆境中迸发出来的文学激情，这股子激情一下就将词的疆界打破了。苏轼像开了天眼似的，意识到词还可以这样写，但抒胸中情志，由此自成一家。后来明代张綖提出词体二分法。

二分法简便易解但过于粗率。我们须知：苏词气质之丰富，绝非“豪放”两字可笼括；苏词之创新，亦非用一种风格取代另一种风格，而是不受任何单一词风限制。此外，你或许注意到了：苏轼填词，多在词牌后附以标题或词序，等于是声明作者权，表现出创作者的自觉和郑重，同时方便了后人理解和系年。这也是他对词的改造之一。密州阶段的苏词，在“自是一家”的道路上稳步发展，最突出的特征就是融会哲理与情思，从这个角度而言，词确实又像诗文一样，参与到苏轼的精神建构历程。我们再举两首此阶段的节令词：

春未老，风细柳斜斜。试上超然台上望，半壕春水一城花，烟雨暗千家。　　寒食后，酒醒却咨嗟。休对故人思故园，且将新火试新茶，诗酒趁年华。（《望江南·暮春》）

明月几时有，把酒问青天。不知天上宫阙，今夕是何年，我欲乘风归去，又恐琼楼玉宇，高处不胜寒。起舞弄清影，何似在人间。　　转朱阁，低绮户，照无眠。不应有恨，何事长向别时圆。人有悲欢离合，月有阴晴圆缺，此事

古难全。但愿人长久，千里共婵娟。（《水调歌头·丙辰中秋，欢饮达旦，大醉，作此篇，兼怀子由》）

节令乃自然时序的标点，也往往为人世生活的庆典，它们共同作用于时间和生命体验，并且一一被赋予了特定内涵。清明寒食在春天，是踏青赏春也是祭奠已逝亲人的日子，游子却远离故园，不知何日得归，便有愁思哀绪浮起；中秋为月圆之夜，也是家家团圆的节日，这个夜晚不得与骨肉至亲相聚，便觉得世事有缺憾、人间有不足。虽免不了咨嗟、怅恨，但所有这些无可奈何之事亦需适时放下，要知道这本来就是宇宙间的恒常规律："人有悲欢离合，月有阴晴圆缺"，生活同时也赐予了那么多的美好：春花、秋月、人和人相爱的温暖，所以切莫辜负了这些美好，"休对故人思故园，且将新火试新茶，诗酒趁年华"，"但愿人长久，千里共婵娟"。

三　徐州知州时期（1077—1079）：昼与夜的交响

徐州阶段我们选择了一组田园词和一首午夜梦回的作品。二者相互映照，呈现苏轼此际心境和继续深化的人生思考：它们像昼与夜、日光与月光的交响；在文本的背后，关联着苏轼身为地方官经历的一次旱灾和一次洪灾。词中的情感复杂深沉，往来于词人的公共身份和自我角色之间。

照日深红暖见鱼，连溪绿暗晚藏乌。黄童白叟聚睢盱。　麋鹿逢人虽未惯，猿猱闻鼓不须呼。归来说与采桑姑。（其一）

旋抹红妆看使君，三三五五棘篱门，相排踏破蒨罗裙。　老幼扶携收麦社，乌鸢翔舞赛神村，道逢醉叟卧黄昏。（其二）

麻叶层层苘叶光，谁家煮茧一村香？隔篱娇语络丝娘。　垂白杖藜抬醉眼，捋青捣麨软饥肠，

问言豆叶几时黄？（其三）

簌簌衣巾落枣花，村南村北响缫车。牛衣古柳卖黄瓜。酒困路长惟欲睡，日高人渴漫思茶。敲门试问野人家。（其四）

软草平莎过雨新，轻沙走马路无尘。何时收拾耦耕身？日暖桑麻光似泼，风来蒿艾气如薰。使君元是此中人。（其五）（《浣溪沙·徐州石潭谢雨，道上作五首。潭在城东二十里，常与泗水增减清浊相应》）

组词《浣溪沙》被视作田园词开篇。在此之前，晋宋之际的陶渊明开创了田园诗，田园诗摹写田园风光和农村风情，传达的却是文人心意，故而成为士大夫文人偏好的题材。将这一题材引入词坛，事实上也是将士大夫世界的一个重要话题引入词坛。

元丰元年（1078），徐州春旱，太守苏轼“祷雨城东石潭，作青词，复作《起伏龙行》。既应，复赴石潭谢雨，作《浣溪沙》”（《苏轼年谱》，页392)。祷雨及相应的祷文创作，是古代地方官履行职责的标准程式，不可以今日眼光衡量之。祈祷竟应验了（这年徐州的夏麦获得了丰收），苏轼又前往石潭谢雨。可以想象这谢雨的一路心情轻松，犹如一趟偷得浮生半日闲的郊游，所以做的不再是公务文章，而是即兴抒发的小词。组词首章，写一路所见乡野风光并乡间人物，落笔轻快惬意：朝阳照映的山溪、沿溪稠密的初夏树木，清溪见鱼，密叶藏乌，村落中老人孩子高高兴兴聚在一起，此情此景，绝似《桃花源记》中“有良田、美池、桑竹之属……黄发垂髫，并怡然自乐”。下片转入谢雨仪式，却并不直写，而用了轻松诙谐的闲笔，借怕生的麋鹿和爱热闹的猿猴，带出仪式的鼓乐喧阗和围观村民的雀跃欢喜。

这一天太守的兴致的确非常高，暂了公务的他，越发陶醉于暖洋洋的田园风物与人情中，眼前所见无不令他欢欣。他看到那些可爱的村姑，每一个脸上都抹了红彤彤的胭脂，又穿上最鲜艳的裙子，三三五五挤在篱笆旁争看使君，挤来挤去顾不得相互踩坏了裙子。少年成名、很早就被视为全民偶像的苏轼一辈子可没少被人围观，未来还有“看杀东坡”一说，他对此有一种自然而幽默的态度。在这里，天真的女孩子们看向使君，使君也看向她们，各自妩媚生喜。有好奇的村姑，就有淡然的老者，后者喝得醉醺醺的，根本不曾理会有谁到来，然而他们的恬然安逸亦复让使君觉得可喜。络思娘与老叟，青春的娇语和苍颜白发，都是淳朴乡村和天然物态的一部分，和乌鸢翔舞的村社、泼洒着日光的层层麻叶、农舍中飘出的煮茧温香，和一路落满衣巾的枣花、一路响在耳畔的缫车，将这个醉陶陶的使君，越来越深地带入温煦的乡村世界、带进他心头的田园牧歌中。他行走于这个世界，浑然忘却使君身份，酒意和困意暖乎乎地包围了他，他竟也像个了无挂碍的醉叟，或许在一块石头或一株古柳下就可卧倒而睡。错过了在那个黄瓜摊子前歇歇脚，头顶太阳走了一路，这会儿可真渴了，于是试着敲开路边一户农舍，讨碗农家茶喝。

至此，我们在这组田园词中读到一种迷人的和暖、温淳、亲切，然而，在它的单纯和平易后面，在它温煦的日光之下，你是否还觉察到了什么？《浣溪沙》的创作起因是“谢雨”，所描绘的桃花源般的清平世界，当然也在传递“使君”的为政理想，但内里还通向中年苏轼的人生探索和自我觉知，通向他后来一再确认的体悟：“此心安处即吾乡”。中国诗人都有自己的乡土记忆，苏轼亦然，他在眉山度过平静美好的少年岁月，和田园缔结了自然亲密的关系：“狂走从人觅梨栗”（《送表弟程六之楚州》），“川平牛背稳，如驾百斛舟”（《书晁说之考牧图后》）……这一份纯真为他久久追念。田园是许多中国诗人的来处，也因而为他们的心灵归处。但在这来处与归处之间，传统士人需跋涉长长世路。“人生识字忧患始”，此时的苏轼，就处于这样的人生中途。

现在来读组词的第五首即末章。诗人再次脚步轻快地走在乡路上，这时他向自己提出一个问题：“何时收拾耦耕身”——什么时候我回归田园做个农民呢？看，下过雨的田野丰美清新，日光泼洒在桑麻上，风吹来作物的阵阵清香——这是组词中第二次写到香气，其实无论煮茧飘出的气息，还是蒿艾被阳光烘烤出的气味，换个人未必觉得香、觉得享受。而苏轼的陶醉来自心灵深处：“使君元是此中人”。巡农的使君渴望成为眼前乡村社会的一员，意味着自我角色与公共身份出现游离，但就在这游离恍惚之际，他看到整个大地光彩熠熠。——这是日光中的苏轼：平和、亲切，充满对寻常事物的世俗之爱。

下面我们来读另一首作品，它来自一个月夜，有迥然相异的色调，写作时间却接近，在同年（1078）秋季：

> 明月如霜，好风如水，清景无限。曲港跳鱼，圆荷泻露，寂寞无人见。紞如三鼓，铿然一叶，黯黯梦云惊断。夜茫茫，重寻无处，觉来小园行遍。　天涯倦客，山中归路，望断故园心眼。燕子楼空，佳人何在，空锁楼中燕。古今如梦，何曾梦觉，但有旧欢新怨。异时对，黄楼夜景，为余浩叹。（《永遇乐·彭城夜宿燕子楼，梦盼盼，因作此词》）

如题所示：这又是一首感梦之作。这个秋夜，宿于徐州燕子楼的苏轼梦到燕子楼的最初主人——唐代歌妓关盼盼，醒来写出这阕《永遇乐》。乍读此作，相信不少人会感到困惑：苏轼梦晤爱侣王弗那是夫妻深情，为什么他会梦见一个不相关的女子？一个前朝的歌妓！其实这位文豪多有记梦之作，当年赴京赶考经过骊山脚下，他还梦到过杨贵妃。晚年在海南，他不仅常常梦到故人，竟还梦到童年的自己，被老师检查作业，急得像钓钩上的鱼。我们切莫低估了一个文学家的想象力和丰富的心灵色彩。喜欢做梦的苏轼也常常研究自己的梦。他像个心灵捕手，相信灵魂，爱听鬼故事，但不怕鬼。

燕子楼和盼盼有什么意味？关盼盼事见唐人笔记和白居易的诗：这位歌妓被节度使张建封纳为侍妾，建封深宠之，为她修筑燕子楼，“三日乐不息”。后建封去世，盼盼感激深恩，坚守燕子楼誓不他适。彭城燕子楼，因为这么一位坚贞刚烈的佳人而成了异代名胜。古代文人喜欢凭吊吟咏这类芬芳凄艳的故事，如金谷园和绿珠事，又如苏小小事，代有名篇。苏轼为盼盼事打动自不奇怪。不过这首《永遇乐》的写法和情感脉络却并不循常例，简言之，在这首与梦对话的作品中，苏轼显示了一种本诸真情的平等心和同理心，他将自己和那位佳人并置于浩渺的历史时空中，对人在世间的情感和命运发出浩叹。

词的上片呈现了这梦幻一夜的时空情境，艺术上非常精美。

清代学者王鹏运说东坡词，以“清雄”概之，“雄”大致可代通常所谓豪放，“清”则指出另一面的空灵明净，读坡词不可略去“清”这一面。此处“明月如霜，好风如水，清景无限”，句句提纯滤滓，写出月夜之空明澄澈。繁华退尽，杂响都无，视听便格外清明，你听——“曲港跳鱼，圆荷泻露”，这水的声响，如空明环佩，愈发衬出夜之清幽深邃。人在月夜，似乎总是孤独的，灵魂在月下浮起，晶光一片：“寂寞无人见”。这静夜的声息再次震颤心弦，是午夜梦回：“紞如三鼓，铿然一叶，黯黯梦云惊断”。词人听到半空传来的更鼓声，与此同时，还有一片叶子坠落地面的声音。“紞如”“铿然”，谓空中之音，“三鼓”“一叶”，极言明白清晰。这声音和梦境谁惊破了谁？那梦境又究竟为何一番情景？我们只看到词人竟成了寻梦人：“夜茫茫，重寻无处，觉来小园行遍”。这真像苏轼的“游园惊梦”——在月夜，他和寂寞佳人盼盼发生了一场超时空相遇。这位“月夜的徘徊者”（林语堂语）触碰到怎样的一个幽潜世界？

转至下片，写词人的“梦醒却咨嗟”，情感涌出，思慨深沉。首三句从自身落笔，次三句写盼盼，形成一个古今对。是什么让苏轼将自己和一位天涯歌女的命运联结起来呢？其实就是那片浸透心灵的寂寞月光，是情感的执着与生命的困惑。穿过燕子楼的佳话，苏轼叹息于一代佳人的凋零身世与命运：“空锁楼中燕”，返视此刻的自己，也是一位天涯倦客："望断故园心眼"。更感慨的是，此刻多少悲欢、痴迷、流连，亦终将如昨夜那场梦，注定消失在历史时空中，今天我对着空空燕子楼凭吊盼盼，未来的人们，当也会在某个月夜面对黄楼为我的命运一叹吧。

在词的结拍，浮现彭城夜空下的另一座楼——黄楼，它，标记着苏轼的身份与事业。此前一年（丁巳年，1077）秋，黄河泛滥，引发徐州洪灾，太守苏轼指挥抗洪，"庐于城上，过家不入，使官吏分堵而守，卒完城以闻"（苏辙《东坡先生墓志铭》），苏轼亦以防洪之功获神宗奖谕。"水既去，公请增筑徐城。于是为大楼于城东门之上，垩以黄土，曰土实胜水，因名之黄楼。"（《东坡乐府笺》页 126）犹如燕子楼和盼盼的名字系在一起，黄楼，亦必令后人记起太守苏轼和他的功业。然而，苏轼在此却表现出某种参悟与超然，他的内心，仿佛有更深的萦系。

元丰元年，苏轼四十三岁，由科举入仕逾二十年，正是"在人生的中途"（《神曲》序篇），亦如但丁所谓"黑暗森林"，这位敏感多思的中国士大夫处于深沉的精神危机中：一方面，哲学三问从未离开过他的思考；另一方面，王安石变法带来的政治困境进一步加剧其人生困惑，他似乎在愈来愈迫切追问那个安放生命与心灵的"归处"。如果说此际的诗文多对时政发表意见（"如食之有蝇，吐之乃已”），词，则更多留给一己之心灵空间，留给那个最幽隐又最真实的世界。

元丰二年（1079）三月，苏轼移任湖州，同年七月，以“谤讪朝政”罪，从湖州被勾拿至御史台，是为“乌台诗案”。

四　黄州团练时期（1080—1084）：江山风月助词章

现在，东坡居士站在长江边上，乱石穿空，惊涛拍岸，他的胸中风起潮涌，一阕《念奴娇·赤壁怀古》伴随长江水滔滔而来，唱彻千古。

元丰三年（1080），经历乌台诗狱劫难的苏轼来到贬谪地黄州，“充黄州团练副使，本州安置”，“不得签文书”。这个曾经被仁宗称道“为子孙得宰相才”的天之骄子，此刻差不多陷入了政治绝境，“卧闻海棠花，泥污燕脂雪”，《黄州寒食》中对海棠的咏叹，像极了诗人的自伤。此时的苏轼无法预想未来还能重返朝廷，而当重新思考安身立命之计。现在他真的成了耦耕自给的东坡居士，而要完成对精神困境的突围，这位士大夫文人“在耕种自济、养生自保的同时，当然更要著书以自见”（《苏轼十讲》，页121）。黄州阶段，远离政治漩涡的苏轼在学术、文学上皆取得了突飞猛进的发展，如其日后总结：“问汝平生功业，黄州惠州儋州。”（《自题金山画像》）在词的创作领域，更是来到了前所未有的丰收期。有一种观点认为，因为词较之诗文更具个体性和私密性，刚刚经历诗祸、“慎静以处忧患”的苏轼在此找到了他需要的表达空间。反过来，因为此际苏轼强烈而丰沛的表达需要，词的抒情空间和思想空间得到了极大的拓展。

黄州的东坡，有两个最亲密的灵魂伴侣：明月与长江。黄州的月光，见证了东坡一次次的月下徘徊和灵魂私语；黄州的长江水，应和着诗人胸中一次次的风起水涌。初到黄州，寓居定慧院僧舍，苏轼留下这样一首有关月夜的作品：

缺月挂疏桐，漏断人初静。谁见幽人独往来，缥缈孤鸿影。　　惊起却回头，有恨无人省。拣尽寒枝不肯栖，寂寞沙洲冷。（《卜算子·黄州定慧院作》）

词中披露一份寂寞至极的心境。缺月、疏桐、漏断，勾勒出世界的残缺冷落；幽人、孤鸿，犹如暗夜中的叠影，鸿即人，人亦鸿，彼此映射孤独。夜幕下那孤鸿的一个惊起回头，是苏轼看到了此刻自我的灵魂：“有恨无人省”。从“寂寞无人见”（《永遇乐》）到“有恨无人省”，我们的诗人经受了漫长的心灵磨难，然而，“拣尽寒枝不肯栖”，仍强调个体意志与尊严，明确对自我操守的坚持。“诗可以怨”，《卜算子》诉诸“幽约怨悱不能自言之情”（张惠言《词选序》）却立风骨、明气节。黄庭坚评此词：

“词意高妙，似非吃烟火食人语，非胸中有数万卷书，笔下无一点尘俗气，孰能至此？”道出东坡清高的一面。

再来看看另一个月夜。这是壬戌年（1082）三月的芳美春夜，词人后来补上的小序交代：“顷在黄州，春夜行蕲水中，过酒家饮。酒醉，乘月至一溪桥上，解鞍，曲肱醉卧少休。及觉，已晓，乱山攒拥，流水锵然，疑非尘世也。书此语桥柱上。”

照野弥弥浅浪，横空隐隐层霄。障泥未解玉骢骄，我欲醉眠芳草。　　可惜一溪风月，莫教踏碎琼瑶。解鞍欹枕绿杨桥，杜宇一声春晓。（《西江月·书绿杨桥》）

时光过去了两年，苏轼在黄州算是安顿下来了：躬耕东坡，会客雪堂，将家人安置在江边的临皋亭。他在情感上越来越亲近陶渊明，怡然体会躬耕的乐趣：“只渊明，是前身。”“昨夜东坡春雨足，乌鹊喜，报新晴。”（《江城子》）这年春天，东坡居士在买田路上来回写了好几首词，首首皆佳篇，比如著名的《定风波》：“莫听穿林打叶声，何妨吟啸且徐行。”又如《浣溪沙》：“谁道人生无再少，门前流水尚能西。”都触处而发，唱出灵魂深处的倔强与通达。跟着便是这个美丽的春夜：月光清美而柔和，照着春天的山野，马背上的词人有些微醺，眼前的月光便像浮在半空的浅浪，使得路边的芳草地更加梦幻迷人——躺卧于那芳草之上、幕天席地该是多么清惬。马儿继续走，前面出现了一条小溪，溪水反映月光，晶澈若美玉琼瑶。那一颗诗心再次被触动了：玉骢马呀，不要惊扰这溪水、莫要踏碎那琼瑶，我们就在此处歇一歇吧。解鞍下马的词人曲起胳膊醉卧桥头，等他再睁开眼睛，已然又一个明亮春晓，杜宇的啼声唤醒了词人的清梦。

如果说《定风波》展示了一场急雨中的体悟："一蓑烟雨任平生""也无风雨也无晴"（《定风波》）。《西江月》则写出了心灵的了无挂碍、澄澈渊泊，以及随之而来与自然万象亲切的妙晤。这是优美心灵照映出的优美世界：一切都笼在月光中，芳鲜、清洁，物我浑然相融，黎明宛若新生。《定风波》以哲思胜，这阕《西江月》则以情韵胜。以哲思理性超越困境的东坡，同时以丰沛的爱悦拥抱世界人生，这是其不可战胜处。

在黄州的东坡，处忧患而迸发新的生命领悟，尤其有一种超越于尘垢之上、与万物相接的快然欣然，用他自己的话说：做了"江山风月"的主人——

> 东坡居士酒醉饭饱，倚于几上，白云左绕，清江右洄，重门洞开，林峦坌入。当是时，若有思而无所思，以受万物之备，惭愧！惭愧！（苏轼《书临皋亭》，《苏轼文集》卷七十一）

江山风月，本无常主，闲者便是主人。（《与范子丰八首》之八，《苏诗文集》卷五十）

元丰五年壬戌年（1082），夏秋、秋冬之际，黄州长江中游的赤壁矶上，苏轼生命中最著名的几个月夜到来。赤壁三咏，以江山风月为材料、为助力、为造型，唱出一位士大夫精英和文学天才的心灵交响：

大江东去，浪淘尽，千古风流人物。故垒西边，人道是，三国周郎赤壁。乱石穿空，惊涛拍岸，卷起千堆雪。江山如画，一时多少豪杰！　遥想公瑾当年，小乔初嫁了，雄姿英发，羽扇纶巾，谈笑间，樯橹灰飞烟灭。故国神游，多情应笑我，早生华发。人生如梦，一尊还酹江月。（《念奴娇·赤壁怀古》）

壬戌之秋，七月既望，苏子与客泛舟游于赤壁之下。清风徐来，水波不兴。举酒属客，诵明月之诗，歌窈窕之章。少焉，月出于东山之上，徘徊于斗牛之间。白露横江，水光接天。纵一苇之所如，凌万顷之茫然。浩浩乎如冯虚御风，而不知其所止；飘飘乎如遗世独立，羽化而登仙。……

（《前赤壁赋》节选）

是岁十月之望，步自雪堂，将归于临皋。二客从予过黄泥之坂。霜露既降，木叶尽脱，人影在地，仰见明月，顾而乐之，行歌相答。已而叹曰：“有客无酒，有酒无肴，月白风清，如此良夜何！”客曰：“今者薄暮，举网得鱼，巨口细鳞，状如松江之鲈。顾安所得酒乎？”归而谋诸妇。妇曰：“我有斗酒，藏之久矣，以待子不时之需。”于是携酒与鱼，复游于赤壁之下。……（《后赤壁赋》节选）

赤壁三咏中，词在前，赋在后。两赋皆有明确日期，通常认为词作于同年稍早时候，三篇同题分咏，像交响乐中的组合乐章，构成东坡精神体系中多维度、多层次的自我对话。三篇当中，《念奴娇·赤壁怀古》雄豪，《前赤壁赋》清旷，《后赤壁赋》神秘，彼此接应，如风鸣山谷，月涌大江，变化无穷。我们亦当借二赋之映照，来欣赏《念奴娇·赤壁怀古》这阕词史上最著名的豪放词。

一阕豪放词就是一首英雄主义的赞歌。我们还记得《江城子》借密州出猎搭建的英雄舞台，这一次，苏轼面对的是长江——他的母亲河，也是他人生往还相伴的一条江河。生命就像滔滔江河，历史亦如滔滔江河。这壮阔的江山图景便是历史的舞台，而脚下的赤壁矶记取了一个英雄辈出的时代（顺便提一句：苏轼对三国史颇有研究，王安石还曾建议他修三国史）。“大江东去，浪淘尽，千古风流人物”，起调恢弘，自然为历史造型，“大江”对“千古”，“东去”“浪淘尽”，为自然之势能，也是历史之势能，浩浩荡荡，奔腾澎湃，“风流人物”，雪浪一般闪耀其光芒。“故垒西边，人道是，三国周郎赤壁”，这是历史为自然赋色：古战场和英雄的名字永远留在江山形胜中。“乱石穿空，惊涛拍岸，卷起千堆雪”，如特写造型，极现江山伟力，也寓示历史和心灵空间的跌宕壮阔。有异文为“乱石崩云，惊涛裂岸”，亦壮。由此慨然而生向往：“江山如画，一时多少豪杰”！有此如画江山，方有无愧于此江山的英雄豪杰。

词的上片，已借江山胜景和历史风云搭出舞台，造型瑰伟，气势不凡。下片便是主角登场。主角何人？周郎也，赤壁大战中胜利方的年轻统帅周瑜。这涉及对三国史的理解，更关乎苏轼此刻心境——选择一个完美的历史瞬间、一个完美的英雄来抒发心中神往。史书上的周瑜英姿天纵，风流倜傥，且妙解音律——“曲有误，周郎顾”，是军事天才兼音乐天才。后来的《三国演义》因为尊蜀汉为正统，把赤壁之战的功绩和指挥者的魅力都给了诸葛亮。文武兼资的周瑜为赤壁大战的实际指挥者，也是苏轼理想中的风流人物，词人于此充分放纵了想象力：“遥想公瑾当年，小乔初嫁了，雄姿英发，羽扇纶巾，谈笑间，樯橹灰飞烟灭。”你看：年轻的东吴大都督周瑜，人才雄姿英发，情感春风得意，功业谈笑立至——这个历史潮头的人物，在多大程度上投射着苏轼的英雄主义幻想，也就多大程度地映衬他此刻的落魄失意，于是，那激情的历史画卷黯然消逝于这夜赤壁的月光中：“多情应笑我，早生华发”“人生如梦，一尊还酹江月”。东坡用一个自嘲，去浇奠自己的生命理想。这仿佛是一个消沉的尾巴。

然则何谓“人生如梦”？何谓“多情”？东坡又何以要借赤壁这个题目反复做文章？到此还需再解解。“人生如梦”不是第一次出现在苏轼笔下，我们熟悉这一感喟或哲思，事实上，这也是古典文学一个基本命题：生命苦短，亦多迷惑，正如梦幻。庄生梦蝶寓言，《金刚经》谓“如梦又如幻”，复以哲学的分量加固这一命题。人生如梦，那么主体性如何寄托？人的意志应当消泯吗？在此词下片，“人生如梦”和“多情应笑我”构成意涵的张力，也是情感与哲思的内在张力，那就是，即便意识到人生短暂，词人仍执着追问它的意义和价值。“多情”，是生命抱持的指向世间的不灭热情。《念奴娇》整首词，借赤壁和三国事追问人在历史时空的位置，在谪臣苏轼的心中，儒家的志业仍耿耿难以磨灭，那种英雄主义的向往，仍不时像滔天巨浪激荡胸怀。

沿着赤壁这个题目，苏轼的探讨继续深入。到《前赤壁赋》，他又借曹操这位枭雄追问人在宇宙时空中的位置：

月明星稀，乌鹊南飞，此非曹孟德之诗乎？西望夏口，东望武昌，山川相缪，郁乎苍苍，此非孟德之困于周郎者乎？方其破荆州，下江陵，顺流而东也，舳舻千里，旌旗蔽空，酾酒临江，横槊赋诗，固一世之雄也，而今安在哉？

这是“客”的疑惑，纠结于个体生命的渺小易逝。而苏子对此的解答是：

客亦知夫水与月乎？逝者如斯，而未尝往也；盈虚者如彼，而卒莫消长也。盖将自其变者而观之，则天地曾不能以一瞬；自其不变者而观之，则物与我皆无尽也，而又何羡乎！且夫天地之间，物各有主，苟非吾之所有，虽一毫而莫取。惟江上之清风，与山间之明月，耳得之而为声，目遇之而成色，取之无禁，用之不竭，是造物者之无尽藏也，而吾与子之所共适。

如何成为一个精神自由的人？这始终是思想者苏轼的命题。

以上著名对辩呈现了其思想体系中儒道的兼容互济。在曹操身上，苏轼注入的仍是对人之伟岸风采与事业的向往，但同时，他用庄子的齐物论思想来化解生命热情引发的苦痛："天地与我并生，而万物与我为一"。这是儒家世界观外的另一片天空：世界生生不息，忘记物我界限，我亦生生不息。此即陶渊明表达的"纵浪大化中，不喜亦不惧"，也是李白发为歌咏的"吾将囊括大块，浩然与溟涬同科"。"我"在宇宙当中，宇宙亦包含在"我"的生命中。泛舟于赤壁月夜的东坡，以诗人的意兴接揽江上之清风与山间之明月，找到了自我生命与江山风月、进而与宇宙天地融为一体的感悟，从而打破瞬间与永恒的界限，澄怀朗照，万象空明。《前赤壁赋》的结尾：苏子与客"相与枕藉乎舟中，不知东方之既白"，如前《西江月》中春夜的续写。

《后赤壁赋》再开一章，起笔于朴素平易，中间有"山高月小，水落石出"之明净洒落，复有"履巉岩，披蒙茸，踞虎豹，登虬龙"的心灵历险，再有"山鸣谷应，风起水咏"之动荡不宁，收结于似梦似幻的悠邈神秘。——"赤壁之游乐乎?"这真是东坡向自己的心灵问话。谪居的东坡注儒家经典，参悟老庄，复"读释氏书，深悟实相，参之孔、老，博辩无碍，浩然不见其涯也"（《东坡先生墓志铭》）。赤壁之游或如其有备而来的精神出游，乃投诸天地自然的验证。事实上，对读者而言，赤壁三咏的迷人之处绝非提供人生答案，而在充分展示一位诗人和思想者的心灵空间，他的追求与困惑，伤痛与不平，释然与超然，动静起伏间，如月生月涌、潮起潮落，映现灵魂的轨迹与光波。水与月，为诗人的灵魂赋形。同江山风月一样，诗人的心灵便是一个浩渺迷人的宇宙。

“一点浩然气，千里快哉风。”（《水调歌头·黄州快哉亭赠张偓佺》）黄州的东坡，在困境超越中不断涵养出自由豪健的精神气象，留下中国文化史的一个传奇。东坡夜游赤壁，千载以来为诗书画经典题材，引无数文人墨客操觚染翰以续风采。豪放词《念奴娇·赤壁怀古》嗣响无数，在每个时代都激起豪杰人物心中的雄音：

千古江山，英雄无觅、孙仲谋处。舞榭歌台，风流总被，雨打风吹去。

——这是南宋“人中之杰，词中之龙”辛弃疾的晚年名篇《永遇乐》。自负雄才的辛弃疾虽志业未遂，精神上始终是一个大写的人。他昂藏地望向历史，悲歌一曲慨而慷。

【新水令】大江东去浪千叠，引着这数十人驾着这小舟一叶。又不比九重龙凤阙，可正是千丈虎狼穴。大丈夫心别，我觑这单刀会似赛村社。

【驻马听】水涌山叠，年少周郎何处也？不觉的灰飞烟灭。可怜黄盖转伤嗟，破曹的樯橹一时绝，鏖兵的江水犹然热——好教我情惨切！（带云）这也不是江水，（唱）二十年流不尽的英雄血！

——这是元朝最杰出的杂剧家关汉卿创作的历史剧《单刀会》。关汉卿借古人之酒杯，浇胸中之块垒，《单刀会》中的关羽是位孤胆英雄，睥睨强敌而又不可一世之气概，正为其本人当世写照。

滚滚长江东逝水，浪花淘尽英雄。是非成败转头空，青山依旧在，几度夕阳红。

——这是明代状元才子兼著名谪臣杨慎所撰《临江仙》（上片）。杨慎因嘉靖朝“大礼议”事件而发配云南，出身京华贵胄的杨状元从此栖身边陲，东坡精神无疑为其引领，杨慎亦不改书生兼狂士本色，讲学著述，极大振兴了云南文教事业。这首《临江仙》，后来被置于通行本《三国演义》的开篇。

元丰七年（1084），谪居黄州第五年，苏轼迎来命运转机。这年正月宋神宗出手札：“苏轼黜居思咎，阅岁滋深，人材实难，不忍终弃，可移汝州团练副使，本州安置。”（《续资治通鉴长编》）皇帝释放出善意信号。四月，即将去黄移汝的苏轼填了一首《满庭芳》，“留别雪堂邻里二三君子”：

归去来兮，吾归何处？万里家在岷峨。百年强半，来日苦无多。坐见黄州再闰，儿童尽、楚语吴歌。山中友，鸡豚社酒，相劝老东坡。　　云何，当此去，人生底事，来往如梭？待闲看秋风，洛水清波。好在堂前细柳，应念我，莫翦柔柯。仍传语，江南父老，时与晒渔蓑。

黄州让苏轼成了东坡居士，东坡居士对这片他生活、躬耕过的土地满怀惜别深情，同时，他似乎预感到：黄州的这番耕耘还有之于未来更深远的意义。

五　杭州知州时期（1089—1091）：浑融天成

神宗皇帝在元丰八年（1085）驾崩，政局逆转，进入“元祐更化”，即旧党取替新党执掌朝政，已经决计归耕田园的苏轼不期然被迅速起复，连续晋升，一路做到翰林侍读学士、礼部尚书，但就在赤绂银章、高居玉堂之际，苏轼填了两首怀念黄州东坡雪堂的《如梦令》：

为向东坡传语，人在玉堂深处。别后有谁来，雪压小桥无路。归去，归去，江上一犁春雨。

手种堂前桃李，无限绿阴青子。帘外百舌儿，惊起五更春睡。居士，居士，莫忘小桥流水。

唐宋称翰林院为玉堂。雪堂与玉堂，如一个士大夫政治生涯中的穷达两极，清寒尊贵大不相同。但此时身在玉堂、正当显达的苏轼却对雪堂别有温馨记忆——那是自己犁耕过的亲切家园，桃李已漫开绿荫，结出青青果实，庭院生机勃勃，人生的建设正不止于一端。经历黄州阶段的苏轼，既对政局的翻覆有了更清醒的认识，也更平衡地看向人生的风雨晴天，更笃定于自己的内心归路。

我们知道：等待东坡的，还有天涯海角的惠州、儋州。但本讲将结束于苏轼的第二个杭州任期，我们选取的最后一首词，为其作于即将离任杭州太守时寄赠僧人诗友参寥子的《八声甘州》，本讲标题即出自这首词：

有情风、万里卷潮来，无情送潮归。问钱塘江上，西兴浦口，几度斜晖。不用思量今古，俯仰昔人非。谁似东坡老，白首忘机。　　记取西湖西畔，正暮山好处，空翠烟霏。算诗人相得，如我与君稀。约他年、东还海道，愿谢公、雅志莫相违。西州路，不应回首，为我沾衣。（《八声甘州·寄参寥子》）

元祐四年（1089），东坡知杭州，六年（1091）春召为翰林学士承旨，又将离开履任不足两年的杭州。如此来去匆匆，其实还是和朝中政局有关：新旧党争愈炽，而旧党又分出洛党、蜀党、朔党，也是异见迭起，纷扰不息。为避免矛盾，苏轼“乞郡”离朝，与杭州这座城市再续前缘。此番作为太守的苏轼，留称后世最著名的美政便是疏浚西湖，修筑贯通南北的长堤，是为苏堤。不过人在杭州的苏轼，事实上并未能离开政敌视野，元祐六年的这次召还实非美妙的信号。关于这点苏轼本人清楚，他的朋友们也清楚。

参寥子，即诗僧道潜，浙江於潜人，能文章，尤喜为诗，初在徐州时与苏轼相交，苏轼称其诗绝类唐代诗人储光羲。苏轼贬谪黄州时，参寥子不远两千里相从，并留居黄州一年，等到苏轼去黄移汝，参寥子又陪他同游庐山——庐山之行为苏轼重要的一次习禅经历，有《题西林壁》诗“横看成岭侧成峰”、悟道偈子“溪声便是广长舌”等。苏轼守杭，参寥子卜筑智果精舍，二人常在院中分韵赋诗。后来苏轼南渡岭海，参寥子又欲转海相访，被苏轼以书信竭力劝止。

《八声甘州》留别的便是这样一座城市和这样一位挚友。“有情风、万里卷潮来，无情送潮归”，如郑文焯谓“突兀雪山，卷地而来，真似钱塘江上看潮时，添得此老胸中数万甲兵，是何气象雄且杰”（《手批东坡乐府》）。此时东坡胸中情感之浩瀚，须借钱塘潮气势发之，别意之苍茫，亦唯有借落潮写之。“有情”“无情”何谓？此系世间语，也为佛家语。佛教将人和动物称为“有情”，植物和无生物归入“无情”，佛家又主张“无情说法”。僧人当无情，诗人却多情。此词写给一位僧人，却由情下笔，通篇说情。写诗的参寥子与参禅的东坡，于世事的有情无情当有心照不宣的领会吧。

当潮水无情落去，面对与挚爱的分别，能留下的只有往昔记忆了。在伤感与温暖交织的情怀中，词人漫溯杭州城中他与友人共有的珍贵记忆：从钱塘江到西湖，从人烟交织的渡口到翠色空蒙的西山，从一个黄昏到另一个黄昏。这美好的湖山之间，白首忘机的“东坡老”，与诗人参寥子结下了最深的情谊。就让我们约定吧：你我都要回来、回到这东海之滨再度潇洒同游——你切莫如谢公辜负雅志，我也定不让你为我“回首”“沾衣”不胜悲。

词的最后用谢安事劝诫参寥子和自己，表达了归隐之志。“谢公雅志”，“西州路，不应回首，为我沾衣。”皆典出《晋书·谢安传》：

> 安虽受朝寄，然东山之志始末不渝，每形于言色。及镇新城，尽室而行，造泛海之装，欲须经略粗定，自江道还东。雅志未就，遂遇疾笃。
>
> ……
>
> 羊昙者，太山人，知名士也，为安所爱重。安薨后，辍乐弥年，行不由西州路。尝因石头大醉，扶路唱乐，不觉至州门。左右白曰：“此西州门。”昙悲感不已，以马策扣扉，诵曹子建诗曰：“生存华屋处，零落归山丘。”恸哭而去。

东晋贤相谢安是一位风流人物。东山再起说的便是他从隐居中起复，指挥打赢决定王朝命运的淝水之战。谢安的晚年却颇为悲情，因功高盖主而饱受猜忌。他本人始终怀抱隐居东山的志趣，决意待国事安定，从扬州乘船东还，然志未遂而染疾病逝。谢安去世后，为他爱重的外甥羊昙非常悲痛，因此长年不听音乐，外出不走谢安临终经行的西州门，然某日酒醉误过，遂悲感不已，诵曹植诗恸哭而去。借谢安的雅怀深致和悲情晚岁，苏轼寄寓了自己复杂苍茫的情思。词中先把参寥子比作谢安，可见词人与朋友情感相通，并不将之仅仅视为一个方外之人；跟着词人自己成了谢安，词的结尾呈现这样一幕场景：东坡已去，参寥子伫立在西州路上，遥思故人。

1091 年，苏轼在又一次的政治浪潮中将离开杭州，此时距他首次因为政治风浪来到杭州刚好过去二十年。二十年潮起潮落，我们也得以一借钱塘江浪潮和西湖山水来看东坡的词境和心境。二十年前的苏轼，别具会心地体味着西湖的潋滟与空蒙，二十年后，他心中复添钱塘潮那海雨天风般的浩大苍茫。一阕《八声甘州》，感慨也深，起兴也大，以苍茫寄托深情，通篇纯是胸臆语，技巧泯然无迹，如郑文焯评价：“云锦成章，天衣无缝，是作从至情流出，不假熨帖之工。”（《手批东坡乐府》）诚所谓“恢恢荡荡，与浑成等其自然；浩浩茫茫，与造化钧其符契”（晋葛洪

《抱朴子·畅玄》）。这是经过大风浪的东坡，也是胸存大气象的东坡。

“有情风、万里卷潮来”，世人多言东坡豪放，东坡却常自笑多情——“多情多感还多病”。然多情与豪放正可为一体，就如钱塘潮之奔腾澎湃又浑涵浩渺。作为天性敏慧的文人，苏轼很早就触碰到人生诸多问题，在其颠沛坎坷的一生中，更常常面对“有情”与“无情”这对矛盾。他的通达正基于对人生难题的应对，如江河冲波激湍，滔滔归于大海，他的超旷来自精神世界的不断登高一望，明月清风长入怀，天容海色本澄清。带着对世界人生丰沛的体验，带着他的敏感、豪宕与深情，苏轼一路拓开词的天地，“新天下耳目”，宋词就此进入“向上”的新阶段与境界。

唐　周昉《簪花仕女图》局部　　辽宁博物馆藏

《簪花仕女图》工笔重彩描绘簪花仕女五人，执扇女侍一人，细致呈现了唐代中后期上流社会女性的妆容：仕女发式作高耸云髻，蓬松博鬓；前额发髻上簪步摇首饰花，鬟髻间簪当令的折枝花一朵，如牡丹、芍药、绣球花等；额面宽阔，人工描出时新式样黛眉，眉间贴金花子。仕女们置身优美的园林空间，仪态娴雅中微露寂寞，与花间、南唐闺怨词氛围及审美意趣相近："晚出闲庭看海棠，风流学得内家妆，小钗横戴一枝芳。""闲引鸳鸯芳径里，手挼红杏蕊。"

北宋 王诜《绣栊晓镜图》 台北“故宫博物院”藏

簪花照镜为古典诗词和绘画常见素材，在诗学传统里有其寄寓，其源可上溯《诗经》《楚辞》的“为悦己者容”“好修为常”。温词反复写到镜前的女子：“照花前后镜，花面交相映。”“春梦正关情，镜中蝉鬓轻。”“鸾镜与花枝，此情谁得知。”传递出女性主体的自我觉知，自我确认，对情感和生命价值的追寻，并赋予其清晰的时间性，即价值当在有限时间内实现。画中女子已经完妆，正对镜凝视自己，镜面呈现女子沉思的面容。这一刻、这个清晓她想到了什么？画面背景为庭院，这是体现时间流转的自然空间。画的右侧有两架屏风，分别为立屏和榻上小屏，上面绘的都是青绿山水，为这个内部世界补充了更广阔的外在天地。

五代　顾闳中《韩熙载夜宴图》（宋摹本）局部　　故宫博物院藏

《韩熙载夜宴图》为五代顾闳中所绘，画家和画中主角都是南唐朝臣，关于这轴画的创作起因也有许多说法：或说韩熙载被人构陷有政治图谋，李煜遣顾闳中暗察，韩熙载遂夜夜笙歌，以示无心政治竞逐；另说李煜想重用熙载，然“颇闻其荒纵”，“因命待诏画为图以赐之，使其自愧”（《五代史补》）。两说虽相冲突，但都表明图卷中的宴乐场景为南唐风气实写。陈世修为冯延巳《阳春集》作序称：“金陵盛时，内外无事，朋僚亲旧，或当燕集，多运藻思，为乐府新词，俾歌者倚丝竹而歌之，所以娱宾而遣兴也。”可借此图一睹其貌。

明　朱天然《李后主画像》，出自明弘治
十一年刻本《历代古人像赞》
台北“故宫博物院”藏

画像赞词揭示了李煜作为君王的历史命运。正是这命运的分量让李煜写出那些被王国维称为“以血书者”的词章：“流水落花春去也，天上人间！”“问君能有几多愁，恰似一江春水向东流！”文学乃历史的补充，以深情抵抗无情：“词至李后主而眼界始大，感慨遂深。”

北宋　赵佶《文会图》　　台北“故宫博物院”藏

北宋尚文，追求雍容和雅、文质彬彬之盛。该画作描绘的是宋徽宗心目中的文士雅集场景。园林中树木葱翠，雕栏环绕，九名文士围坐在桌子周边饮酒赋诗，树下还有立谈的两人。右上角有徽宗赵佶的行书自题诗《题文会图》：“儒林华国古今同，吟咏飞毫醒醉中。多士作新知入彀，画图犹喜见文雄。”宋词之兴，与文会上的唱酬排遣不无关系，词家笔下亦屡现“酒宴歌席莫辞频”（晏殊）、“难忘，文期酒会”（柳永）这类句子，提示了词诞生的场景。

佚名《宋仁宗后坐像轴》局部　　台北“故宫博物院”藏

该坐像轴原属清宫南薰殿旧藏，无款印，当为宋院画作品，所绘为宋仁宗曹皇后肖像。局部图特呈现立于曹后左右侧的两个宫女，皆身着小簇花锦袍，头戴“一年景”花钗冠，以花钗集中一年四季的花卉，如梅、杏、荷、菊拼成一年之景而得名。宫廷服饰往往也引领民间时尚。宋词中经常写到女性的衣妆首饰，岁时节日尤其讲究，如李清照词“铺翠冠儿、捻金雪柳”，辛弃疾词“蛾儿雪柳黄金缕”等，系立春、元宵头饰。

北宋　张择端《清明上河图》局部　　故宫博物院藏

张择端画作《清明上河图》和孟元老笔记《东京梦华录》可以互读，二者以不同形式描绘、记录徽宗朝的汴都繁华。此处截取的图卷中段以“上土桥”为中心，画汴河及两岸风光：桥上车马来往如梭，商贩密集，行人熙攘。恰如笔记追忆：“举目则青楼画阁，绣户珠帘。雕车竞驻于天街，宝马争驰于御路。金翠耀目，罗绮飘香。新声巧笑于柳陌花衢，按管调弦于茶坊酒肆。”宋词描写都市风情出色者则首推柳永。向前一百年，柳永笔下已现繁华盛景：“烟柳画桥，风帘翠幕，参差十万人家。”

南宋　李嵩《元宵观灯图》　　台北“故宫博物院”藏

这幅画表现宋人元宵节奏乐赏灯的景象，画面背景为三盏用灯棚悬挂的大灯，右后方两个童子一提兔儿灯，一提瓜形灯，旁边桌上还放着一只走马灯，女眷则在弹拨或欣赏音乐。宋人讲究岁时节日，尤看重元宵节。宋词写元宵，名篇极多，如柳永《迎新春》：“十里燃绛树，鳌山耸，喧天箫鼓。”又如苏轼《蝶恋花》之“灯火钱塘三五夜”、辛弃疾《青玉案》之“东风夜放花千树”，都是写杭州城元宵盛景，然二词皆以热闹写幽独。李清照则写出了世变之后的元宵节：“不如向帘儿底下，听人笑语。”姜夔的“卧听邻娃笑语归”近似之。

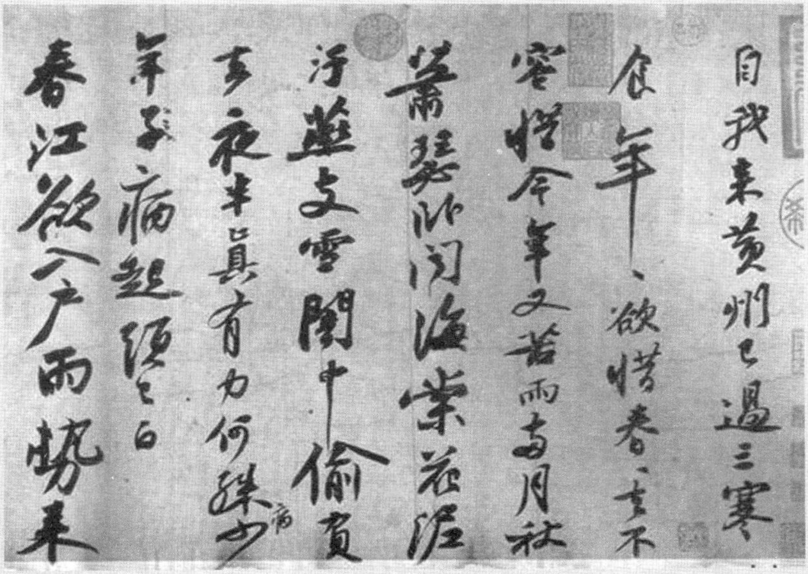

北宋　苏轼《黄州寒食帖》局部　　台北“故宫博物院”藏

《黄州寒食帖》被称为“天下第三行书”，由苏轼撰诗并书，书法走势里披露着诗人苦闷不平的心迹。这是苏轼贬谪黄州的第三年，又值苦雨的寒食“年年欲惜春，春去不容惜”，瞻望前途怀思故人，甚至有“也拟哭途穷，死灰吹不起”之恸。然而苏轼毕竟是苏轼，他总能从困境中超拔出来，就在同一年（1082），东坡居士赋出《定风波》一词和光耀千古的赤壁三咏。晚年回顾平生，他总结道：“问汝平生功业，黄州惠州儋州。”（《自题金山画像》）

元　赵孟頫《东坡小像》
台北“故宫博物院”藏

此幅小像为赵孟頫行书《前后赤壁赋》册首所附带，造型中体现松雪对东坡的人格想象和文化认同。画中苏轼戴着筒高檐短的“东坡帽”，疏眉朗目，手持竹杖，令人想起他“竹杖芒鞋轻胜马，谁怕？一蓑烟雨任平生”的名句。画像头身比例不作实写，重在表现人物旷达潇洒的风度。

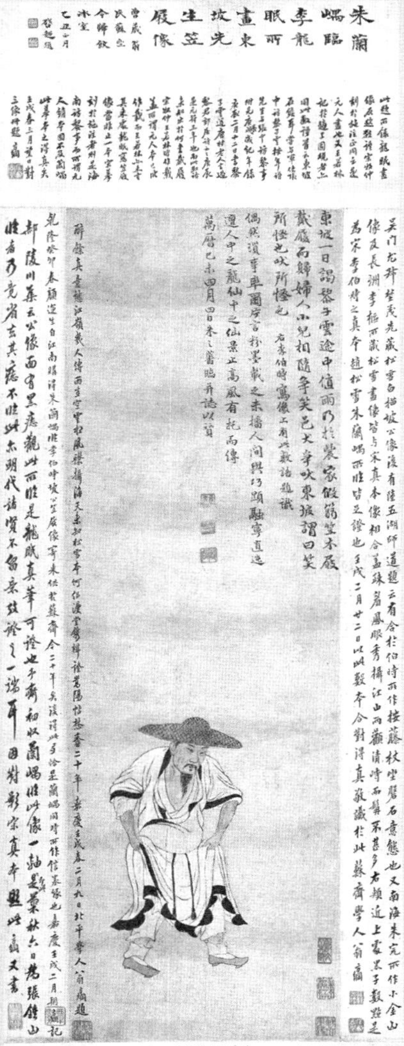

明　朱之蕃《东坡笠屐图》
广东省博物馆藏

后世东坡画像，多体现其“一蓑烟雨任平生”的从容风度。明代朱之蕃《东坡笠屐图》取材东坡晚年在海南的事迹，画面右上方有记：“东坡一日谒黎子云，途中值雨，乃于农家假箬笠木屐，戴履而归，妇人小儿相随争笑，邑犬吠，东坡谓曰：笑所怪也，吠所怪也。”复赞东坡为“人中之龙，仙中之仙”。

復遊於赤壁之下江流有声斷岸
千尺山高月小水落石出曾日月
之幾何而江山不可復識矣

北宋　乔仲常《后赤壁图》局部　　美国纳尔逊·艾特金斯艺术博物馆藏

乔仲常为东坡友人、北宋画家李公麟的学生（另说：表弟、外甥），所绘纸本长卷《后赤壁图》提供了存世画作中最早的东坡形象，有参照价值。画卷将原赋分为九段予以描绘，此为第三段，写苏轼主客三人复游于赤壁之下，坐在石坡上面江饮酒，体会“江流有声，断岸千尺，山高月小，水落石出”的冬景。自此，东坡游赤壁成为书画史上经久不衰的题材，一代文人，风神朗照千古。

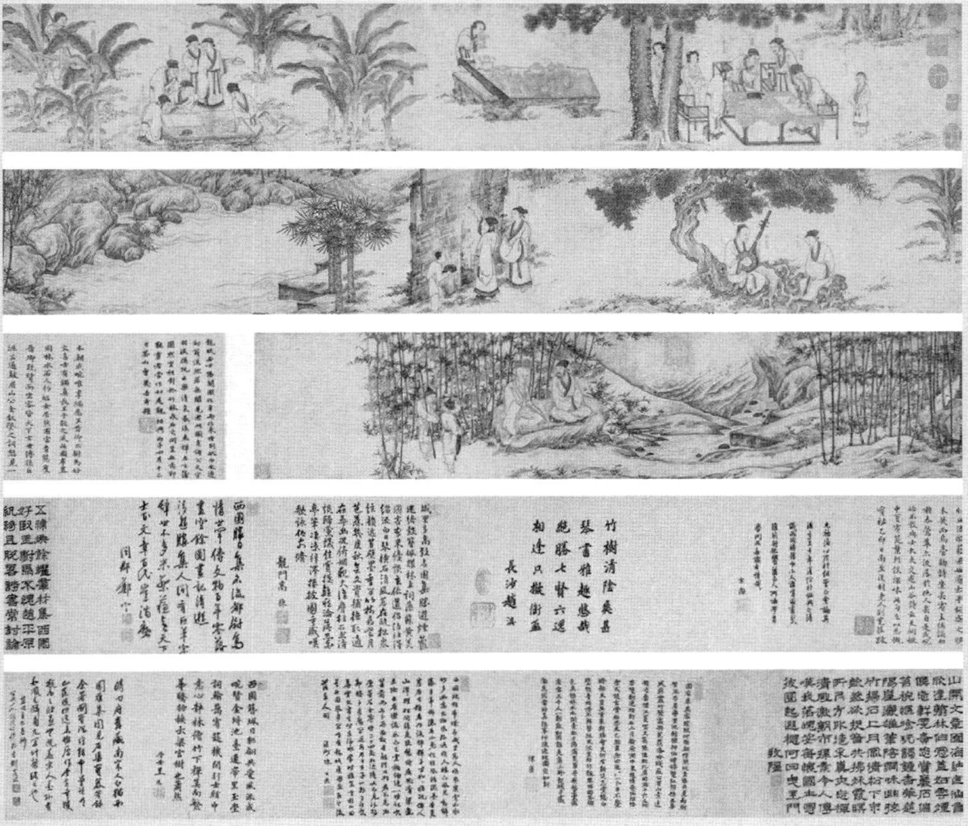

（传）北宋　李公麟《西园雅集图》　　台北“故宫博物院”藏

西园雅集为北宋元祐年间的著名文人雅集，当时苏轼、黄庭坚、秦观、米芾等元祐群英，聚于驸马王诜在汴京西城的别业，宾主风雅，或挥毫吟诗，或抚琴问禅，极一时彬彬之盛。参与雅集的李公麟为之作图卷，惜原作失传，唯米芾的《西园雅集图记》留了下来，云：“水石潺湲，风竹相吞，炉烟方袅，草木自馨。人间清旷之乐，不过如此。”后世多有仿李公麟画作。秦观《望海潮》《千秋岁》所写“西园夜饮鸣笳”“忆昔西池会，鹓鹭同飞盖”，很可能为贬谪途中对这往昔盛景的追怀。

北宋　赵佶《竹雀图》　　美国大都会博物馆藏

宋徽宗赵佶精于绘事，赵孟頫为《竹雀图》题跋："道君聪明，天纵其于绘事，尤极神妙。动植之物，无不曲尽其性，殆若天地生成，非人力所能及。此卷不用描墨，粉彩自然，宜为世宝。"此即"体物之工"也。我们在宋词中亦能发现近似的艺术精神，如徽宗朝词家周邦彦的创作，写荷能得荷之神理，写鸟亦灵动可爱："鸟雀呼晴，侵晓窥檐语。""夏果收新脆，金丸落，惊飞鸟。"

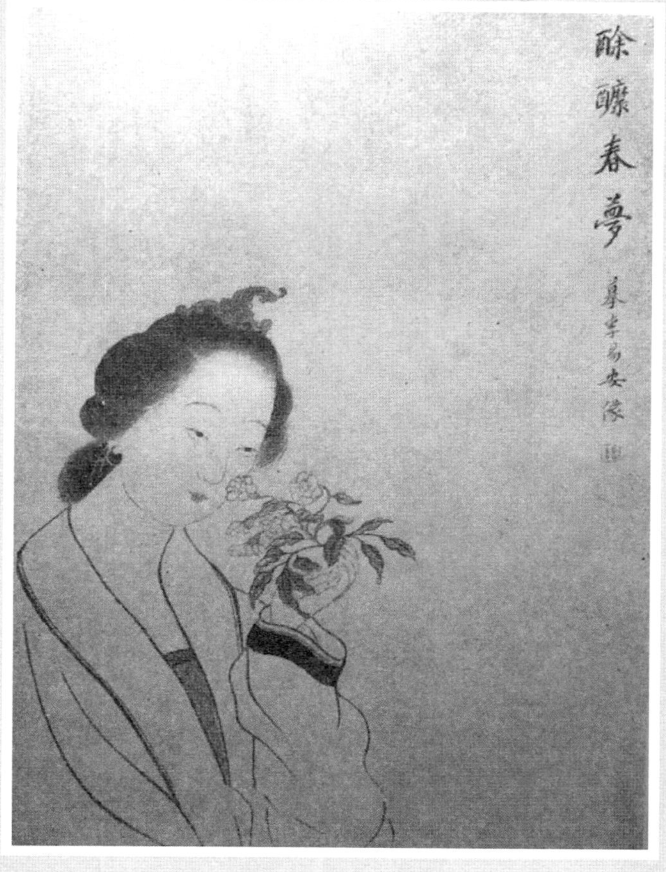

清　佚名《酴醾春梦图》　　中国国家博物馆藏

这是清人所绘的李清照画像，为乾嘉间一个摹本。画中女词人宴居装束：云鬓后拢，顶戴水浪纹发簪，佩金色耳环，身着红色抹胸，外穿对襟衣袍。左手捻一枝酴醾，似嗅其清芬，又恍若陷于沉思。画像款题“酴醾春梦”，当取意诗句“开到酴醾花事了”。画作线描清新，敷色雅丽，呈现的是清人审美中的才女和淑女形象。若比之当代画家如王叔晖、刘旦宅笔下的洒脱超逸造型，则意趣大不相同。可见历代读者心中各有不一样的李易安。

当代　辛弃疾画像

这是当代人为辛弃疾所绘画像，画中辛弃疾迥异于一般文人形貌，特具农民起义军首领的质朴、刚健和沧桑，双目炯炯，饱含忧患。这一个草莽英雄的造型像不像辛弃疾呢？宋代文献留下了朋友眼中的辛弃疾，陈亮形容："眼光有棱，足以照映一世之豪；背胛有负，足以荷载四国之重。"（《辛稼轩画像赞》）刘过描绘："精神此老健于虎，红颊白须双眼青。"（《呈稼轩》）据此，辛弃疾躯体壮硕，气度超凡，其以龙虎之姿，时刻准备迎向风云际会。

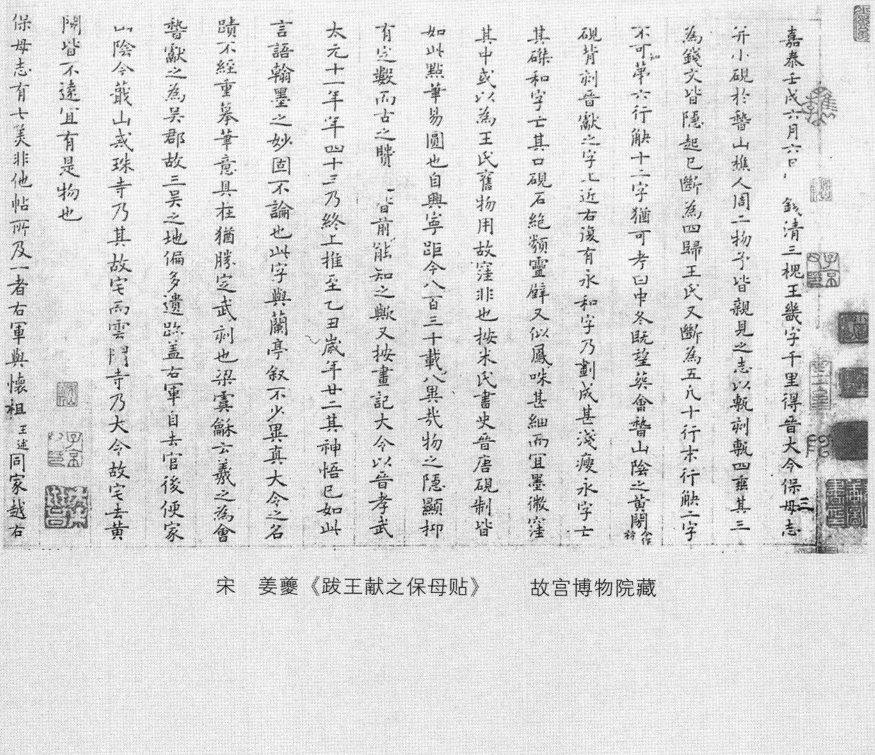

宋　姜夔《跋王献之保母贴》　　故宫博物院藏

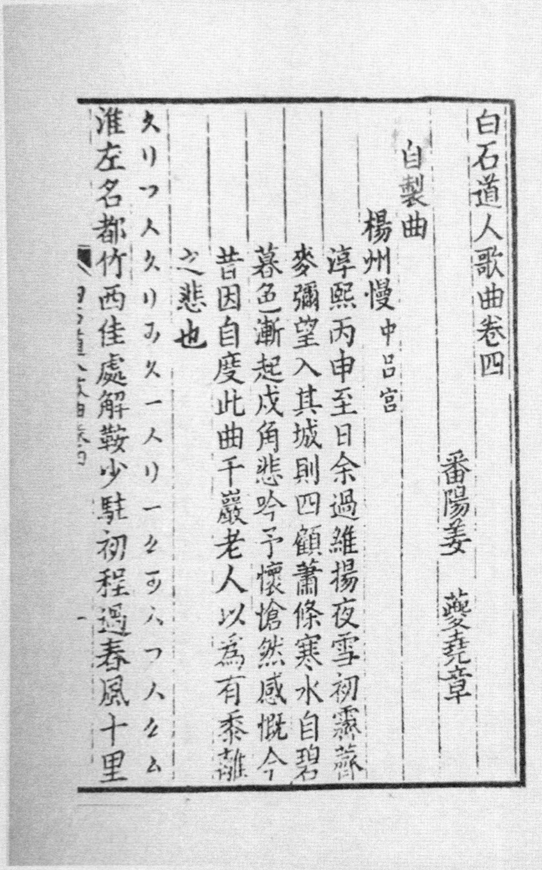
白石道人歌曲卷四

番陽姜　夔堯章

自製曲

揚州慢 中呂宮

淳熙丙申至日余過維揚夜雪初霽薺麥彌望入其城則四顧蕭條寒水自碧暮色漸起戍角悲吟予懷愴然感慨今昔因自度此曲千巖老人以爲有黍離之悲也

淮左名都竹西佳處解鞍少駐初程過春風十里

清　陆钟辉刊本《白石道人歌曲》书影

终身布衣的南宋词人姜夔具有多方面才华，诗词造诣之外，其书法、琴艺均臻于一流。存世的《跋王献之保母贴》典雅俊润，为两宋小楷极品；留下的《白石道人歌曲》保存了十七首自度曲工尺谱，为现今仅见的宋词曲谱，弥足珍贵。时人誉其翰墨人品如“晋宋之雅士”，诚非虚推。

第六讲

韶华不为少年留：
秦观和婉约“词心”

如果说词的气质也分四季，那么秦观的词是属于春天的，它有一种独特的少年感：纯情、痴情、悲情，因为情的一往无回而脆弱动人，词的落笔“如花初胎”，婉丽、轻盈幽约。因为这样一种风致，李清照《词论》将秦词比作“妍丽丰逸”的美女。须眉男子秦观的“女郎调”和闺阁词家李易安的“丈夫气”俱为词坛值得留意的景观，启发我们思考性别与写作的不那么简单的关系。

秦观的词在北宋后期享有极高声誉，在后世更被视为婉约派代表，尤其经常被置诸东坡词的评价中，与老师分庭抗礼。上一讲我们欣赏了东坡词，这一讲接着来看看“苏门四学士”之一的少游的词有何不同韵味。

一　韶华不为少年留

> 西城杨柳弄春柔，动离忧，泪难收。犹记多情曾为系归舟。碧野朱桥当日事，人不见，水空流。　　韶华不为少年留，恨悠悠，几时休？飞絮落花时候一登楼。便做春江都是泪，流不尽，许多愁。（《江城子》）

我们仍然从一首《江城子》开始。这是一首写离别的作品，首先可以体味它的韵脚和音调，平声韵“十一尤”传递出那种缠绵牵绕、低回婉转。这种缠绵牵绕系之于物态人情：“西城杨柳弄春柔”“多情曾为系归舟”。由杨柳起兴，通篇以流水、落花、飞絮，惜春忆往伤别，音韵、物态、心绪，统一于一种缠绵低回中。龙榆生谓其有“深婉不迫之趣”。

“韶华不为少年留”，换头一句提炼了全章命意，为情深之慨。韶华，同时指向自然春光和人的青春年华，那繁华风物、美好情事，含纳在“碧野朱桥”的明丽中，又转眼随“飞絮落花”飘零。年华老去为每个人生命中的必然命题，哪怕你有一颗少年的心。更因你有一颗少年敏感的心，便由一次别离而看到韶华远去，怅恨于那生命中美好时光的短暂易逝。词的上下片都出现了滚滚的眼泪："泪难收""便做春江都是泪，流不尽，许多愁"。那是一种不加节制而又透明真纯的情感。结拍化自李后主的"一江春水向东流"，而别具秦观的婉弱。另据杨慎批《草堂》："此结语又从坡公结语转出，更进一步。"则可联系苏轼《江城子·别徐州》："欲寄相思千点泪，流不到，楚江东。"总之，将流水喻离愁，古诗词中屡见而时时翻新，这与古人的交通方式多走水路怕亦有关。

徐培均将此词系于绍圣元年甲戌（1094）春三月，少游坐党籍，出为杭州通判："词云'飞絮落花时候一登楼'，又云'动离忧，泪难收'，时与事皆相合，词盖作于此时。"（徐培均《淮海居士长短句笺注》，页64）若采此说，须知秦观当时已届中年。然而，这个多情才子，在文学的世界里却似乎一直扮演着少年，毕竟，他是苏门四学士中最年轻且风采卓然的那位，是黄庭坚笔下的"对客挥毫秦少游"，是苏轼预定的文学接班人，还在后世传说中和苏小妹缔结浪漫情缘。但秦观的少年形象，恐怕首先是由其词笔词格建立的。

我们再来读一首《画堂春》，还是惜春的词：

落红铺径水平池，弄晴小雨霏霏。杏园憔悴杜鹃啼，无奈春归。　　柳外画楼独上，凭栏手捻花枝。放花无语对斜晖，此恨谁知？（《画堂春》）

李清照《词论》评大晏、欧阳修、苏轼虽“学际天人”，但皆不懂词的体式音律，从小晏到秦观，“始能知之”。所以读秦观词我们不妨加倍留意其音律。《画堂春》词牌首见于秦观的《淮海居士长短句》。这首《画堂春》采用的是平声“支微”韵，它有什么效果？韵脚轻悄而悠长，像落在心底的叹息。声情通向词情。词的首句由落花着笔：落红铺满花园中的小径，细雨霏微，池水与堤岸齐平。这是一幅晚春景象，天气晴雨变幻，空气湿漉漉的。落花恐怕是婉约词最钟爱的形象，我们将在秦观笔下反复遇见它。将落花作“落红”，以红为春天生命凝结的精华，格外蕴有珍爱叹息之意。视线延伸，进而看到杏花零落的整个园林，耳畔复传来杜鹃鸟的啼声，明明白白告诉你春天又已归去。“无奈春归”，亦如苏轼《黄州寒食》言“年年欲惜春，春去不容惜”，又似黄庭坚《清平乐》“春归何处？寂寞无行路”——意涵相同而语态有别也。

词人确实别具深情地寻觅“春归何处”，所以词中主人公独上画楼独凭栏，他/她恰巧够到了一枝从庭院伸上来的花枝，于是仿佛下意识地、又饱含珍爱地手捻花枝，但在与花相对时他/她或许觉知到了什么——一种对痴迷的醒悟？他/她能留住这枝晚春的花吗？于是他/她默默松开了花枝，默然面对此刻洒落园林的夕照，而心头的郁结仍然那么浓重，这样的怅恨有谁能懂得呢？

关于这首词的创作旨意有二说，一谓秦观写富贵闲愁，或由词牌名意会；另一种解释更具体，谓元丰五年（1082）秦观应礼部试落第罢归，赋《画堂春》抒发失意心情。杏园是唐宋科举及第后的游宴之地，词中“杏园憔悴”语用小杜诗：“莫怪杏园憔悴去，满城多少插花人”。后说有据，但仍属推测，而词的感发力实不必囿于具体事件。此首《画堂春》的动人处，在以晚春的感伤言说心有瞻望郁结，如清代黄苏《蓼园词选》称：“按一篇主意只是时已过而世少知己耳，说来自娟秀无匹。”（引自《淮海居士长短句笺注》，页83）其隽永处又如沈谦《填词杂说》中的点评：“填词结句，或以动荡见奇，或以迷离称隽，著一实语，败矣。……秦少游‘放花无语对斜晖，此恨谁知’，深得此法。”（同上《笺注》）

少游名作，春词为多。本来婉约词的写作，春景、秋景各占半壁江山，但词人气质不同，于季节的感触亦有别。同为婉约词名家，柳永善写秋怀，其羁旅行役作品几乎都是晚秋背景，以抒写别却繁华之境的落寞凄凉，而其笔下的春天大抵停留在单纯的青春欢愉，这见出柳永个性的直率明爽。秦观则不然，他的情感世界更多以春天来寄寓，从春光的到来至春色的消减，他写尽春天的美好与脆弱，笔下的春天呈现柔美梦幻又凄迷感伤的情调。

少游情词设色背景多为春天，我们不妨来领略一二：

倚危亭、恨如芳草，萋萋铲尽还生。念柳外青骢别后，水边红袂分时，怆然暗惊。　　无端天与娉婷，夜月一帘幽梦，春风十里柔情。怎奈向、欢娱渐随流水，素弦声断，翠绡香减。那堪片片飞花弄晚，蒙蒙残雨笼晴。正销凝，黄鹂又啼数声。(《八六子》)

小楼连远横空，下窥绣毂雕鞍骤。朱帘半卷，单衣初试，清明时候。破暖轻风，弄晴微雨，欲无还有。卖花声过尽，斜阳院落，红成阵，飞鸳甃。　　玉佩丁东别后，怅佳期、参差难又。名缰利锁，天还知道，和天也瘦。花下重门，柳边深巷，不堪回首。念多情、但有当时皓月，向人依旧。(《水龙吟》)

这两首情词都为长调，以春情写恋人别情，情感相似而手法有别，试细加体会。《八六子》采用倒叙法，上片由人在天涯、登高念远切入："念柳外青骢别后，水边红袂分时，怆然暗惊"。青红二色之鲜明，见出恋人形象和别离景象之刻骨铭心。词的重心落在百转千回的下片。"无端天与娉婷"三句，仿佛是对命运和缘分的感思，犹言：上天为什么要让我们相遇呢？"夜月一帘幽梦，春风十里柔情"化用唐代杜牧诗句"十年一觉扬州梦""春风十里扬州路"，然变豪纵为旖旎，是非常秦观的句子，其特点在于那种空灵恍惚的梦幻感。"怎奈向"以下一转，由欢聚到怅别，"素弦声断，翠绡香减"，从乐器到衣裳，写离别的千般无绪，慨叹美好情缘的流逝、断裂和消损。"那堪"以下再深一层，回到当下诉别后情怀，"片片飞花弄晚，蒙蒙残雨笼晴"又是典型的秦观景语：飘零无踪的花瓣和阴晴不定的天气，构成空濛画面。最后结拍于黄鹂的啼声中，"正销凝，黄鹂又啼数声"，以有声之响写无声之念，以外物写心境，刻画出那种情到深处人孤独、灵魂出窍般的状态。

《水龙吟》采用对面联想、两相照映法。这首词据说是秦观写给所恋营妓娄琬的。上片从女方视角下笔，写女子春思。起句"小楼连远横空，下窥绣毂雕鞍骤"，宋人笔记记东坡打趣："十三个字只说得一个人骑马楼前过"（俞文豹《吹剑三录》），其实倒是形象细节毕肖，将青楼女子的环境与心理精确道出。其下一串四字句更妙，写季节、天气，物象、心境浑然相融：春天的到来让人春心萌动，阴晴变幻的清明天气恰如人心的希望与失望交织，最后是这一天叹息般的收尾："卖花声过尽，斜阳院落，红成阵，飞鸳甃"。在婉约词中，我们常常仿佛从一天看到一个春天，再由一个春天看到这个女子甚或许多女子的一生。斜阳寂寞落红成阵，既道出等待中的女子命运，亦见出秦观对恋人的入微体贴。下片从己方落笔，诉说别情，剖白自己人在宦途的身不由己和相思深重，"天还知道，和天也瘦"句，被程颐批斥"高高在上，岂可以此渎上帝"。——理学家与才子词人，有完全不同的对待情感的方式，这是我们可以留意的。人生而有情，如何看待和处理人的诸般情感欲望是古往今来恒久的文学和哲学命题。而以情感表达的恳切诚挚论，秦观此词自然有打动人心处。

多情如秦观，长调可以写得缠绵婉转，如杨海明说《八六子》"充分发挥了长调铺叙委婉的优势，读来明畅有如流水。特别是读到其中连绵式的长句，至今犹能依稀感到当日演唱时的缠绵声情"（杨海明《唐宋词史》，页249）。而小令则极见空灵绰约、凌波微步之美，在此也欣赏几首：

漠漠轻寒上小楼，晓阴无赖似穷秋。淡烟流水画屏幽。

自在飞花轻似梦，无边丝雨细如愁。宝帘闲挂小银钩。

（《浣溪沙》）

池上春归何处？满目落花飞絮。孤馆悄无人，梦断月堤归路。无绪，无绪，帘外五更风雨。（《如梦令》）

两作都写春思。前者写居者之愁，意象有：轻寒、晓阴、淡烟、流水、飞花、丝雨，再兼“小楼”“小银钩”二小，再兼“轻似梦”“细如愁”，意象轻、柔、细、软、淡，此即人们常谓的秦观之“女郎调”。后者写行旅之愁，意象为：孤馆、月堤、春归、梦断、落花飞絮、五更风雨，也多是飘在半空的物象、飘在半空的情绪，融为一片凄迷感伤的意境。

如果从一部淮海词中摘句，这样的句子比比皆是：

流水落花无问处。只有飞云，冉冉来还去。（《蝶恋花》）

人去空流水，花飞半掩门。乱山何处觅行云，又是一钩新月，照黄昏。（《南歌子》）

飞花、丝雨、微云、幽梦、柔情——这仿佛秦观的心灵图式和情感形态，它们在系列情词中一次次出现，描绘着心灵深处那唯美又飘忽的世界，和那些精致而易碎的梦。在爱情世界里百转千回的秦郎，于是有了这样一首脍炙人口的七夕词，借天上神话言说人间爱情，从缺憾中参悟永恒：

纤云弄巧，飞星传恨，银汉迢迢暗度。金风玉露一相逢，便胜却、人间无数。　　柔情似水，佳期如梦，忍顾鹊桥归路。两情若是久长时，又岂在、朝朝暮暮。（《鹊桥仙》）

这是传说中牛郎织女的爱情，更是秦观理解的爱情：晶莹剔透，梦幻缱绻，却又脆弱短暂，如水如梦如风露，如一切没有定质的美好易逝之物。但，他终于了悟了："两情若是久长时，又岂在、朝朝暮暮"。无定质的事物唯当涵育养护于心灵。在宋人的节令词中，秦观这首咏七夕的《鹊桥仙》和苏轼吟咏中秋的《水调歌头》前后呼应，两相比肩。苏轼对世界人生丰沛的情感，凝成"但愿人长久，千里共婵娟"这一朴素而穿越千古的名句；秦观从男女爱情离合悲欢的一次次体验，参悟关于爱情的真理。他们都由肉身的经验跋涉到哲理层面，一面坚守主体的意志，另一面，也获得凌空一看的超越感。

二　谪恨入春愁

为了更深入理解淮海词，我们在此需补上一些秦观的生平资料。清末冯煦称秦观和小晏为“古之伤心人”，我们知道小晏乃落魄贵公子，深谙繁华寂寥之间的命运流转。那么秦观又是怎样一个人？他的伤心是否别有怀抱呢？秦观的人生遭际，就一位士大夫精英而言的确是很不幸的，高才博学的他，与北宋后期峻烈的政治气候相遇，命运也正如他笔下的“落花流水”。

犹如当年晏殊拔擢欧阳修，欧阳修又相中了苏轼，苏轼举荐的文学学术接班人则是秦观。在北宋人才梯队建设中，这样的代际交接原来近乎理想。不过平衡稳健的秩序终究为愈益复杂的政治文化形势所打破。秦观的科举仕进之路比前辈更加艰难。很可能和王安石新政推行的科举改革有关，自恃才高的秦观首先遭遇了意料外的连续科场失利，他在元丰元年（1078）、元丰五年（1082）的两次科考中皆落第，直至元丰八年（1085）始中进士，这时秦观已经37岁了，他的盛气已被磨挫去许多，用他自己的话说：“往吾少时，如杜牧之强志盛气，好大而见奇；读兵家书，乃与意合，谓功誉可立致，而天下无难事。……今吾年至而虑易，不待蹈险而悔及之，愿还四方之志，归老邑里如马少游。”（陈师道《秦少游字序》，《淮海居士长短句笺注》页304）不过到元祐更化年间（1086—1093），秦观迎来了短暂的仕途得志期。“轼以贤良方正荐于朝，除太学博士，校正秘书省书籍。迁正字，而复为国史院编修官，上日有砚墨器幣之赐。”（《宋史本传》，《淮海居士长短句笺注》页299）然而，这个短暂的得志经历却正是他日后遭遇新党无情打击和贬谪的前奏，自元祐五年（1090）被召至京师，到绍圣元年（1094）坐党籍贬出，秦观在朝中为官前后不足四年，却被深深卷入党争漩涡，一路贬向天涯穷荒之所。

以一种隐秘而沉痛的方式，秦观的词记录了他的命运颠沛历程，此即“谪恨入春愁”写法。下面我们依次读三首作品，它们呈现了秦观人生后期三个彼此接应的春天：他对命运的预知，以及逐渐坠入绝望之境的过程。我们惊讶地发现词之为体虽然简约，却仍具备强大的人生写照能力。从这些词中我们可以看到秦观与苏轼的气质禀赋和立身行事颇不同，同时也不妨思考这气貌不同的淮海词何以深切打动了苏轼以及当世、后代的读者。

梅英疏淡，冰澌溶泄，东风暗换年华。金谷俊游，铜驼

巷陌，新晴细履平沙。长记误随车。正絮翻蝶舞，芳思交加。柳下桃蹊，乱分春色到人家。　西园夜饮鸣笳。有华灯碍月，飞盖妨花。兰苑未空，行人渐老，重来是事堪嗟。烟暝酒旗斜。但倚楼极目，时见栖鸦。无奈归心，暗随流水到天涯。（《望海潮》）

《望海潮》作于哲宗绍圣元年（1094），前一年高太后崩，哲宗亲政，苏轼等旧法派再度被谪。这年三月少游被遣离京。该词题作“洛阳怀古”，或经洛阳时作。借洛阳，写的仍是汴京。

词的开篇显示一个正在走来的春天：早梅谢去，浮冰融化，东风和暖，正是冬去春来时节。一个美好温煦的日子，雨过新晴，京华游赏之地，游人脚步在细沙路面印上新的靴纹。这一串春天的脚步，令词人追想起梦幻往昔：在春天的花园里，他的纵情与迷醉，那时节他和春天融在了一起。

上片后半部分由和暖的季节气息切入记忆的华彩段落，至下片，又从记忆跌回现实：“兰苑未空，行人渐老”。这是一个情绪的跌顿：“重来是事堪嗟”。紧接着，词的色调昏暗下来，我们看到烟雾笼罩的黄昏，登高谛视的视野里出现了乌鸦，与上片花园中的翩翩飞舞的蝴蝶构成了强烈对照，提示着黯淡心绪和不妙的前程预感。上下片的末句皆有一“到”字，分别为“乱分春色到人家”“暗随流水到天涯”，两句为对照也是反差：正因春色乱入人家，则自身或将放逐天涯，故清代常州派周济提醒我们此阕词眼在一“换”字，两“到”字。整首词借着写时序之转换，实则写政治气候之变换，进而写自身命运之转换也。

词中“西园”值得一说。从上节《江城子》一词的“西城”、到此词“西园”，再到下面《千秋岁》的“西池”，皆可视为秦观心中特别的地理坐标，它们指示着曾经有过的荣宠和繁华欢会。注家通常将“西城”释为汴京城西顺天门外，此地有金明池。《淮海集》卷九记：“西城宴集，元祐七年三月上巳，诏赐馆阁花酒，以中浣日游金明池、琼林苑，又会于国夫人园。会者二十有六人。”据此可注“西城”和“西池”。“西园”则可能联系着元祐间著名的“西园雅集”——苏轼兄弟、黄庭坚、秦观、陈师道、张耒、晁补之、米芾、李公麟等一应苏门中人和当世名流聚于驸马王诜的西园，这一顶流文会，李公麟绘有《西园雅集图》，米芾作有《西园雅集图记》，它无疑也是秦观记忆中最华彩的风景：“有华灯碍月，飞盖妨花”，然而风流云散，亦只在转瞬之间。

下一首《千秋岁》，便写照“流水到天涯”的处州春天，当作于《望海潮》一年后。秦观因“影附苏轼”，本出为杭州通判，又因御史刘拯告他增损《神宗实录》，道贬处州，任监酒税的微职。

水边沙外，城郭春寒退。花影乱，莺声碎。飘零疏酒盏，离别宽衣带。人不见，碧云暮合空相对。　　忆昔西池会，鹓鹭同飞盖。携手处，今谁在？日边清梦断，镜里朱颜改。春去也，飞红万点愁如海。（《千秋岁》）

谪臣心绪，在开篇尽显："水边沙外"之清寂，迥异于"金谷园中莺乱飞，铜驼陌上好风吹"（《望海潮》用刘禹锡竹枝词），现在词人置身于荒僻山城，意识到又一次冬去春来。此刻所有春天的景象风物：春花春鸟，都刺目酸心，唤起的无非恶劣情绪。何为"花影乱，莺声碎"？犹老杜《春望》一诗中"感时花溅泪，恨别鸟惊心"也。老杜当年在"陷贼"的长安既心忧国家命运，也感怀于自身遭际；秦观此际则首先是悲慨于自己的政治命运，而一己之遭际又何尝不映射出一个时代的政治形势："携手处，今谁在"。在哲宗朝无情的党争中，元祐臣子集体遭受最严厉的贬谪，雅集西园的群哲风流云散。"日边清梦断，镜里朱颜改"，陷于政治绝境的臣子文人，其生命的欢欣和活力似也被剥夺了，结句"春去也，飞红万点愁如海"，再度化用杜诗："一片花飞减却春，风飘万点正愁人"（《曲江二首》）。然变沉着为痛切，让谢幕中的春天化作哀愁的深海。我们注意到秦观笔下的"飞红"，总是那么惊心动魄。

《千秋岁》一词，因其沉痛造语和贬谪命运的同病相怜而激起元祐党人的相继唱和，元符二年（1099）苏轼也填了一首唱和词，我们将在下节稍述此事。绍圣三年（1096），秦观复以写佛书被罪，贬至郴州，在郴州驿馆，他留下了又一个在春天肝肠寸断的词章：

雾失楼台，月迷津渡。桃源望断无寻处。可堪孤馆闭春寒，杜鹃声里斜阳暮。　　驿寄梅花，鱼传尺素。砌成此恨无重数。郴江幸自绕郴山，为谁流下潇湘去？（《踏莎行》）

首三句连续出现三个意味丰富的空间符号：楼台、津渡、桃源。楼台为登高望远处，表达对理想的瞻望，可是沦陷于浓雾中；津渡为登舟渡水处，表达对彼岸的冀望，却亦迷失于月下的寻觅；桃源出自陶潜《桃花源记》，为世外的清平之地，是中国人心中的乌托邦，然而自武陵人出，无人再能寻到其入口。我们看到秦观在一种极度悲郁的心境中，把心中的道路一条一条堵死了。李白《行路难》有道“欲渡黄河冰塞川，将登太行雪满山”，似乎说的也是相类境况，不过李白诗跳荡不屈，继以“闲来垂钓碧溪上，忽复乘舟梦日边”的飘逸之语，复结以“长风破浪会有时，直挂云帆济沧海”的豪宕之语，秦观的词却不是这样。秦观深陷于那和理想阻隔的寂寞中，在一个闭锁世界里找不到出口：“可堪孤馆闭春寒，杜鹃声里斜阳暮”——这个春天哪里还像春天呢？只剩下孤独、寒冷，心象中浮出的是斜阳日暮、杜鹃哀啼——后者向来被视作自然界最悲哀的声音之一。王国维《人间词话》谓“可堪孤馆闭春寒，杜鹃声里斜阳暮”是有我之境：“有我之境，故物皆著我之色彩。”诚然。

过片三句，写友人间的关切问询，而此中温情并无法抚慰绝望中的秦观，盖因那些书信中重复的也是贬谪者的命运吧，万恨千愁堆积，末了发出一问“郴江幸自绕郴山，为谁流下潇湘去”？这一问，问的是造化弄人。同样颠沛流离于海角天涯的元祐党人读来最有体会，据说东坡最喜欢这结尾两句，“秦殁后，坡公常书此于扇，云：‘少游已矣，虽万人何赎！’”（王士禛《花草蒙拾》）少游命运受东坡牵连最多，少游之才情与一往不复的深情，东坡亦为最相知者，所以此首《踏莎行》，东坡自然是最重要的解人。

不过王国维《人间词话》对此词上片两句印象太深刻了，称：“少游词境最为凄婉，至‘可堪孤馆闭春寒，杜鹃声里斜阳暮’，则变而为凄厉矣。东坡赏其后二语，尤为皮相。”（29 条）又曰：“‘风雨如晦，鸡鸣不已。’‘山峻高以蔽日兮，下幽晦以多雨；霰雪纷其无垠兮，云霏霏而承宇。’‘树树皆秋色，山山惟落晖。’‘可堪孤馆闭春寒，杜鹃声里斜阳暮。’气象皆相似。”（30条）王氏《人间词话》立论以“境界”为旨归，“一切景语，皆情语也”。揆其所拈出的句子，从诗经楚辞到唐诗宋词，无不以景寓情、情切于景，造语自然而感慨深邃。就这首《踏莎行》而言，东坡是近处的同调相惜者，静安是远处的异代相赏者，各得其味。

至于“凄婉”与“凄厉”，王国维下语亦可谓精辟。少游前期词虽感伤，却“如花初胎，故少重笔”（周济《宋四家词选目录序论》），风致楚楚动人；而后期痛苦加剧，表达也趋于尖锐，贬居郴州时屡有这样的词句：

人人尽道断肠初，那堪肠已无！（《阮郎归》）

衡阳犹有雁传书，郴阳和雁无。（《阮郎归》）

所谓“凄厉者”，大抵即如这般的不留余地。另外少游前期情词多平声韵，轻柔婉弱，而后期书写谪恨的如《千秋岁》《踏莎行》，换用仄声韵，沉重斩截，是为声情上也有变化。

三　婉约派“词心”

词之为体，细美幽约。词的纤弱婉转之美，到秦观发展到了极致，故清末冯煦道：“淮海、小山，古之伤心人也。其淡语皆有味，浅语皆有致，求之两宋，实罕其匹。”（《宋六十一家词选·例言》）王国维对此评价说：“余谓此唯淮海足以当之。小山矜贵有余，但可方驾子野、方回，未足抗衡淮海也。”（《人间词话》28条）静安于词，似特重一往无回的真纯与深情。

对淮海词的涵泳品味，联结着对词体的审美认知和风格偏好，最初的议论起于苏门中人，这个文学群体普遍表现出对秦观才华的激赏。比如陈师道曾批评苏轼“以诗为词”，而推崇秦观和黄庭坚：“今代词手，惟秦七黄九，唐诸人不逮也。”（《后山诗话》）晁补之则又批评黄庭坚词“不是当行家语”，称道秦词却是“天生好言语”。黄庭坚回忆秦观称“对客挥毫秦少游”，区别于苦吟派陈师道的“闭门觅句陈无己”，极见才子风采。凡此评说皆可见出这个北宋著名文学集团内部的平等切磋与深入交流，值得重视。而苏轼本人对秦观的推赏，更多以轶闻载诸宋人及后世笔记，复值寻味。如叶梦得《避暑录话》记：“苏子瞻于四学士中最善少游，故他文未尝不极口称善，岂特乐府？然犹以气格为病。”（《避暑录话》卷三，又《苕溪渔隐丛话后集·卷三十三》引）

概言之，秦观的文学才华尤其是小词造诣获得了同门极高的评价，苏轼也对他别有偏爱。与此同时苏、秦之别成为议题，如晁补之和张耒的这般评论：

东坡尝以所作小词示无咎、文潜，曰：“何如少游？”二人皆对曰：“少游诗似小词，先生小词似诗。”（《苕溪渔隐丛话后集·卷三十三》引《王直方诗话》）

恐怕正是出于苏、秦风格的执着比较，日后诞生了词分婉约、豪放的议论，并进一步构成大众的词学认知。这一提法出自秦观的同乡、明代高邮人张綖：

词体大略有二：一体婉约，一体豪放。婉约者欲其词调蕴藉，豪放者欲其气象恢宏。然亦存乎其人。如秦少游之作，多是婉约，苏子瞻之作，多是豪放。大约词体以婉约为正。（张綖《诗余图谱·凡例》）

这一概述不无精辟处，然亦不无简率处，故清代陈廷焯《白雨斋词话》批其“似是而非，不关痛痒语也”。婉约、豪放的二分法很容易遮蔽词家词作具体而丰富的面貌，譬如苏轼的词就并非“多是豪放”。不过婉约词的概念就此生成，且深入人心，而将秦观视为婉约派典范，大抵不会有谁反对。让我们稍微深入些体会苏、秦的不同，并进一步寻思苏轼何以对气质迥异于自己的秦观别有偏爱。下面再读一首秦观的名作《满庭芳》：

山抹微云，天连衰草，画角声断谯门。暂停征棹，聊共引离尊。多少蓬莱旧事，空回首、烟霭纷纷。斜阳外，寒鸦万点，流水绕孤村。　　销魂。当此际，香囊暗解，罗带轻分。谩赢得、青楼薄幸名存。此去何时见也，襟袖上、空惹啼痕。伤情处，高城望断，灯火已黄昏。（《满庭芳》）

这首名作为秦观赢得“山抹微云君”称号，探其源头正发端于苏轼的评价：“山抹微云秦学士，露花倒影柳屯田”（《避暑录话》卷三）——在此苏轼将秦观和柳永并列，这位文豪敏锐地看出了秦词的重要源头为柳词。另一则轶闻保留了更多细节：

秦少游自会稽入京，见东坡，坡云：“久别当作文甚胜，都下盛唱公‘山抹微云’之词。”秦逊谢。坡遽云：“不意别后，公却学柳七作词。”秦答曰：“某虽无识，亦不至是，先生之言，无乃过乎？”坡云：“‘销魂当此际’，非柳词句法乎？”秦惭服，然已流传，不复可改矣。（黄昇《唐宋诸贤绝妙词选》卷二）

这则笔记透露出苏轼之于秦观词的两种态度。一方面，他对“山抹微云”的体物能力极尽欣赏。此词《满庭芳》借景物写别情，逐层渲染，极富层次感。“山抹微云，天连衰草”这一起笔四字对，便将那柔婉而芊绵的情调定下。周汝昌先生说“抹”字用得新奇别致，是将绘画的笔法写入了诗词；“连”字却又平易天然。“山抹微云”与“天连衰草”，同是极目天涯的意思，“须看他一个山被云遮，便勾勒出一片暮霭苍茫的境界；一个衰草连天，便点明了满地秋容惨淡气象；整个情怀，皆由此八个字里而透发，而‘弥漫’”（《千秋一寸心》，页5）。周先生的详解，盖亦受启发于东坡当年的会心之论。

东坡的另一个评价是“学柳七作词”，拈出的句子乃换头情语：“销魂当此际，香囊暗解，罗带轻分。”前辈词家柳永，虽词名“大得声称于世”，但毕竟在士林中还是个“浪子”，秦观或想和他撇清关系，然词句即证据，这以上数句语意句法，绝似柳词《雨霖铃》中“执手相看泪眼，竟无语凝噎”句，既为香艳言情的俗笔，也是细致缱绻的工笔。事实上秦观学柳永填词，从《望海潮》铺写系列城市词就开始了。至羁旅情词，更因相似的情感心灵结构而面貌相近。我们知道苏轼也常将自己的词作与柳词比较，坡词的“自成一家”，何尝不是对柳词抒情个体化的继承发展？唯苏轼与柳永人格面向有极大区别，在对待情感方面，苏轼多情而不溺于情，因其多情，他能欣赏柳屯田和秦学士的情词，因其不溺于情，他对秦观于男女之情的耽溺不免稍作点破。然而《满庭芳》之佳处，恐怕亦在于秦观是深于用情的才子，“斜阳外，寒鸦万点，流水绕孤村”，“伤情处，高城望断，灯火已黄昏”，如此浑然天成的景语情语，苏轼怎么可能不是解人呢？故宋人笔记中还留下了歌妓操琴唱《满庭芳》即席改韵、东坡击节称赏的故事（吴曾《能改斋漫录》卷十六）。

下面我们由《千秋岁》唱和再看苏轼和秦观的词调之别。上节已述，秦观于谪居处州的绍圣二年（1095）春填了一阕《千秋岁》，其“日边清梦断，镜里朱颜改”的悲怆和“飞红万点愁如海”的沉痛深深击中了同在流放中的元祐党人，孔平仲、李之仪、黄庭坚等先后都有唱酬追和，元符二年（1099），海南岛上的苏轼读到秦、孔二词，也依韵和了一首：

岛边天外，未老身先退。珠泪溅，丹衷碎。声摇苍玉佩、色重黄金带。一万里，斜阳正与长安对。　　道远谁云会，罪大天能盖。君命重，臣节在。新恩犹可觊，旧学终难改。吾已矣，乘桴且恁浮于海。（苏轼《千秋岁·次韵少游》）

如朱刚所言："对于秦观、孔平仲悲哀、低调的情绪，历经更大磨难的苏轼却断然超越之。"（《苏轼十讲》，页 365）这首次韵《千秋岁》，不借春愁言事，全然从凄切景象中拔出，直抒胸臆地表达了自己正视贬谪命运，坚持生命尊严和政治操守的文臣气节，词调庄严、凝重，这是苏轼"对沉溺于悲哀的门下弟子的教诲"，"是'贬谪文化'中的最强音"。

回到张綖的词分二体说，清人陈廷焯曾就此阐发议论："诚能本诸忠厚，而出以沉郁，豪放亦可，婉约亦可；否则豪放嫌其粗疏，婉约又病其纤弱矣。"（《白雨斋词话》卷一）苏轼与秦观的不同词风，似亦应作如是观。它们都是个人精神气质的真实表达。在苏轼门人当中，秦观才思锐敏、个性柔弱、情感细腻、思想悲观，表面上看去与苏轼气质迥异，然而就内里言，他的敏感和哀愁潜通同样抵达锐敏细腻的东坡内心至深处。苏轼用理性和修养节制了的哀愁、超越了的苦难，在秦观的笔下却不加掩抑、一往不复地倾泻出来，那或许就是秦观让苏轼同心相恤的原因。

与老师以及同门黄庭坚相比，秦观不是修道者，不是哲人，只是一介深于用情的才子，一个纯之又纯的词人，周汝昌称秦观一部词集可总括为“伤情处”，可见也认同冯煦“古之伤心人”的说法。让我们再看看被称为淮海知音的冯煦还有什么评点：

少游以绝尘之才，早与胜流，不可一世；而一谪南荒，遽丧灵宝。故所写词寄慨身世，闲雅有情思。酒边花下，一往而深，而怨悱不乱，悄乎得小雅之遗。

他人之词，词才也；少游，词心也。得之于内，不可以传。（《蒿庵论词》，引自《淮海居士长短句笺注》，页 364）

以一颗春日少年般敏感的心，共振着世间的花开花落，风雨阴晴，写出让人回肠荡气的词。犹如一朵飞花融入四时的秘密，秦少游就是这样的婉约派“词心”。

第七讲

词中清夏：
周邦彦词的体物言情

词至清真，宛然出现了夏天的感觉。一是在情感上，那种属于春天的阴晴不定、变幻多端的气质过渡为相对沉着稳定的夏意；二是在体式上，不以单纯的风格取胜，而是诸体皆备，技巧圆熟，宛如人夏的树木趋于枝繁叶茂；三是作为北宋词坛殿军，周邦彦恰恰也是难得的擅长写夏天的词人。

从秦观转到周邦彦，我们似乎可以松一口气，跟着词家欣赏自然风物、体味人间情感，而不必总陷于悲伤情调，因为清真词大体是浑厚融和的。

一　一一风荷举：清真词的体物

中国古典诗词向来赋予季节以深刻的情绪性，春女善怀，秋士易感，“悲落叶于劲秋，喜柔条于芳春”（陆机《文赋》），春秋二季以其分明的荣衰变化，凝聚着与自然亲密相交的中国诗人浓郁的生命感受。汉学家高友工曾对唐诗进行统计，发现一年四季中春季篇什最富，秋紧随其后，第三名是冬，夏叨陪末座。与诗相比，词的季节性有过之而无不及，就婉约词而言，春恨秋悲几乎各居其半。五代及北宋前期词，譬如我们前面读到的南唐二主和大晏作品，基本将词的风物背景限定在春秋二季。苏轼这样的开新者有所不同。而周邦彦，洵为词家当中将审美目光延伸到夏天的那位别有会心者，他的夏景词写得让人过目不忘。

我们先欣赏两首常见于选本的名作：

楼上晴天碧四垂，楼前芳草接天涯。劝君莫上最高梯。　　新笋已成堂下竹，落花都上燕巢泥。忍听林表杜鹃啼。（《浣溪沙》）

燎沉香，消溽暑。鸟雀呼晴，侵晓窥檐语。叶上初阳干宿雨，水面清圆，一一风荷举。　　故乡遥，何日去？家住吴门，久作长安旅。五月渔郎相忆否？小楫轻舟，梦入芙蓉浦。（《苏幕遮》）

《浣溪沙》写春夏之交。上片由全景入手：晴空浩荡，从四面接应着登楼者的视野，芳草深远，绵延天际接壤碧空。这是一个高处俯瞰的广角，设色鲜明而景深悠远，写出正在到来的夏季的磅礴盛大。歇拍继以婉转的一声慨叹："劝君莫上最高梯"——登高念远者所思为何？下片收回到近景，然视线的由远及近，却是思绪的由浅入深，词人提炼细节，进一步揭示出随季节变迁而呈现的物象更替：新笋成竹，婆娑堂前；落花化泥，筑入燕巢。新生与憔悴合参，自然生生不息，循环运作，于物态变化中呈现时间惊心动魄的力量。结拍收于情绪上的轻轻一落"忍听林表杜鹃啼"，是向已然离去的春天再道声惜别。这是一首系之于时间的小词。时间对人这个主体又意味着什么？我们看到词人的怅然，也读到了对某种更伟大力量的服膺。

《苏幕遮》写入夏后景象。这首词的妙处在写得轻盈，似浑然不着力，以清新的日常小品而成就佳篇。词的开首，焚一炷沉香，驱除暑热，引出季候主题，打开一个清新明悦的夏日：鸟雀呼晴，新荷摇曳，视听所及皆生机盎然。周邦彦写暑天，呈现的不是溽暑，而是这个日子的芳鲜。因为昨夜下了场雨，池塘清亮，荷叶如洗，那出水莲便朵朵欢欣。王国维曾盛赞“叶上初阳干宿雨，水面清圆，一一风荷举”：“此真能得荷之神理者。”下片缘景生情，由亭亭风荷逗引出故乡记忆——周邦彦为钱塘人，“十里荷花”的西子湖畔正是他的家乡。“故乡遥，何日去?”“五月渔郎相忆否?”轻轻两个发问，敲叩空间与时间，一缕乡愁涌起，弥入记忆中如梦如歌的画面：“小楫轻舟，梦入芙蓉浦。”整首词从当下写来，终而荡向远方的悠悠云水。

两首小令都将言情藏在体物后面，表现出极为出色的体物能力。简言之，清真既恰到好处地传递出季节整体感受，又以精确的细节捕捉成就神来之笔。与通常的婉约词相比，这两首写晴朗夏日的作品均物色明爽，主体情绪则较为清和节制，感时念远的怅惘，并不消减当下面对季节风物产生的情致，主客体之间达到一种对话式平衡。俞平伯就称赞《浣溪沙》结句：“不堕入议论恶道，与上片之结并其微婉。乍读之，似不过瘾，却是清真工力深稳处，正类二王妙楷。”（《读词偶得 清真词释》）

我们再读两首《浣溪沙》，以体会清真对夏天的情调真能妙手拈出：

翠葆参差竹径成。新荷跳雨泪珠倾。曲阑斜转小池亭。

风约帘衣归燕急，水摇扇影戏鱼惊。柳梢残日弄微明。

宝扇轻圆浅画缯。象床平稳细穿藤。飞蝇不到避壶冰。

翠枕面凉频忆睡，玉箫手汗错成声。日长无力要人凭。

（《浣溪沙》）

两首皆为生活小品，与宋诗追求平淡、书写日常的倾向接近，尤其与那些兔起鹘落的绝句神似。然章法属于小词，用《浣溪沙》的对句与单句进行参差组合。上首写园亭风物：竹径、荷池、归燕、戏鱼，“风约帘衣”“水摇扇影”为夏日注入一份清凉；下首更着意于夏日的专有物事：画扇、藤床、壶冰、瓷枕，同时写到汗湿的手指捏不准箫孔，箫声因而错了调子，是细节中传递出的小趣味。这两首词情调多于情感，也是清真词的一种风格。

可千万别因此以为周邦彦只擅长写夏天。《全宋词》中清真词作有春景、夏景、秋景、冬景四编，其他作者便没有这种编排。可见清真从创作上着意甄别四季，体察物象，捕捉特点。清真的均衡正为其特色，亦为其开辟出新的书写空间和小词情境。

读清真词，每每觉得他是精细而兴味盎然的自然观察者。与小令相比，他的长调在物象体察上更为细致也更为独特。下面两首长调《满庭芳》和《隔浦莲》都系他在担任溧水县令时所作，写的也都跟消夏有关：

风老莺雏，雨肥梅子，午阴佳树清圆。地卑山近，衣润费炉烟。人静乌鸢自乐，小桥外、新渌溅溅。凭阑久，黄芦苦竹，拟泛九江船。　年年，如社燕，漂流瀚海，来寄修椽。且莫思身外，长近尊前。憔悴江南倦客，不堪听、急管繁弦。歌筵畔，先安簟枕，容我醉时眠。（《满庭芳》）

新篁摇动翠葆。曲径通深窈。夏果收新脆，金丸落，惊飞鸟。浓翠迷岸草。蛙声闹，骤雨鸣池沼。　水亭小。浮萍破处，帘花檐影颠倒。纶巾羽扇，困卧北窗清晓。屏里吴山梦自到。惊觉，依然身在江表。（《隔浦莲》）

周邦彦知溧水在元祐八年（1093）至绍圣三年（1096）间。此前这位钱塘才子于元丰初（1079）进京，七年（1084）因献《汴都赋》而获神宗赏识，任太学正。由于被目为新党，周邦彦的仕宦轨迹恰恰与秦观等旧党中人相反，而宦海浮沉的心理则是相似的。任溧水令的周邦彦，不免也有沦落天涯的“江州司马”

之慨："黄芦苦竹，拟泛九江船""年年，如社燕，漂流翰海，来寄修椽"。虽诉牢骚倦怠，这两首词仍流露出随遇而安、清赏自然的乐趣。这是清真与淮海的不同处。

《满庭芳》写夏景，起笔不凡："风老莺雏，雨肥梅子"，这一绝妙对仗分别化用小杜和老杜诗句："风蒲燕雏老""红绽雨肥梅"，夺胎换骨而浑然天成。须知"风老莺雏"非谓衰老，而是说雏莺在风里长大，一天天羽翼丰满，"雨肥梅子"亦然，梅雨时节就是梅子日渐果实饱满的时节。此对句借禽鸟和植物的迅速生长写出夏天蓬勃的生命力，跟着的"午阴佳树清圆"则出自刘禹锡诗"日午树阴正"，下笔复增修饰，道出夏日独有的蓊郁丰盛之美。三句连贯而下，让我们看到属于夏天的生长气势和繁荣物象。就气候而言，江南的梅雨时节还是有点难熬的，所以其下说"地卑山近，衣润费炉烟"，意思是官署靠近山，又在地势低处，雨季格外潮湿，少不得经常燃起炉子烘干衣服。但词人也并不因此就愁苦难堪，他仍然可以让自己静下来，听听山林中愉悦的鸟声、看看雨后小桥外仿佛泼溅出来的新绿，怡然自得。到此我们大致能看出周邦彦和秦观的区别了：秦观在谪地但觉"花影乱，莺声碎""飞红万点愁如海"，是以谪人之眼观物，物莫著此悲观之色彩；而周邦彦则尝试以物观物，物并不受到人的命运之悲喜扰攘，而是悠然自在，浑然自足，因此反而抚慰人心。《满庭芳》的下片仍化用了老杜诗“莫思身外无穷事，且尽生前有限杯”，结拍道：“歌筵畔，先安簟枕，容我醉时眠”。在放旷中，追求一份闲雅从容。

《隔浦莲》情调相类，而全篇呈现了一个探索过程。“新篁摇动翠葆。曲径通深窈”，在起句中，我们看到一片竹林，看到它以清鲜的翠色吸引词人向深处走去。曲径通幽，里面的确藏着一个活泼泼的小天地：熟透的夏果掉下枝头，颗颗如灿灿金丸，跌落的声音惊起了草木间的飞鸟；池塘堤岸的草在雨后愈发浓翠迷人，忽然响起一池蛙鸣，像骤密的雨点打在池沼里。上片便结束于这阵蛙声中。试体会一番——这般夏日景象我们是不是很熟悉？这个幽深而活泼的小世界是自足存在的，词人只是它的探访者。他从这种探访中得到了什么呢？词的下片，由物象转入心境。“水亭小。浮萍破处，帘花檐影颠倒。”过片三句，引出了人的视角，坐在小亭中的词人注视着池塘中的倒影——那是亭檐和帘子的倒影，有没有他本人的倒影呢？他是否在凝视倒影时生出一阵恍惚？因为接下来他仿佛进入一段自我追问：“纶巾羽扇，困卧北窗清晓”。何谓困卧？“纶巾羽扇”让人想起诸葛亮，而“北窗清晓”却暗用了陶潜文字，然孔明未遇时亦曾高卧草堂。清真此处或微示自嘲——自嘲这一刻的过分闲逸、进而感慨志向与境遇的错位。“屏里吴山梦自到。惊觉，依然身在江表”。就在这北窗夏梦中，他回到了家乡杭州，醒来的刹那，才发现自身仍在长江南岸的溧水。这是现实与梦境的又一个错位。词就收结于梦醒惊觉瞬间，曲径通幽的探索由自然世界走进了内心。

在上一讲中我们曾解读秦观的若干首春词，他借春天写自身的凋零命运和一往不复的哀愁，十分动人；现在我们又读了周邦彦夏天系列的作品，看到了观照自然和人生的另一种态度。那一首首夏天的词章，是否也藏着清真的哲学密码呢？那来自盛夏的丰沛绿意，是否为清真的生命撑出了一片绿荫？在宋代士人普遍面对的伴随政治浮沉的人生中，如果说，苏轼力图实现精神的超越，秦观执着于悲情追问，那么，周邦彦是否在体察万物和清赏自然中获得了属于他的那一份情兴与从容？

而我们到此的确发现：词中的夏天也是可爱的。

二 “不如休去”：清真词的言情

“诗之境阔，词之言长。”何谓言长？即话语绵绵，如恋人絮语。词之为体，最长于言情，且最长于言男女爱情。作为不遑多让的才子词人，周邦彦的情史与柳永、秦观相比亦毫不逊色，所以其情词也相当可观。让我们先从一首小令来感受清真的情词：

> 桃溪不作从容住，秋藕绝来无续处。当时相候赤栏桥，今日独寻黄叶路。　烟中列岫青无数，雁背夕阳红欲暮。人如风后入江云，情似雨余黏地絮。（《玉楼春》）

此调全以偶句写情，用对仗写反差，但对仗的凭借不同，或为季节，或为空间符号，或为眼前景象，或为心中感受。上片，以春秋物象写聚散。“桃溪”是源出六安、流入巢湖的一条河，但此处更让人联想到阮肇、刘晨入天台遇仙的桃花溪，有春色旖旎之喻，“桃溪不作从容住”借春景诉情缘短暂，“秋藕绝来无续处”借秋天物事叹别后不见。三四句以“相候”对“独寻”，“赤栏桥”对“黄叶路”，再诉聚之欢愉与别之惨切。“赤栏桥”在合肥城南，此处也不必坐实，知为记忆中约会的桥。赤栏，朱栏也，物象明丽，反衬黄叶路的凄清暗淡；一说赤栏桥畔有柳，是以柳色暗对。过片垫上两句景语：“烟中列岫青无数，雁背夕阳红欲暮”，青山、夕阳、飞鸟、烟云，晕染出一片念人怀远情绪。青与红，着色极浓，愈见情之浓。结拍便是由浓情处发出的悠长叹息，以自然景象喻人情变故：“人如风后入江云，情似雨余黏地絮”，陈廷焯对此点评道：“上言人不能留，下言情不能已，呆作两譬，别饶姿态，却不病其板，不病其纤，此中消息难言。”（《白雨斋词话》卷一）这两个譬喻怎么别饶姿态，恐怕也只有深于物态体察者能领会。

《玉楼春》状写情之“黏”即情不能已，这与柳永、小晏、秦观的情调亦绝似。但清真的情词面目丰富，另有其个人风格。就内容而言，他不仅写情之缠绵，也写情之欢悦，不唯写分离，也写重逢。爱情故事中的两情相悦、别离相思、追忆以致重逢都见诸词笔，他似乎均衡看向情感世界的悲欢离合，亦如他平等面对自然四季。下面我们欣赏一首极具特色的《少年游》：

并刀如水，吴盐胜雪，纤手破新橙。锦幄初温，兽烟不

断，相对坐调笙。　　低声问：向谁行宿？城上已三更。马滑霜浓，不如休去，直是少人行。（《少年游》）

这首写约会的小令，向来被视作清真情词的代表作，何也？因为此种婉转微妙的情调，竟用最简省字句、而又最生动地道来。“并刀如水，吴盐胜雪”，四字对果然是清真的拿手好戏。这四字对和上面讲过的《满庭芳》四字对一样，化用前人诗句而宛如新出，此处化用的恰是老杜的“安得并州快剪刀”和李白的“吴盐如花皎如雪”——产自并州的刀刀锋如水，产自吴地的盐皎洁胜雪，这“如水”“胜雪”之美，却是要做什么？原来是为了料理当令的水果：“纤手破新橙”。到此我们可以说说宋代的生活美学：如何精致地吃一颗橙子。新橙鲜美，如苏轼《咏橘》形容的“香雾噀人惊半破，清泉流齿怯初尝”，让人口齿流芳，但在芳鲜外它有个小小缺点，就是比较酸，所以苏轼说“怯初尝”。而盐可以抑制酸，留下芳鲜，所以此处品尝新橙用细盐调和。精良如水的刀锋破开橙子，再细细撒上皎白胜雪的吴盐，调理这盘橙子的是恋人的纤纤玉手，当她奉上橙子，也就奉上了爱情的甘美滋味。首三句便是讲一对情人品尝橙子。后三句接着这样的情调，句式也完全一致，进一步写出居室氛围：“锦幄初温，兽烟不断，相对坐调笙”。你看居室内焚着香，温馨馥郁，而那对刚刚品尝过橙子的恋人，现在相对而坐，开始切磋音乐，一块儿调理笙这件乐器。我们再次看到了宋人的生活美学，比如焚香，用上好的青铜或瓷器香炉，通常为貔貅或狮子等瑞兽造型，炉内焚的香自兽口出，讲究的是轻而连绵，沁人心脾，在秋冬之夜尤其温馥而让人沉醉。调和饮食和调理乐器，都是精致生活的一部分，也都可以成为爱情的仪式——表达情人间的情投意合、欢洽甜蜜。词的上片不过二十六字，已细细描出爱的场景和氛围。

那么下片如何接续？我们惊讶于一首令词的空间竟如此富余，词的下片竟可以全腾出来写恋人絮语，具体而言是写女子一番柔情似水的挽留，当代学者江弱水称此词下阕提供了宋词中最好的口语。怎么好？简约又浑成，自然且雅致，且看“低声问”三字，就导出了无穷意态，“向谁行宿？城上已三更。马滑霜浓，不如休去，直是少人行”，与柳永词的市井声口相比，此处的口语有经过提炼又绝假修饰的透明之美，表达的层次如此丰富。如《古今词论》引毛先舒评语：“后阕绝不作了语，只以‘低声问’三字贯彻到底，蕴藉袅娜，无限情景都自纤手破新橙人口中说出，更不必别著一语。意思幽微，篇章奇妙，真神品也。”又云：“‘马滑霜浓，不如休去，直是少人行。’何等境味！若柳七郎，此处如何煞得住。”（引自罗忼烈《清真集笺注》，页3）的确，我们并没有听到男子的答话，然则还用得着答话吗？细味此作，复觉袅娜中见工整，俞平伯谓此词上下片写景纪言对仗极工：“先是实写，温香暖玉，旖旎风流，后是虚写，城上三更，霜浓马滑。室内何其甘秾，室外何其凄苦，使人正有一粟华灯明灭万暗中之感。”（《清真词释》，页79）评价：“善言女子之怀，当无如清真矣。”（俞平伯）清真深味映衬笔法，借寒夜写出了最温暖的爱情场景。

很可能因为这首《少年游》太动人了，它被附会出一个大众意义上更迷人的故事，这个三角恋故事中隐藏在一角并作记录的正是词人周邦彦，而那恋爱的主角则为风雅天子宋徽宗和北宋名妓李师师。事见张端义《贵耳集》：

> 道君幸李师师家，偶周邦彦先在焉，知道君至，遂匿于床下。道君自携新橙一颗，云江南初进来。遂与师师谑语。邦彦悉闻之，檃栝成《少年游》云：“并刀如水，吴盐胜雪，纤手破新橙。”后云：“马滑霜浓，不如休去，直是少人行。”李师师因歌此词……

接下去的情节是道君大怒，将周邦彦贬出京城，周又作《兰陵王·柳》，李师师复在道君前歌此曲，道君为之打动，复召周邦彦为大晟府乐正。以一则传说而串起两首作品、三个历史人物，这是南宋读者/受众的想象力。传说非真，但借此可见周邦彦词名。

再者，《少年游》被附会出如此有趣的故事，实在也是因为它在短章之中，有场景、有人物、有对话，提供了一个精彩故事的脚本。这正是周邦彦情词的又一特点：在传统的抒情手段之外，擅长运用戏剧、小说化笔法，写出爱情世界的诸般色彩与滋味。下面再欣赏一首有故事的小令：

蜀丝趁日染乾红。微暖面脂融。博山细篆霭房栊。静看打窗虫。　　愁多胆怯疑虚幕，声不断、暮景疏钟。团团四壁小屏风。啼尽梦魂中。（《月中行》）

这是一首花间情调的令词，但其叙事较花间词复杂。它从一个早晨写到了深夜，从女子朝阳中的理妆、穿衣开始，写到她细细地焚香，静静地等待，直到白日过去，期望落空，百无聊赖地独对寂寞纱窗，看那飞虫一下下扑打着纱窗。就在这不断转浓的寂寞忧愁中，女子出现了一些幻觉，比如她总是听到黄昏的钟声，从而变得更心魂不定。最后，在那个装饰着屏风的屋子里，她感觉自己被困住了，复将眼泪带到了睡梦中。这首四十字出头的小词，层次分明地呈现了一个等待中的恋人。如果用今天电影拍摄的手法，可以分解出许多个镜头、许多种蒙太奇组合。

王国维论清真词，前后矛盾最多。我们知道《人间词话》对周邦彦的情词评价不高，说“词之雅郑，在神不在貌。永叔、少游虽作艳语，终有品格。方之美成，便有淑女与倡妓之别”（《人间词话》32条）。又说“美成深远之致，不及欧、秦，唯言情体物，穷极工巧，故不失为第一流之作者”（《人间词话》33条）。何有此论？盖因《人间词话》以境界立论，以叔本华、尼采哲学为内在观照标准，追求高远、深远之致，于常人格调不大看得上，而清真词，写照的却多为常态世界人生，即于情词而言，也的确多落笔秦楼楚馆中才子佳人风情——与艺妓的相恋，毕竟是那个时代的爱情主调。但静安后来又作《清真先生遗事》，推崇清真词的“博大精工”，则标准一变，评价也随之大变化。

清真如何“博大精工”？我们在下节将作进一步讨论。在此先说“言情体物，穷极工巧”的“工巧”。上面已结合令词解说了清真情词的修辞手段、语言功力，以及化繁为简的叙事能力。接着我们再读两首慢词，看看清真怎么由简入繁，通过勾勒铺叙，在小词里呈现日后戏曲的深幽空间和精致情节：

正单衣试酒，恨客里光阴虚掷。愿春暂留，春归如过翼，一去无迹。为问花何在？夜来风雨，葬楚宫倾国。钗钿堕处遗香泽。乱点桃蹊，轻翻柳陌。多情最谁追惜？但蜂媒蝶使，时叩窗隔。　　东园岑寂，渐蒙笼暗碧。静绕珍丛底，成叹息。长条故惹行客。似牵衣待话，别情无极。残英小、强簪巾帻。终不似一朵钗头颤袅，向人欹侧。漂流处、莫趁潮汐。恐断红尚有相思字，何由见得？（《六丑·蔷薇谢后作》）

《六丑》写惜春主题，通篇可换作小令一句：“无可奈何花落去”。然则慢词关窍在于铺陈。铺陈之佳处何在？此种写法，分出层次，增加细节和想象，重重渲染，全面观照。相对小令，亦如绘画之工笔对写意，或者渲染对白描。此作标题为“蔷薇谢后作”，却看它是如何写来。起调从主体行为开始：“单衣试酒”，由穿上单衫品尝春酒这个行为，意识到节序转换，由节序转换而感慨客居寂寥，光阴虚掷，然后生惜春之意：“愿春暂留，春归如过翼，一去无迹”。人有觉悟情思，方有遗憾怅惘，惜春便是一种生命觉悟，由春归无迹的怅惘而生执着心：“为问花何在”。于是忆起昨夜风雨，想象花如美人香消玉殒，倾国容颜不得持久，徒然令蜂媒蝶使殷勤忙碌。谁复多情追惜？词中的主体因此踏上园林寻花之旅。词转向下片。先呈现一个绿暗红稀的寂寞园林，再反复跟进主体寻寻觅觅的身影，你看：他先是被枝条牵住衣衫，然后又摘下一朵残英，勉强簪上自己的头巾，此刻更不由得思念起当春美人钗头那娇艳袅娜的花朵。最后他在流水处试图捞起落花——这落花啊，会不会亦如那片流出宫墙的红叶般题了字呢？所以，水流得慢一点呀，不要辜负那相思的情意。

“无可奈何花落去”，竟化出了这么一大篇文章。我相信《六丑》的笔法被后来戏曲家们学了去。此处以汤显祖《牡丹亭》第二十四出《拾画》相证——客旅中的柳梦梅惊春游园，一只只曲子下来，正如《六丑》的重叠渲染：

【金珑璁】惊春谁似我？客途中都不问其他。风吹绽蒲桃褐，雨淋殷杏子罗。今日晴和，晒衾单兀自有残云涡。

【好事近】则见风月暗消磨，画墙西正南侧左。（跌介）苍苔滑擦，倚逗着断井低垛。因何，蝴蝶门儿落合？原来以前游客颇盛，题名在竹林之上。客来过年月偏多，刻画尽琅玕千个。咳！早则是寒花绕砌，荒草成窠。

【锦缠道】门儿锁，放着这武陵源一座。恁好处教颓堕，断烟中，见水阁摧残画船抛躲，冷秋千尚挂下裙拖。又不是曾经兵火，似这般狼藉呵，敢断肠人远，伤心事多？待不关情么，恰湖山石畔留着你打磨陀。（《牡丹亭·拾画》，钱南

扬校点《汤显祖戏曲集》）

同样的客旅惊春：晒衣、游园、寻芳，同样寻寻觅觅中试图挽住春天的踪迹，同样在男性视角中展开对花园的女性想象。《牡丹亭》之华彩段落堪称婉约词的集大成，而在由词到曲的路径上，婉约词大家周邦彦实有推进之功。

无独有偶，周邦彦的另一首名作《瑞龙吟》或许启发了孔尚任《桃花扇》的部分情节和曲文。词写章台访旧，伊人不见，前度刘郎，徘徊于断肠院落：

章台路。还见褪粉梅梢，试花桃树。愔愔坊陌人家，定巢燕子，归来旧处。暗凝伫。　　因念个人痴小，乍窥门户。侵晨浅约宫黄，障风映袖，盈盈笑语。　　前度刘郎重到，访邻寻里，同时歌舞。唯有旧家秋娘，声价如故。吟笺赋笔，犹记燕台句。知谁伴，名园露饮，东城闲步。事与孤鸿去。探春尽是，伤离意绪。官柳低金缕。归骑晚，纤纤池塘飞雨。断肠院落，一帘风絮。（《瑞龙吟》）

《瑞龙吟》三叠，反复穿梭于当下与往昔时空，以明媚春景写伤离情绪，闪回的记忆美好芳鲜，助推着当下情感与行为。而

《桃花扇·题画》一出，写的也是当又一个春天到来、侯朝宗到长板桥重访李香君时，媚香楼已人去楼空：

【刷子序犯】只见黄莺乱啭，人踪悄悄，芳草芊芊。粉坏楼墙，苔痕绿上花砖。应有娇羞人面，映着他桃树红妍；重来浑似刘阮仙，借东风引入洞中天。

【倾杯序】寻遍，立东风渐午天，那一去人难见。（瞧介）看纸破窗棂，山裂帘幔。裹残罗帕，戴过花钿，旧笙箫无一件。红鸳衾尽卷，翠菱花放扁，锁寒烟，好花枝不照丽人眠。

【玉芙蓉】春风上巳天，桃瓣轻如剪，正飞绵作雪，落红成霞。……（《桃花扇·题画》）

戏曲需要的人物和情节，在清真词中已隐隐浮现出来了。这，当亦可视作清真慢词的一种创新和贡献。

三　清真词的“博大精工”

现在我们来读王国维《清真先生遗事》中的一段论述：

> 先生于诗文无所不工，然尚未尽脱古人蹊径。平生著述，自以乐府为第一。词人甲乙，宋人早有定论。惟张叔夏病其意趣不高远。然宋人如欧、苏、秦、黄，高则高矣，至精工博大，殊不逮先生。故以宋词比唐诗，则东坡似太白，欧、秦似摩诘，耆卿似乐天，方回、叔原则大历十子之流。南宋唯一稼轩可比昌黎，而词中老杜，则非先生不可。（《清真先生遗事》）

这段论述后出于《人间词话》，似乎是王国维对清真评价的一种修正。“词人甲乙，宋人早有定论”，表明静安重新思考宋人（主要是词论发展起来的南宋）的观点，也即重新思考周邦彦的词坛地位，他发现只有张炎指摘清真“意趣不高远”，但张炎也称周词“浑厚和雅”。当用“博大精工”这个标准代替“高远”，王国维得出的结论是“词中老杜，则非先生不可”，这就把周邦彦推到了极其崇高的地位。用叶嘉莹的话，“倡妓”与“老杜”，这差别可太大了。

我们当意识到“词中老杜”是就“博大精工”而说的，未及老杜“诗圣”那一面。也就是，王国维即此关注到词体本身，看到清真词体式之博大全备，技术之精细工巧，即老杜于诗的“无体不备，无体不擅”。作为北宋词坛殿军，周邦彦对词的各项技巧做了集大成，作为南北宋词坛的过渡者，周邦彦将词的写法由五代宋初的以直觉感发为主，发展到以思索安排为主。“北宋词以应歌，南宋词以应社”，词到南宋，将会进一步沿着技术道路前行，直到有过之而无不及。但周邦彦尚在两兼其美的阶段，诸体皆备，技巧圆熟，宛如入夏的树木趋于枝繁叶密。清真词于词的四季中正为“清夏”。

在上两节，我们分析了清真既擅长体物也擅长言情，且于物态人情有全面观照、深入体察的均衡眼光。我们从令词和慢词中读出清真词的不同美感：小令风神绰约、空灵婉转；慢词针脚细密、情调缠绵，如周济所言：“清真浑厚，正于勾勒处见。他人一勾勒便刻削，清真愈勾勒愈浑厚。”（《宋四家词选目录序论》）清真的语言功力也同时体现在两端：一为提炼口语，二为融化诗书。两方面的能力都臻于纯熟。如《少年游》下片提供了宋词中的绝佳口语，而上片则浑然无迹融入李杜诗句。至于《满庭芳·风老莺雏》一阕，融化的唐诗如下：

露蔓虫丝多，风蒲燕雏老。（杜牧）

绿垂风折笋，红绽雨肥梅。（杜甫）

日午树阴正，独吟池上亭。（刘禹锡）

莫思身外无穷事，且尽生前有限杯。（杜甫）

身外任尘土，樽前极欢娱。（杜牧）

另外，咏史之作《西河·金陵怀古》，隐括刘禹锡两首咏史诗，也是名篇。清真的融化功夫，很早就吸引了论者关注，如南宋刘肃《片玉词序》云："周美成以旁搜远绍之才，寄情长短句，缜密典丽，流风可仰。其征辞引类，推古夸今，或借字用意，言言皆有来历，真足冠冕词林。"陈振孙《直斋书录解题》也谈道："清真词多用唐人诗语，隐括入律，浑然天成，长调尤善铺叙，富艳精工。"张炎评论清真词"浑厚和雅"，就跟这种融化功夫有关。在词迈向雅化的道路上，或许也受到诗坛习尚影响。北宋后期以黄庭坚为首的江西诗派，主张作诗"点铁成金，夺胎换骨"，"以故为新"。清真词亦予人这种印象。

词是音乐与文学的合体，要做到"博大精工"，两方面能力缺一不可。而周邦彦恰恰集二者之长，《宋史·文苑传》称他“博涉家百家之书”，“元丰初，游京师，献《汴都赋》馀万言，神宗异之……益尽力于词章。……邦彦好音乐，能自度曲，制乐府长短句，词韵清蔚，传于世”（《清真集笺注》，页576）。能做万言赋，当然富于词章，而能进大晟府，无疑精于乐律。周邦彦长期生活在钱塘和汴京这样的繁华都会，这也是其词章独领风骚的有利条件。沈义父说“清真最为知音”，王国维说“美成创调之才多”，都强调清真词的音乐造诣。现存清真词皆注宫调，可惜由于宋词音乐失传，我们在这方面的领略有所欠缺，不过正如王国维所言：“今其声虽亡，读其词者，犹觉拗怒之中，自饶和婉，曼声促节，繁会相宣；清浊抑扬，辘轳交往，两宋之间，一人而已。”（《清真先生遗事·尚论》）读清真词，不妨仔细领会其声韵特点。

最后借一首《兰陵王·柳》，来说说清真词的音乐、章法和技巧演进：

柳阴直，烟里丝丝弄碧。隋堤上，曾见几番，拂水飘绵送行色？登临望故国。谁识京华倦客？长亭路，年来岁去，应折柔条过千尺。　闲寻旧踪迹。又酒趁哀弦，灯照离席。梨花榆火催寒食。愁一箭风快，半篙波暖，回头迢递便数

驿，望人在天北。　　凄恻，恨堆积。渐别浦萦回，津堠岑寂。斜阳冉冉春无极。念月榭携手，露桥闻笛。沉思前事，似梦里，泪暗滴。（《兰陵王·柳》）

《兰陵王》一调始自清真。此调命名，与同样始于清真的《六丑》有异曲同工之妙。《浩然斋雅谈》记徽宗“问《六丑》之义，莫能对。急召邦彦问之。对曰：‘此犯六调，皆声之美者，然绝难歌。昔高阳氏有子六人，才而丑，故以比之’”（《清真集笺注》，页 254）。可知调名以高阳氏六子之“才而丑”，喻此调之声美而难歌。《兰陵王》调也以奇崛著称。兰陵王为北齐王子高长恭，武艺高强，却因容貌秀美被对手讥为“妇人”，遂戴假面应战，勇冠三军，所向无敌。周邦彦以此命名，仍取意于声美而难歌：“凡三换头，至末段声尤激越，惟教坊老笛师能倚之以节歌者。”（《樵隐笔录》，引自《清真集笺注》页 196）从这几个词牌，可以一窥清真在音乐方面的高素养和高标准追求。

此调以“柳”写别情，调分三叠。上片以柳起兴，“柳阴直，烟里丝丝弄碧”，既总写隋堤景象，也细绘柳之意态：远看为笔直林荫，近看却是千条万缕。客观之现实与主观之人心比照，正在这远近粗细间。“曾见几番，拂水飘绵送行色”暗接“京华倦客”称谓，再到“长亭路，年来岁去，应折柔条过千尺”，说的是行旅人深谙别离滋味，熟悉这隋堤柳色，更不知经历几回折柳惜别。围绕柳这一标志性物象，上片完成了主题引领和情绪酝酿。

中片承转，垫一句“闲寻旧踪迹”，与上片“登临望故国”呼应，强调远行人念旧缠绵，此为人性恒常，最能引发共鸣。其后加快节奏切入离别现场，以两个领字，引出别席心绪之纷乱与旅途前瞻之惆怅：“又酒趁哀弦，灯照离席。梨花榆火催寒食。”“愁一箭风快，半篙波暖，回头迢递便数驿，望人在天北。”箭与弦微妙应和，离别如箭在弦上，不可不发。离席别筵于世路奔波者是常态，故说“又”。“愁”的却是水路顺风，转眼将人抛远。“一箭风快，半篙波暖”形容春日晴和，旅况顺利，本为乐景，此处以乐景写离愁，亦如《小雅·采薇》中的“昔我往矣，杨柳依依”。

下片换头，离愁升至高潮，句式短促，韵脚愈发收紧：“凄恻，恨堆积”。此时行人面对的不复为故国、故人，而只有自己的一颗心。船行当中，他终究陷于愈来愈深的旅途寂寞了：“渐别浦萦回，津堠岑寂”。然而眼前的天地却是和暖温煦，无限柔情：“斜阳冉冉春无极”。我们且想象那暮春的斜阳久久不落、弥于天地间，是怎样的缱绻温存！亦仿佛是人之多情投于天地，则天地无往不著人情。周济说“清真沉痛之极，仍能含蓄”，大约就指这样的感受力和笔法吧。就在这暖色调的铺张中，记忆忽然以冷色调侵入：“念月榭携手，露桥闻笛”。逝去的往事前欢和月光、露水合成了冷色，浸在心灵深处，再浇几滴泪水：“沉思前事，似梦里，泪暗滴”。韵脚再度收紧，声情凄切。

《兰陵王》三叠，刚才已介绍曲调一叠比一叠激越，末段只有老笛师能吹奏出来。现在我们体会其词情，也是渐进高潮，情感由吞吐含蓄到尽形发露。可见周邦彦写词非常注意声情与词情的统一。从结构来看，三叠之间既是逐层深入、逐渐加强关系，又构成回环往复的彼此呼应，这与柳永慢词的平铺直叙有很大不同，如陈廷焯所总结：“词法莫密于清真。”（《白雨斋词话》卷二）

前面说《兰陵王》声美却难歌，但这完全阻挡不了南宋人好歌之：“绍兴初，都下盛行周清真咏柳《兰陵王慢》，西楼南瓦皆歌之，谓之‘渭城三叠’。”（《樵隐笔录》）这让我们想起柳永的“凡有井水饮处，即能歌柳词”。从《雨霖铃》到《兰陵王·柳》，它们之间存在某种传承性：都引领着时代的大众情感和音乐美学，而柳永和周邦彦——这两位音乐才子的的确确都是常情的代言人。

第八讲

独上兰舟：
李清照词的女性意识和性别超越

我一直觉得王国维《人间词话》没有提李清照是个遗憾，静安先生立足于文学与人生之关系，以词之境界观人生境界，由词品返诸人品，李易安不是很值得一说吗?或许就为着弥补遗憾，几十年之后，王国维哲嗣王仲闻专力做了《李清照集校注》，为研究领域重要书目。

事实上，不论是在古代还是在当下，李清照都不是一个会被忽略的名字，将这位宋朝才女置于由古至今的评说中，其形象既伴随着词史和文学史，也反映着中国历代的妇女观和讨论语境，留下相当丰富的话题。

我们今天读清照词，也必然会形成一个“我眼中的李清照”，或许彼此间还会出现争议，那正是值得寻味的地方。让我们一起来探索这位女词家的世界。

一　沉醉不知归路：自由的轻舟

先来读李清照的两首“少作”：

常记溪亭日暮，沉醉不知归路，兴尽晚回舟，误入藕花深处，争渡，争渡，惊起一滩鸥鹭。（《如梦令》）

湖上风来波浩渺，秋已暮、红稀香少。水光山色与人亲，说不尽、无穷好。　莲子已成荷叶老，清露洗、苹花汀草。眠沙鸥鹭不回头，似也恨、人归早。（《怨王孙》）

李清照的词本身没有系年，将《如梦令》和《怨王孙》视为早期作品是后来注家的推理，比如说《如梦令》中的溪亭，有人考证在李清照家乡济南的郊外，但溪亭也可泛指溪边的亭子，所以这首词也极可能写作于汴京。词中无忧无虑的情态让注家不约而同将之系于少女时代，那时清照随父亲李格非生活于京城。《怨王孙》情调相近。这是两首可以互读的作品：皆写秋日郊游泛舟，表现遣玩的兴致和浪漫洒脱的个性。节奏上一动一静，或意兴酣畅，或情致悠然。

两首词乍读清新活泼，细想则大有意味。

秋色湖景，藕花莲子，这不是传统采莲题材的图景吗？而采莲作为南朝民歌和宫体诗的经典主题和意象，早已被吸纳进婉约词的世界。如欧阳修有《蝶恋花》一阕：

越女采莲秋水畔。窄袖轻罗，暗露双金钏。照影摘花花似面。芳心只共丝争乱。　　鸂鶒滩头风浪晚。雾重烟轻，不见来时伴。隐隐歌声归棹远。离愁引著江南岸。（《蝶恋花》）

莲即怜，丝即思。欧阳修娴熟地运用了这一传统素材，写采莲女在秋水滩头与自己的心事相遇，写少女的情窦初开，进而写爱的幽深与怅惘。另外，我们此前读过的苏轼早期词《江城子》也隐隐融入这一意象：

凤凰山下雨初晴。水风清，晚霞明。一朵芙蓉，开过尚盈盈。何处飞来双白鹭，如有意，慕娉婷。　　忽闻江上弄哀筝。苦含情，遣谁听？烟敛云收、依约是湘灵。欲待曲终寻问取，人不见，数峰青。（《江城子》）

芙蓉即莲花，此词虽未明言采莲，但开过的芙蓉与江上的弹筝女子构成叠影，具有相近的隐喻意味："苦含情，遣谁听"？弹筝女正如那朵"开过尚盈盈"的芙蓉，最丰艳的青春已经过去了，生命已然留痕，但仍保留着美好风姿。她经历了怎样的人生故事？她的筝声倾诉着怎样的情思、又期待被谁听取？我们不得而知，只知道那段黄昏的江面，那朵芙蓉、那曲哀筝，都激起了深深的爱慕与怜惜之意。

"采莲"传统和欧苏对传统的再运用，大体代表了男性作家的一种女性想象和书写。而李清照的清新小词则不啻为对这一顽强传统的轻盈超越。游赏于水光山色中的主人公"误入藕花深处"，纯粹为山水之兴。两词语及莲或藕，都取消了"莲"与女子的互喻，而将之纯然作为时令风物，和山水一样被纳入诗人的审美视野：一个自由而自然的世界。也因此，两度出场的鸥鹭没有和莲构成情欲暗示，它们安闲自在，是山水风景中的动态焦点和活泼的主体互动对象。

由是我们在开满藕花的秋江上看到什么？不是情思要眇、低回顾影的采莲图，而是轻舟小桨和它情采飞扬的主人公——在这个时空片段中的欢愉沉醉，这样的欢愉和沉醉，由彼时一刻而久久珍藏进记忆，值得回味书写。就这样，李清照在典型的季节和景象空间中回避了采莲这一经典主题，而打造出新鲜的女性/自我形象：活泼欢乐的少女，也是情性浪漫的诗人。审美客体转变为审美主体。她不是被观赏者，她观赏着世界，也观赏着自己，两者都让她兴致盎然。

李清照（1084—1151?），跨越两宋的女词人，中国文学史上最具风采的女作家。同历代著名才女如班昭、蔡琰、谢道韫一样，李清照也出生在文化条件优越的家庭，父亲李格非为北宋后期著名学者，“以文章受知于苏轼”，传世名篇有《洛阳名园记》；母亲王氏为仁宗朝状元王拱辰的孙女，知书能文（考证李清照生母当为岐国公王珪之女，早逝；格非续娶拱辰孙女，为清照继母）。父母双方的家学渊源，无疑为一代才女的成长储备了深厚的文化底蕴，但仅有这点尚不足以让李清照成为李清照，因为北宋“缙绅之家能文妇女”可不少，这个家庭最可贵的，当是宽松自由的氛围和对女性才华的欣赏，据传李格非曾说过一句话：“中郎有女堪承业。”这是将自己比作东汉学者蔡邕，而骄傲于女儿的才华不亚于蔡邕之女蔡琰。倘若我们读到北宋理学家二程的家规、司马光的《家范》和《居家杂议》，就知道李格非这位父亲有多么开明和与众不同。这里还可以举清照晚年一个事例来说明，出自陆游为另一位世家闺秀写的墓志铭：

夫人幼有淑质，故赵建康明诚之配李氏，以文辞名家，欲

以其学传夫人。时夫人始十余岁，谢不可，曰："才藻非女子事也。"（陆游《渭南文集》卷三十五《夫人孙氏墓志铭》）

那个谢绝李清照以学问相授的小姑娘，代表了更为世俗认可的"闺范"。

也因此，李清照可能很早就知道自己的不同。"造化可能偏有意""此花不与群花比"，或为她借咏物词道出的自我心声：

雪里已知春信至，寒梅点缀琼枝腻，香脸半开娇旖旎，当庭际，玉人浴出新妆洗。　　**造化可能偏有意**，故教明月玲珑地。共赏金尊沉绿蚁，莫辞醉，**此花不与群花比**。（《渔家傲》）

小楼寒，夜长帘幕低垂。恨萧萧、无情风雨，夜来揉损琼肌。也不似、贵妃醉脸，也不似、孙寿愁眉。韩令偷香，徐娘傅粉，莫将比拟未新奇。细看取、屈平陶令，风韵正相宜。微风起，清芬酝藉，不减酴醿。（《多丽·咏白菊》上片）

现存李清照十数首咏花词，题咏梅、菊、桂等时令花卉。《渔家傲》一首写梅，上片点染梅花凌雪开放的风姿，下片直出议论：造物主对梅花也别有偏爱呢，让寒梅映着皎月，冰姿玉影傲然不群，这样的梅花，我愿意与它相对，饮酒助兴直至沉醉。《多丽》一首咏白菊，稍作时序背景交代，便又是一番评点：白菊的气质，且莫将那些宫廷美女和偷香窃玉的故事来比它，它的清高超逸、芬芳蕴藉，想来想去，唯有屈原和陶渊明的风度气韵可以相拟。——在这两首词中，我们注意到两个否定判断："不与""不似"，借着这样的句式，李清照和大众庸常的标准做了分离，别立眼光，另开境界。还可以再看她的两首咏桂词中的句子："何须浅碧深红色，自是花中第一流。"（《鹧鸪天》）"风度精神如彦辅，大鲜明。"（《摊破浣溪沙》）其共同特点是：洗去脂粉气，强调吟咏对象的风骨与气质。借着梅之琼雪风姿、菊之超逸蕴藉、桂之雅淡芳馨，李清照表达了对心中文人风度的倾慕推赏。

以上作品大致均可推测为李清照的早期作品，艺术手法未必纯熟，给人印象更深的是那种表达的自信。少女时代的李清照天赋异禀，锋芒毕露，只要看她十七岁所做的咏史诗《浯溪中兴颂诗和张文潜》（据黄盛璋考证，作于元符三年），就知道其诗才之捷、立论之高，岂止不惮和父辈唱和，更呈现"出蓝"之势；同样被认为作于她早年的《词论》，评点五代至当世的词坛名家，竟没有人不为她挑出毛病的，父亲的师辈苏轼，她固然视之为文坛领袖"学际天人，作为小歌词，直如酌蠡水于大海"，却又批评

"然皆句读不葺之诗尔"，以此推出自己的观点："何耶？盖诗文分平侧，而歌词分五音，又分五声，又分六律，又分清浊轻重。"（《词论》）这种我自作论、挑战权威的精神，放在今天看也不是一般的自信。

所以，名门闺秀李清照，可以快快乐乐地走出门，在湖山之间荡起她的轻舟，也可以在翰墨词场中尽情遨游，领略这片天地的"说不尽，无穷好"，这是一个身体和精神都不曾受到束缚的幸运女子，考验她的，也许是她能在这个独具一格的世界中走多远。

下面是泛舟的女孩子沉静下来的模样：在她的闺阁里，有琴书自娱，也有焚着名贵沉香的玉炉和女孩子的精巧首饰；在她的庭院里，有梨花和秋千架，有湿漉漉的春天带来的愁绪，也有黄昏望向远方的视线，和翘首盼望燕子飞来的身影：

小院闲窗春色深，重帘未卷影沉沉。倚楼无语理瑶琴。
远岫出云催薄暮，细风吹雨弄清阴。梨花欲谢恐难禁。

淡荡春光寒食天，玉炉沉水袅残烟。梦回山枕隐花钿。
海燕未来人斗草，江梅已过柳生绵。黄昏疏雨湿秋千。

（《浣溪沙》）

二　轻解罗裳，独上兰舟：闺愁的别一种

李清照人生当中更幸运的一件事，在许多人看来是她遇到了赵明诚。才子佳人知音伴侣，多少戏曲小说书之不尽的艳事，但在李清照是真实人生。其实赵李结缡时，两家的父亲已为政治对头——分属新党和旧党，那是 1101 年，苏轼在那年去世，而李格非于次年即 1102 年被新党驱逐出京，李清照因此还和时为宰相的公公赵挺之闹了很大的不愉快。这样的两家人能成就一桩美满姻缘，我觉得是一件很艺术的事情（为大观园中林黛玉一叹）。据赵明诚的姨父、著名诗人同时也是旧党中人的陈师道透露，赵明诚乃“文艺青年”，最喜欢收集苏、黄等人的作品，为此常常得罪自己的父亲。——赵明诚既为李清照的夫婿，也是宋朝一流的金石收藏家。

爱情多么美好，李清照的一颗诗心怎么会放过此中体验呢？我们前面说她有意超越“采莲”传统，以及她的咏花词一洗脂粉气而特特标举文人风度，但现在似乎要稍做修正了。先来读她的一首咏海棠作品，即《如梦令》另一名篇，她终于用了怜花惜春这个主题：

昨夜雨疏风骤，浓睡不消残酒。试问卷帘人，却道海棠依旧。知否？知否？应是绿肥红瘦。（《如梦令》）

这首词太有情调也太有名气了，以至一热播古装电视剧及其主题歌就用了结拍十字为题，以呈现宋韵的婉约清雅。此词笔法之妙，在于短短33字小令，有风景、有人物、有情节、有对话，更有婉转幽深的情思。如清人黄蓼园分析："一问极有情，答以'依旧'，答得极淡。跌出'知否'二句来，而'绿肥红瘦'，无限凄婉，却又妙在含蓄，短幅中藏无数曲折，自是圣于词者。"（《寥园词选》）当代学者江弱水说，这是宋词中融化口语的第二佳作——第一佳作，他推举的是周邦彦的《少年游》。

我们来看问答的二者。问的当然是女主人公，通常解为李清照本人，在春天的雨夜，她喝了酒，通宵睡得很沉，却也依稀听到风声大作和雨点飘落的声音，所以到清晨睁开眼，虽然酒意还没过去，却很急迫地打听庭院中海棠花的情况。她的卷帘人随意答了一句：海棠花还是那样啊。但我们的女词人不肯放过：你再仔细看看、你难道没发觉——海棠花在一夜风雨中定然凋谢了不少？那个无心的卷帘人，通常解为侍婢。于是女主人的诗意多情和婢女的懵懂单纯构成了一对反衬。这种反衬法被后世的戏曲家学了去，便成了《西厢记》中的莺莺和红娘，《牡丹亭》中的杜丽娘和春香：小姐婉转深沉，丫鬟天真无忧。

但还有一种有趣的解法，将卷帘人解为赵明诚。于是词中的对比成了别怀幽思的妻子和粗枝大叶的丈夫。这样作解的人，自然是对女词人的私生活怀有浓厚兴趣，将此小词想象为闺房情话。海棠，春分前后的花，用它来喻指青春的女子或女子的青春都常见，大诗人苏轼就有名句："只恐夜深花睡去，故烧高烛照红妆。"那么，李清照会不会一时忘情，以海棠自拟而博取夫君怜爱呢？

其实，这首读上去如此浑成自然的佳作，词意并非出自李清照原创，而是以词隐括前人诗，融化了晚唐诗人韩偓的一首五言诗：

昨夜三更雨，临明一阵寒。海棠花在否？侧卧卷帘看。（《懒起》）

所以《如梦令》乃再创作。但词比原诗好，堪称点铁成金，除了发挥长短句优势添出参差韵致，词中主体的性格也得到加强，变得生动鲜明，含蕴的情思亦复婉转而热烈。

在《词论》中，李清照提出"词别是一家"的观点，后人据此提炼为"诗庄词媚"。大体看起来，李清照本人的创作是遵循这一原则的：她的诗多史论、政论题材，豪健大气，而词则“尤工离别相思之情”，婉转清新。我们知道婉约词历来是写闺阁相思的领地，然多由男性代言，现在来了一位出色的女词人，人们因此怀抱了别样的兴趣：女词人在这个领地有天然优势吗？她的写作与男作家有何不同？如果说男作家采用的是代言体，女作家书写闺阁相思是否纯为自叙体？在这个问题上，读者/学者们的反应有很大分歧。传统中国学者倾向于认为李清照在写自己，传记作家更恨不得为她的每首词都附上一个生动的生平故事，但也有当代学者如美国汉学家艾朗诺认为：和男作家一样，李清照当然也可以进行虚构性创作。他尤其分析了在李清照生命中的一个时期——从新婚到青州屏居十年，她和赵明诚的实际分离时间不多，如果偶尔的小别离也让她悲悲啼啼，那么李清照未免太矫情了——这不是他认识的那个女作家。

我的看法介乎中间。一方面李清照当然可以进行虚构性创作，既然她博学多才不让最优秀的男性，而且娴熟自信地掌握了词这门艺术；另一方面，作为敏感而执着的创作者，李清照不可能不运用她的人生经验写作，她在《金石录后序》深情追忆的她和赵明诚的婚姻生活场景，不可能不以某种形态出现在她一向擅长的词中。基于此，我认为李清照的大部分词哪怕不纯为写实，至少极大调动了真实的人生经验和情感体验，所以，我更关心的是她怎么写、如何呈现其独特的主体形象和情感。

下面我们要读两首李清照最负盛名的闺阁相思作品。其一为《一剪梅》，我将以之延续上节的泛舟与采莲话题：

红藕香残玉簟秋，轻解罗裳，独上兰舟。云中谁寄锦书来？雁字回时，月满西楼。　花自飘零水自流。一种相思，两处闲愁。此情无计可消除。才下眉头，却上心头。（《一剪梅》）

元伊世珍《琅嬛记》谓："易安结缡未久，明诚即负笈远游。易安殊不忍别，觅锦帕书《一剪梅》以送之。"此乃后世读者据词意添加细节想象，虽过分凿实，但也未必就不靠谱。参易安《金石录后序》："后二年，出仕宦，便有饭蔬衣练，穷遐方绝域，尽天下古文奇字之志。"即使在平居生涯，赵明诚为寻访金石文物亦可能经常外出。"一种相思，两处闲愁"，这的确是李清照在她的婚姻生活中能体验到的甜蜜的忧愁。

据《莲子居词话》和《白雨斋词话》，《一剪梅》历来被视为俗调，最不易工，但易安此词写得优雅飘逸，声情俱美，被视为此词牌首屈一指的作品。且看在语言形式上，她充分驾驭了七四四、七四四这一句式，"仿佛优雅的舞步：七个字向前走，然后，四个字一徘，四个字一徊；再七个字往前走，又四个字一徘，四个字一徊。在行进与徘徊之间，真是顾盼生姿”（江弱水《诗的八堂课》）。声调上的缭绕婉转恰对应相思之情的“低回宛折”。意境上，《一剪梅》的时空转换飘逸空灵，外景呈现绝妙的叠映效果，犹如蒙太奇。红藕香残的季节景象和玉簟即竹席上清凉的肌肤感受相应，“轻解罗裳”甚奇，带来对“独上兰舟”的不同理解，一种解读将“兰舟”释为床，以此呼应“玉簟秋”，但这样一来却与“红藕香残”、与“花自飘零水自流”断了接应，不似易安会用的呆笔。俞平伯释为：“船上盖亦有枕簟的铺设。若释为一般的室内光景，则下文‘轻解罗裳，独上兰舟’，即颇觉突兀。”（《唐宋词选释》）可备一说，但仍不必太拘泥。其实此词的妙处恰在于打通内外，空间流转，以天地之大来写相思之满、之无所不在，俯瞰流水，仰看飞鸿，从白日的“独上兰舟”到清夜的“月满西楼”，时间在流淌，思念在流淌，这位相思中的女子，在广大的时空中寻寻觅觅。“轻解罗裳，独上兰舟”，在寂寞当中仍有一份自由与飘逸。

我以为这阕《一剪梅》是有它的潜文本的，为南朝民歌《西洲曲》：

采莲南塘秋，莲花过人头。低头弄莲子，莲子清如水。

置莲怀袖中，莲心彻底红。忆郎郎不至，仰首望飞鸿。

鸿飞满西洲，望郎上青楼。楼高望不见，尽日栏杆头。

栏杆十二曲，垂手明如玉。卷帘天自高，海水摇空绿。

海水梦悠悠，君愁我亦愁。南风知我意，吹梦到西洲。

《一剪梅》回环流转的章法、明净优美的意境，都看得出母本的影子，“一种相思，两处闲愁”，亦即“君愁我亦愁”。但李清照仍然回避了“采莲”形象，词中的女子独上兰舟，更近于一份自我排遣。甚至，《一剪梅》像是对既往秋游主题的呼应——同一主题或景象空间的自我回应，又一个藕花谢去的季节，可是她不再似从前那般无忧无虑。她接到了云中寄来的锦书，感受着爱意在彼此之间的连接，不过，在这样的清秋时节，思念到底是难以消除的呀。“说是寂寞的秋的清愁，说是辽远的海的相思。假如有人问我的烦忧，我不敢说出你的名字。”现代诗人戴望舒的这首情诗，犹如古典诗词的和音。

另一首名作是《醉花阴》：

薄雾浓云愁永昼，瑞脑销金兽。佳节又重阳，玉枕纱橱，半夜凉初透。　　东篱把酒黄昏后，有暗香盈袖。莫道不销魂，帘卷西风，人比黄花瘦。（《醉花阴》）

伊世珍《琅嬛记》同样为它附了个故事：“易安以《重阳·醉花阴》词函致明诚。明诚叹赏，自愧弗逮，务欲胜之。一切谢客，忘食忘寝者三日夜，得五十阕，杂易安作，以示友人陆德夫。德夫玩之再三，曰：‘只三句绝佳。’明诚诘之。曰：‘莫道不销魂，帘卷西风，人似黄花瘦。’正易安作也。”（《琅嬛记》卷中引《外传》）但王仲闻在《李清照集校注》中力辟此事：“按赵明诚喜金石刻，平生专力于此，不以词章名。《琅嬛记》所引《外传》，不知何书，殆出自捏造。所云‘明诚欲胜之。’必非事实。”（《李清照集校注》卷一）读词，有人喜欢讲故事，有人喜欢考订求实，此亦传奇家与学者之不同也。

与《一剪梅》相比，《醉花阴》更显蕴藉深沉，写的是秋思，而从“薄雾浓云愁永昼”“玉枕纱橱，半夜凉初透”即可略窥怀人意绪。宣和年间，赵明诚起复后知莱州，与仍居青州的李清照分居两地，后人多推断《醉花阴》便作于此期。上片写居室景象，“薄雾浓云”，为秋阴天气，似亦喻人心绪，或因天气不佳，心绪亦不佳。“瑞脑销金兽”，谓香炉里的瑞脑香燃尽了——焚香为古人居家仪式，李清照于此颇讲究，常著于词笔。香饼燃尽而未及时替换，香炉就会冷下来，通常也就意味着室内氛围有些寥落，如《浣溪沙》中“玉炉沉水袅残烟”，又如《凤凰台上忆吹箫》中“香冷金猊”，为易安常见表达，盖香事中亦可窥心境。

由香炉之冷却，自然承转到居室之秋凉。重阳时节，天气凉下来了，夜半醒来，只觉寒侵肌骨。到此上片写愁思寂寞，写秋天的凉意从身体发肤渗透到内心，场景细节为闺情常态。

下片转至庭院，整首词却蓦地超拔起来。“东篱把酒黄昏后”一句，是易安才有的风致，绝不见于男性作家笔下女子。我甚至觉得，后来曹雪芹《红楼梦》让大观园诸才女做菊花诗，大概是向易安此词致敬。其中黛玉之“喃喃负手叩东篱”，湘云之“抛书人对一枝秋”，显然受了此句启发，但仍不如易安原作洒脱超逸。“东篱把酒黄昏后，有暗香盈袖”，李清照的精神世界无疑是独立自主的，然情感世界仍细腻敏锐：“莫道不销魂，帘卷西风，人比黄花瘦。”

陶渊明的菊花出现在一首闺情词中，此即《醉花阴》别具一格处，也是李清照独特性之所在——她不单单是一位闺阁女子，还是引陶渊明为同调的浪漫诗人，如其自号“易安室”，出自《归去来兮辞》中的“审容膝之易安”句。李清照对陶渊明生发的亲切感，可能既出于文学趣味，也和赵李两家在党争中的处境有关。她和赵明诚在青州屏居的十年，远离政治纷扰，过着纯粹的文化生活和精神生活，情感洽美而心灵富足，所以“易安”。当明诚起复出知莱州后，那种安宁被打断了，李清照有诗调侃丈夫：“青州从事孔方兄，终日纷纷喜生事。”对官场应酬颇为不耐。此刻的东篱把酒，暗香盈袖，大有清高自诩之意。

再说酒。你一定发现了：易安词中常常出现酒。据统计，在其现存四十余首词作中，一半写到饮酒，这是个惊人的比例。李清照是山东人，大约生活中就善饮，但文学作品中的酒，更带有一种情兴指向，指向诗意浪漫和生命热情。我们来看看易安词中的酒：

沉醉不知归路。（《如梦令》）

浓睡不消残酒。（《如梦令》）

东篱把酒黄昏后。（《醉花阴》）

酒意诗情谁与共？（《蝶恋花》）

莫许杯深琥珀浓，未成沉醉意先融。（《浣溪沙》）

夜来沉醉卸妆迟，梅萼插残枝。（《诉衷情》）

断香残酒情怀恶，西风催衬梧桐落。（《忆秦娥》）

险韵诗成，扶头酒醒，别是闲滋味。（《念奴娇》）

来相召，香车宝马，谢他酒朋诗侣。（《永遇乐》）

无论是快乐还是悲伤，赏花抑或吟诗，女词人都少不了以酒助兴或遣怀，而且常常“沉醉”。我们注意到：在李清照笔下，酒每每和诗相对，甚而酒就是诗，诗也是酒。“酒意诗情谁与共”，道出的是女性对爱的渴望和女诗人对知己的渴望——爱侣当然也必须是能够彼此参与到精神世界中的知己。酒与诗，当为李清照明确标举的自我精神符号，亦如山水风光中那自由不羁的轻舟。

《醉花阴》这般主题、这般情境，若易为男性代言作品，大抵就如温庭筠名作《更漏子》：

玉炉香，红蜡泪，偏照画堂秋思。眉翠薄，鬓云残，夜长衾枕寒。　　梧桐树，三更雨，不道离情正苦。一叶叶，一声声，空阶滴到明。（《更漏子》）

——你看出区别了吗？

比李清照年代稍晚的王灼著《碧鸡漫志》，评点李清照称：“作长短句，能曲折尽人意，轻巧尖新，姿态百出。闾巷荒淫之语，肆意落笔。自古缙绅之家能文妇女，未见如此无顾籍也。”“闾巷荒淫之语”，多半就指这些一定程度呈现私生活的闺情作品，“未见如此无顾籍也”，当然即因其中主体形象极大挑战了“闺秀”的世俗标准。大家闺秀当如何？《红楼梦》中蘅芜君薛宝钗有句诗最形象：“珍重芳姿昼掩门”。宋代文教发达，才女很不少，留下词作的除了身世模糊的朱淑真、张玉娘（有学者认为她们的身世作品多出传说伪托），还有名臣曾布的妻子魏夫人——这位“缙绅之家能文妇女”留下的只有姓氏，倒比较接近“珍重芳姿昼掩门”。有趣的是，可能为了回应世人非议，李清照的夫君赵明诚曾为夫人画像题词：“清丽其词，端庄其品。”（政和四年秋，赵明诚为《易安居士画像》题道：“易安居士三十一岁之照。清丽其词，端庄其品，归去来兮，真堪偕隐。政和甲午新秋，德父题于归来堂。”）

其实，喜欢娴雅闺秀的读者同样能在易安词中获得满足，你能读到各种赏花、品茗、熏香、精巧的梳妆和美丽的时装——一位宋代贵族女子全部优雅精致的生活，你也能读到一位女性在爱情世界里的所有多愁善感：她的自恋与脆弱，她的完美主义苛求与种种情感扰攘和失落。易安词予人的印象是：和现代女权主义者不同，我们的词人似乎非常享受做一个女子，但她同时也无视通常的疆界，随时会跨越闺门，尽情探索更宽广的天地。

再欣赏几首李清照的闺情词：

暖雨晴风初破冻，柳眼梅腮，已觉春心动。酒意诗情谁与共？泪融残粉花钿重。　乍试夹衫金缕缝，山枕斜欹，枕损钗头凤。独抱浓愁无好梦，夜阑犹剪灯花弄。（《蝶恋花》）

小阁藏春，闲窗锁昼，画堂无限深幽。篆香烧尽，日影下帘钩。手种江梅更好，又何必、临水登楼。无人到，寂寥浑似，何逊在扬州。　从来知韵胜，难堪雨借，不耐风揉。更谁家横笛，吹动浓愁。莫恨香消雪减，须信道、扫迹情留。难言处、良宵淡月，疏影尚风流。（《满庭芳》）

春到长门春草青，江梅些子破，未开匀。碧云笼碾玉成尘，留晓梦，惊破一瓯春。　花影压重门，疏帘铺淡月，好黄昏。二年三度负东君，归来也，著意过今春。（《小重山》）

伤心、赌气、和解……在失落与渴望中百转千回。这几首春词，寓情感的千般滋味于小词的要眇深曲中，让我们看到一颗敏感而热烈的春心。它们透露了亲密关系中可能遭遇的问题，比通常的闺情词更复杂幽微。较之虚构，我更相信李清照是在用自身的情感体验来写这些词，词中呈现了抒情主体的诗人气质，婉转而明确地表达了知音相赏的渴求。一个情感世界和精神世界都那么饱满的女诗人，她要求的可能更多。

是娴雅闺秀，也是浪漫诗人，更是精神上自我标高与追求深远世界的人，李清照因此极大丰富了闺情词的形象和意蕴。

三　星河欲转千帆舞：乘风的灵魂

靖康南渡是华夏民族之劫、大宋王朝之劫，也是李清照的生命之劫，在一路仓皇南奔中，她相继失去了故园、丈夫和留存他们生命记忆的那些珍贵金石文物。

李清照的诗、文、词以不同角度记录、书写了这场劫难，她留下来的十来首诗和断句，多从大视野写家国之创痛屈辱，如“南渡衣冠欠王导，北来消息少刘琨”，“南来尚怯吴江冷，北狩应悲易水寒”，还有《夏日偶成》绝句，于沉痛中呼唤英雄之气：“生当作人杰，死亦为鬼雄。至今思项羽，不肯过江东。”她的长文《金石录后序》，将个人身世、文物命运和王朝劫难交织叙述，呈现苍茫深沉的历史感，具有金石般凝重庄严的分量，是两宋文坛首屈一指的杰作。而她的小词，则仍然主要从个人情感和生活入手，书写国破家亡、颠沛流离的遭际离思，其面貌当然多暗淡愁苦，但也绝不那么单一。

南渡之后的李清照苦思北方乡土，她强调自己是北方人，不喜欢芭蕉夜雨的声音，“点滴霖霪。点滴霖霪。愁损北人，不惯起来听”（《添字丑奴儿》）。而对雪和梅花，就表现出旧爱故知的眷恋深情，借着雪与梅，反复表达了故园之思和沧桑变故的伤痛：

风柔日薄春犹早，夹衫乍著心情好。睡起觉微寒，梅花鬓上残。　　故乡何处是？忘了除非醉。沈水卧时烧，香消酒未消。（《菩萨蛮》）

年年雪里，常插梅花醉。挼尽梅花无好意，赢得满衣清泪。　　今年海角天涯，萧萧两鬓生华。看取晚来风势，故应难看梅花。（《清平乐》）

这两首咏梅的作品，第一首看得出词人情致尚好，当为南渡之初，赵明诚还在世；第二首写天涯流落的老年境况，只能作物是人非、满衣清泪了。

名作《声声慢》通常也被断为南渡后的作品，进而被视为悼亡之作。这是一首在章法和声律上极受称道的作品，它将愁苦写到了极致：

寻寻觅觅，冷冷清清，凄凄惨惨戚戚。乍暖还寒时刻，最难将息。三杯两盏淡酒，怎敌他、晚来风急！雁过也，正伤心，却是旧时相识。　　满地黄花堆积，憔悴损，如今有谁堪摘！守着窗儿，独自怎生得黑！梧桐更兼细雨，到黄昏，点点滴滴。这次第，怎一个愁字了得！（《声声慢》）

李清照不喜欢雨，芭蕉夜雨、梧桐细雨都增添她的坏心情。而深秋的淫雨尤其凄冷阴晦，凄冷阴晦的雨从白天下到黄昏，尤其难耐。此词打头三句十四字，叠字一气而下，情绪急迫凄惶，词人奋力去挣脱这弥漫天地屋宇与心头的阴沉，要寻一丝光照、觅一线生机，却四顾惘然，徒增悲戚。她又转欲借酒力增加点热量，却发现薄酒不敌风寒。循声看到大雁飞过，却骤然想到这大雁再也带不来期盼的音讯。徘徊到阶前，触目雨中零落憔悴的菊花，更想起昔年有人爱赏，如今有谁堪摘！复徘徊进屋，孤零零在窗子前待到天黑，雨点淅淅沥沥敲打着梧桐残叶，天色越发昏暗，在愁苦的深海里，词人心头最后只剩下一个声音："这次第，怎一个愁字了得"！

相比其他作品，《声声慢》大量运用了口语。或许此词中的很多句子，如"最难将息""独自怎生得黑""怎一个愁字了得"，都是李清照在愁苦晚境中的日常喃喃，反反复复便印在心上了。此词的叠字和声韵，早已经被诸家评点，如南宋张端义谓："此乃公孙大娘舞剑手，本朝非无能词之士，未曾有一下十四叠字者。”（《贵耳集》）清人徐釚谓其音响之美，“真似大珠小珠落玉盘也”（《词苑丛谈》）。今人夏承焘评词中舌齿之声交叠，尤其末几句“二十字里齿声交加重迭，这应是有意用啮齿叮咛的口吻，写自己忧郁惝恍的心情，不但读来明白如话，听来也有明显的声调美，充分表现乐章的特色”（《李清照词的艺术特色》）。

《声声慢》放在李清照集里也是特别愁苦的一首词。而其后期其他作品，在寂寞凄楚当中也还有其他色彩，寻寻觅觅的李清照，在晚境中仍敏感于生命和春天的气息，也还能忆起少女时光的欢愉，哪怕它们只映衬出当下的寂寞憔悴，比如这首写元宵节的《永遇乐》：

落日镕金，暮云合璧，人在何处？染柳烟浓，吹梅笛怨，春意知几许！元宵佳节，融和天气，次第岂无风雨？来相召，香车宝马，谢他酒朋诗侣。　中州盛日，闺门多暇，记得偏重三五。铺翠冠儿，捻金雪柳，簇带争济楚。如今憔悴，风鬟雾鬓，怕见夜间出去。不如向帘儿底下，听人笑语。（《永遇乐》）

词的上片连用三个问号，以乐景写哀，写乱离人心中无复往日对融和天气的信心，因为人世风雨多变。但“落日镕金，暮云合璧"，"染柳烟浓，吹梅笛怨"，到底还是将鲜妍的物象和春天的声息印到词人此刻的心里。"来相召，香车宝马，谢他酒朋诗侣"，在否定性姿态中似仍可见女词人的爽落风采，也可见浪漫诗性仍未曾远离她的生活。下片围绕元宵节写今昔对比，记忆的缤纷色彩涌出——少女时代的李清照真是活泼明媚啊，"如今憔悴，风鬟雾鬓"，词人更愿悄自守着往昔记忆，就把今夜的欢乐让给那些能够欢声笑语的人们吧。

也许你会问：对于有着幸福优裕前半生的李清照来说，晚年的她还剩下了什么？她靠什么支撑生命剩下的时光？但是深入李清照的文字世界，你会发现她还有诗，还有潜于文章学问的热情。为她作传的美国汉学家艾朗诺感慨：在李清照已经遭遇了一切不幸的 52 岁那年，她却达到了创作巅峰，诗词之外，更留下那篇沉甸甸的《金石录后序》。这也就是陆游偶然走笔提到的那个李清照：当她看到一个特别有天分的小女孩时，满腔热情要将自己的学问传给她，但被这个遵守闺训的小女孩拒绝了。"才藻非女子事。"小女孩说。

还有舟。一名作家总是会在创作中进行自我呼应。在易安词中，我们读到梅花的呼应、菊花的呼应、大雁的呼应，当然也少不了本讲一开始就提到的泛舟。在寓居金华时期创作的一首小词《武陵春》里，李清照再次说到"泛舟"：

风住尘香花已尽，日晚倦梳头。物是人非事事休，欲语泪先流。　　闻说双溪春尚好，也拟泛轻舟。只恐双溪舴艋舟，载不动许多愁。（《武陵春》）

这是一首浸透眼泪的悲伤小词，但在悲伤之际，诗人仍然感受到了春天，甚至再一次鼓起勇气："也拟泛轻舟"。到金华之前，李清照的逃难经过了淮河、长江和东海，坐过了江船海船，经受了无数惊心动魄的时刻，可是她仍然想召唤回记忆中的轻舟。但这个春天，双溪上的轻舟，已经载不动女诗人一路负荷的浓愁深恨了。

还有梦，在梦中的天河上再一次泛舟，不，是御风扬帆。现在来读本讲的最后一首词——《渔家傲》：

天接云涛连晓雾，星河欲转千帆舞。仿佛梦魂归帝所。闻天语，殷勤问我归何处？　　我报路长嗟日暮，学诗谩有惊人句。九万里风鹏正举。风休住，蓬舟吹取三山去。（《渔家傲》）

你一定发现了：这首写梦词和李清照的其他词都不同。在她早年自负的《词论》里，她为词制定了许多规矩：不可以写这个那个，不可以这样写那样写。她自己基本上也遵照“诗庄而词媚”的标准，后世的人们因此称她为“婉约词宗”——婉约、娟秀、优雅，这也是《漱玉词》给人的基本印象。但这首《渔家傲》是一个例外。在突然迸发的激情中，在飞升向天宇的梦境里，女词人超越了一切界限，翱翔于天河的瑰奇浩瀚，向着天帝的殷勤问询，那一颗诗魂就是屈原、就是庄子、就是李白。于是“星河欲转千帆舞”——不是一叶小舟，而是千帆共舞；于是“九万里风鹏正举”——她感应到了那巨大的创造的自由的力，云端之上，所有的阻碍都消失了，风，带她到她想到的地方去。

我们在词中能读到很多梦境——那最真实的心灵镜像，而其中最瑰丽雄奇的梦，属于一向被视作闺阁婉约词人的李清照。

最后我们要回到本讲一开始提出的话题：“你心目中的李清照”。

作为文学史上罕有的才女，李清照从她生活的时代直到今天都被置诸世人评论中，围绕她的眼光有倾慕、激赏、疑惑、不解和永远不会停息的好奇。古代的倾慕者热衷为她写传奇、戏曲，今天的爱好者纷纷为她写传记。

最先领教其才华的当然首先是宋朝本朝人，包括和她唱和的苏门中人如张耒、晁补之，她的父亲和丈夫相继为她的才华最重要的欣赏者和鼓励者，这让人感慨她的幸运。但是，她为这份幸运也付出了相应的代价，因为更大众的眼光似乎不接受这份“露才扬己”，我们前面曾引用王灼《碧鸡漫志》的评语或许代表了时议，这份评语有其内在张力，表现为即便在道德上充满非议，王灼仍不能不肯定李清照极为出众的文学才华。现将评语做更完整的引录：

易安居士……自少年便有诗名，才力华赡，逼近前辈。在士大夫中已不多得。若本朝妇人，当推文采第一。……赵死，再嫁某氏，讼而离之。晚节流荡无归。作长短句，能曲折尽人意，轻巧尖新，姿态百出。闾巷荒淫之语，肆意落笔。自古缙绅之家能文妇女，未见如此无顾籍也。

这段评语中述及的李清照再嫁和离婚事，也数被宋人笔记话及，胡仔《苕溪渔隐词话》谓“传者无不笑之”。可见李清照在自己的时代大抵被视为才华出众而行为出格的女子。不过英雄惜英雄，同为济南人、比她晚生半个世纪的辛弃疾就颇欣赏这位女词家，有一天走在博山道上，稼轩兴致勃勃作了一首风景词，称：效李易安体。何为易安体？“用浅近之语，发清新之思”也。易安词的语言多白描，清新自然，且特具融化之功力：无论前人诗句，还是寻常口语，抟揉自如，语如新造，显示了高度的语言自信。而辛弃疾很可能基于家乡情感，尤其是南归后久为“江南游子”，失去北上机会，与李清照南渡后的心境有相通处，遂生出对这位同乡女豪杰的同调相赏之意。

元明清三代李清照的关注热度一路走高，晚明才女文化流行，李清照更成为标本式人物。同其词一道，她和赵明诚知音伴侣式的婚姻受到普遍追慕，有趣的是，在这一背景下，明清人开始纷纷为其洗脱再婚一事，称“为才女洗冤也”。在明末人辑录的李清照词集中，她的作品多出了一倍，其中包括深为今天读者喜欢的《点绛唇·蹴罢秋千》。明清人普遍接受的，是一个灵心蕙质而全然沉浸于爱情中的闺秀才女，是一个才、情完美结合的纯洁偶像，“赌书消得泼茶香”，成了《金石录后序》中被截取出来的最迷人形象。不过，在这样的关注中，也出现了对易安词别具慧眼的评价：

> 男中李后主，女中李易安，即是当行本色。前此太白，故称词家三李。（沈谦《填词杂说》）

> 宋人填词，李易安亦称冠绝，使在衣冠，当与秦七、黄九争雄，不独雄于闺阁也。（杨慎《词品》）

易安倜傥，有丈夫气，乃闺阁中之苏、辛，非秦、柳也。（沈曾植《菌阁琐谈》）

沈谦看到了易安词的当行本色，也即娴熟的艺术技巧和珍贵的自然面貌；杨慎和沈曾植都看到了李清照闺阁面貌后面的雄健之气。

来到今天，你发现李清照的形象在人们心中仍然可以那么不同：她是多愁善感、迎风掉泪的林黛玉？还是勇敢无畏的古代妇女解放先驱？我比较认同美国汉学家艾朗诺的一句话："与流行的形象相比，李清照的真实面貌更为有趣，也更难以捉摸。"（《才女之累：李清照及其接受史》）当你读易安词乃至集中所有作品时，最打动你的是什么？你最喜欢她的哪些作品？须知凡此都会塑造你的那一位"李清照"。而你读得越多，也就越能遇到那个真实的李清照。

第九讲

醉里挑灯看剑：辛弃疾和南渡词坛的雄音

1127年前后，靖康之变发生，宋室南渡，赵宋王朝的历史裂开了一道深深的口子，宋词也因此迎来一次重要转型，词坛涌现了一批雄健的男子汉声音，词在剪红刻翠之外，书写国仇家恨和抗金复土意志，是为南宋抗金词派。这个词家群体中闪耀的旗帜，当推壮岁南归、志在恢复的辛弃疾。

1140年出生的辛弃疾并非抗金词的首倡者，在他前面，民族英雄李纲、岳飞、胡铨都留下了气吞山河的壮词，而张元干、张孝祥更被视为辛派前驱。但出生济南的“秦人”辛弃疾，在1163年率部南归后，毕其一生创作了六百多首词，为两宋词坛第一人。其惊人的原创力来自一代雄杰的宏伟抱负，更来自这抱负与现实阻遏之间形成的巨大落差，“文不得其平则鸣”，辛弃疾豪纵一生的呐喊，发为词章，则“大声鞺鞳，小声铿鍧，横绝六合，扫空万古。自有苍生以来所无”（刘克庄《辛稼轩集序》）。留下卓绝的军事家风采，如后世陈廷焯总结：“稼轩者，人中之杰，词中之龙。”（《白雨斋词话》）

“听铮铮、阵马檐间铁”“要挽银河仙浪，西北洗胡沙”，洵为铁马金戈带出的词坛秋声。一部稼轩词极大冲破了词的既有体式和规矩，其格局、力量、节奏皆非常规词格所可笼罩，甚至往往表现为相反面貌：“于倚声家为变调”，“屹然别立一宗”（《四库全书总目提要》）。但征服了历来读者和词论家。我们读辛词，一方面欣赏其不可一世的英雄气；另一方面，还当体会其如兵法般奇招迭出、横竖烂漫的体式风格。

一　把栏杆拍遍：登临志意

“器大者声必宏，志高者意必远。”（范开《稼轩词序》）登临词为稼轩集中最能体现其英雄志意的作品。

1140 年，辛弃疾出生于金人统治下的济南历城，时为南宋绍兴十年，金天眷三年。他自幼随祖父辛赞“登高望远，指画山河”，心中早早埋下了抗金复国的火种；少年时代更“两随计吏抵燕山，谛观形势”（辛弃疾《美芹十论》）。这种在齐鲁、燕赵之地养成的豪侠之气将伴随辛弃疾一生：1161 年，21 岁的辛弃疾在山东举义抗金；1162 年，作为耿京起义军使节南下和宋廷谈判；1163 年，“壮岁旌旗拥万夫”，率部南下，从此成为南宋主战派最刚健的一员。登高望远、指画山河、谛观形势为辛弃疾豪杰一生的造型，当其志向困厄于现实，这位孤独的英雄便在高处“把栏杆拍遍”，留下一首首悲歌慷慨的壮词。品读辛氏人生不同阶段的登临名篇，可由之一睹其青年时代的英风伟气到烈士暮年的壮心不已，来看看一位英雄与时代的相搏、和历史的对话。

何处登楼？因何登楼？南归之初，辛弃疾留下了两首登建康赏心亭的奇作，分别调寄《念奴娇》和《水龙吟》：

我来吊古，上危楼，赢得闲愁千斛。虎踞龙蟠何处是？只有兴亡满目。柳外斜阳，水边归鸟，陇上吹乔木。片帆西去，一声谁喷霜竹？　　却忆安石风流，东山岁晚，泪落哀筝曲。儿辈功名都付与，长日惟消棋局。宝镜难寻，碧云将暮，谁劝杯中绿？江头风怒，朝来波浪翻屋。（《念奴娇·登建康赏心亭，呈史留守致道》）

楚天千里清秋，水随天去秋无际。遥岑远目，献愁供恨，玉簪螺髻。落日楼头，断鸿声里，江南游子，把吴钩看了，栏杆拍遍，无人会，登临意。　　休说鲈鱼堪脍，尽西风，季鹰归未？求田问舍，怕应羞见，刘郎才气。可惜流年，忧愁风雨，树犹如此！倩何人，唤取红巾翠袖，揾英雄泪！（《水龙吟·登建康赏心亭》）

赏心亭"在（建康城西）下水门城上，下临秦淮，尽观赏之胜"（《景定建康志》卷二十二）。北宋王琪守郡时曾登亭留诗："千里秦淮在玉壶，江山清丽壮吴都。"（邓广铭《稼轩词编年笺注》，页36）辛弃疾登赏心亭却绝难"赏心"。通常认为两首词都作于江阴签判任上。这是辛南归后的第一个职位，驻守长江防线，其上司为建康留守史致道。就在1165年，辛弃疾向孝宗皇帝上了《美芹十论》，细剖宋金形势，力陈恢复大计，可面对的却是朝廷摇摆不定的政策。史致道也是主战派，与辛弃疾上下相得，然因政策变化而面临调离。年轻的辛弃疾一腔热血，满怀忧愤，《念奴娇》劈头一句便作："我来吊古，上危楼，赢得闲愁千斛"。辛能任事，词中也先立起一个当仁不让的"我"——一切俱是主动寻取，"吊古"何为？"危楼"何指？"闲愁"何谓？首三句豪宕中见郁勃，引出下面篇幅。词人登上赏心亭，对着建康城先一问："虎踞龙蟠何处是"？复以自答："只有兴亡满目"。建康乃六朝古都，当年诸葛亮查勘地脉，谓之"钟山龙蟠，金陵虎踞，此帝王之宅"（《太平御览》卷156州郡一引张勃《吴录》）。然放眼金陵王朝，无一不是国祚短暂，难成气候。北宋名相王安石因而有《桂枝香》一词叹曰："念往昔、繁华竞逐，门外楼头，悲恨相续。"辛氏此时处南宋，最痛切的就是苟且偏安，最不屑偏安王朝，心情比王安石又更悲郁，援史为据，话不多说。"兴亡满目"议论既出，垫以江上秋色：斜阳归鸟、木叶萧萧，景物萧瑟，"片帆西去"更将视线引向深远——我们可以留意：辛氏的登临，瞻望方向必朝西北，"西北望长安"是也。萧瑟秋景中笛声响起，音调激越，乃登临者此时心曲，凭江凌风而发。这乐音带出历史深处的另一缕乐音、另一个演奏场景，过片就此切入那一事件现场——谢安的“泪落哀筝曲”，此系本词聚光处。

辛词好用典，吊古更少不了返回历史现场，与历史人物相晤对话。《念奴娇》用谢安典故。谢安为东晋名相，乃历史上的风流人物，也向来是诗词歌赋喜爱描写的对象。风流闲雅的谢安原本隐居东山、放怀丘壑，但为家族和王朝的需要而出仕，主持大局，指挥打赢决定东晋国运的淝水之战，这是彪炳史册的功业——战后却因功名太盛被孝武帝猜忌。此前讲到苏轼《八声甘州》一词也用谢安典。两相比照，恰可以发现苏辛着眼点的不同。苏轼瞩意的是“谢公雅志”，即有慨于谢安晚年身陷复杂朝局，未就东山之志而染病故去；辛弃疾于此则聚焦谢安的忠而被谤，叹息其大业未成。“泪落哀筝曲”一事，关涉另一位东晋名士桓伊。后者为东晋首屈一指的音乐家，也是淝水之战功臣，他用一曲筝歌为谢安打抱不平：

帝召伊饮宴，安侍坐。帝命伊吹笛。伊神色无迕，即吹为一弄，乃放笛云：“臣于筝分乃不及笛，然自足以韵合歌管，请以筝歌。”……伊便抚筝而歌《怨诗》曰：“为君既不易，为臣良独难，忠信事不显，乃有见疑患……”声节慷慨，俯仰可观。安泣下沾衿，乃越席而就之，捋其须曰：“使君于此不凡！”帝甚有愧色。（《晋书·桓伊传》）

“忠信事不显，乃有见疑患。”桓伊唱的是曹植的《怨歌行》，上以谏君王，下以为谢安鸣不平。一向气度沉着的谢安因此感激下泪，越席相谢。试看谢安的遭际和心声，何尝不是此际南宋主战派志士的遭际心声？一阕《念奴娇》，声节慷慨亦必如当年桓伊的筝歌——“使君于此不凡!”辛弃疾于此以桓伊自任乎？此时他纵然官小位卑，但不能不挺身而出、一倾不平之气，更以深沉的忧患警示为政者。“宝镜难寻，碧云将暮”，出语极沉痛：作为军事天才，辛弃疾一生最重视时机，他焦心那面验证忠肝义胆的“宝镜”久未寻到，抗金恢复的良机却在无谓的猜忌中被耽搁了。词收结于激越的高潮：“江头风怒，朝来波浪翻屋”，长江上的滔天风浪，自胸中掀起，也警示了政局。这个结拍的力量亦譬如一句现代诗：“我看见风暴而激动如大海。”（里尔克）

如果说《念奴娇》意在为史致道鸣不平，《水龙吟》一阕则自抒己意，是这位“江南游子”北望家山时的击节悲歌。此词上片状写长江景貌，下片援用历史典故，以分明的结构呈现古今对话，联结眼前景物与历史风云的，正是矗立楼头也矗立于词调中心的主人公——“把吴钩看了，栏杆拍遍”的辛氏本人，一位孤独的英雄。何为英雄眼前之景？何为英雄胸中之事？起调曰：“楚天千里清秋”，旷净、辽远，视野亦胸襟，纵目千里，无遮无挡，便是辛弃疾此刻登楼志意。建康城位置在吴头楚尾，词中但云“楚天”，可见作者视线一意朝向西北。秋水无际，秋山历历，只是献愁供恨，何也？盖志士眼中的山水不唯自然山水，更是山河疆土。此处意涵，同于《念奴娇》的“赢得闲愁千斛”。黄昏景象亦同：“落日楼头，断鸿声里”，苍凉复悲壮，时日之忧与故园之愁泛出，跟着就是这跳脱昂藏的主体形象：“江南游子，把吴钩看了，栏杆拍遍，无人会，登临意”。《念奴娇》的笛音，在这儿换成剑气，奋拔中，却愈见孤独，因为“无人会”。英雄立于高处，独自撑起天地之愁。

因为“无人会”，辛弃疾便要到历史深处去会会：孰为竖子？孰为同调相惜的英雄？下片一气而下，连用三典——词体通常避免出现这种情况，在辛氏笔下意中却是非如此不可。三个典故的主人公分别为张翰、刘备、桓温。“休说鲈鱼堪脍，尽西风，季鹰归未”，反用西晋张翰“西风鲈鱼”事。张翰张季鹰为西晋名士，在洛阳做官，“见秋风起，因思吴中菰菜、莼羹、鲈鱼脍，曰：‘人生贵适意耳，何能羁宦数千里以邀名爵？’遂命驾便归”（《世说新语·识鉴》）。辛弃疾以功业自诩，对张翰的名士做派不以为然。第二典乘势而来，再度强调个人安逸不足道：“求田问舍，怕应羞见，刘郎才气。”典出《三国志·魏志·陈登传》，许汜向刘备抱怨陈登对他的怠慢：“……元龙无客主之意，久不相与语，自上大床卧，使客卧下床。”不料刘备的反应更不客气：

"君有国士之名，今天下大乱，主失所，望君忧国忘家，有救世之意，而君求田问舍，言无可采，是元龙所讳也，何缘当与君语。如小人：欲卧百尺楼上，卧君于地，何但上下床之间耶！"辛词三句十二字概括，斩截有力，让许汜辈成了英雄刘备渺不足道的陪衬。到此正反抑扬，已将心中志意昭示清楚，亦如其一向宣称："功名本是，真儒事"。我们知道幼安一生秉持恢复志向不动摇，故气势雄豪，词亦极见"震顽起懦"的雄杰气。但那股流贯而下的气势，忽然迎来一个顿挫："可惜流年，忧愁风雨，树犹如此"。肆口而出的是词人与一代枭雄桓温的共鸣。典亦见《世说新语》："桓公北征，经金城，见前为琅琊时种柳皆已十围，慨然曰：'木犹如此，人何以堪！'攀枝执条，泫然流泪。"桓温乃东晋霸王般的人物，气格能量不凡，西征北伐皆有建树，但一世豪雄唯对抗不了时间这个命题：时间能让细柳长成巨树，也会拿走英雄豪杰的生命能量。事实上，越是瑰伟不凡之人，越珍惜生命华年，越能触碰到时间这个命题的残酷性。屈原的《离骚》便回环往复贯注着时间命题。辛弃疾器大才高，又以北上恢复为矢志不移的目标，他瞩目的就不仅是生命时间，更有成事的时机，故而时间命题在其身上呈现双倍的紧迫性，一部辛词亦回环往复贯注着时间忧患。在此作中，意志的激流奔腾而下，触到时间这块巨石，迸出滔天巨浪。

任何个体都无法征服时间，卓然的个体唯求在时间长河中留下自己的印迹。辛弃疾当然是这样的人物。他一生的悲剧在于“不得其时”，英雄无用武之地，眼睁睁看着恢复大计付诸东流；他一生的分量则在于始终作个体的坚守，始终昂藏不屈地望向北面神州，英雄暮年仍一次次登上高楼，凭栏处，与江山历史对话，仍然是“壮心不已”。

晚年的辛弃疾迎来又一次驻守长江防线的机会。1203 年，权相韩侂胄谋求北伐，投闲多年的辛弃疾被起用为浙东安抚使，1204 年春改任镇江知府，此时距他南归已过去四十三年！但这是一个怎样的机会？凭借丰富的军事经验，辛弃疾虽断言金国必乱必亡，却认为对金取胜条件尚不成熟，主张不能贸然进取，向宁宗和韩侂胄建议大力从事准备工作，“务为仓促可以应变之计”。他本人到镇江赴任后，立刻布置一系列军事准备工作。写作于这一阶段的两首“登京口北固亭”，分别调寄《南乡子》《永遇乐》，流露出他对时局的看法和揽古思今的苍茫意绪：

何处望神州？满眼风光北固楼。千古兴亡多少事？悠悠。不尽长江滚滚流。　　年少万兜鍪，坐断东南战未休。天下英雄谁敌手？曹刘。生子当如孙仲谋。（《南乡子·登京口北固亭有怀》）

千古江山，英雄无觅，孙仲谋处。舞榭歌台，风流总被，雨打风吹去。斜阳草树，寻常巷陌。人道寄奴曾住。想当年，金戈铁马，气吞万里如虎。　元嘉草草，封狼居胥，赢得仓皇北顾。四十三年，望中犹记，烽火扬州路。可堪回首，佛狸祠下，一片神鸦社鼓。凭谁问：廉颇老矣，尚能饭否？（《永遇乐·京口北固亭怀古》）

北固亭在京口北固山上，为晋蔡谟所筑，因北临长江，又称北顾亭。北固、北顾，都深有意味。乍读这两首作品，你是否发现起调处与前两首“登赏心亭”显著的不同？同为登临送目，老英雄眼中落下的不复具体景物，而是“神州”和“千古江山”。这是岁月的力量，是幽燕老将与新丰少年的区别：年轻时纵览山河，收进一幕幕景象，待沧桑暮年，这些景象早已融为一片心象，融成那唯一而永恒的风景。《南乡子》一阕，细节消失，只有历史奔流：“千古兴亡多少事？悠悠，不尽长江滚滚流”。“不尽长江滚滚流”径用杜甫《登高》句，沧桑世变中，看山川宇宙历史变迁，大抵都会收获如此苍茫意绪吧。你再仔细品品，便能发现两作意涵颇近苏轼《念奴娇·赤壁怀古》，用笔如椽，将山川历史熔于一炉，浑灏激荡，化入化出，一片神行。《永遇乐》开头堪视为东坡杰作的呼应和续写：“千古江山，英雄无觅，孙仲谋处。舞榭歌台，风流总被，雨打风吹去”。四字句连叠而下，一句一顿，收于入声韵，沉雄激楚。将《南乡子》和《永遇乐》合观，即是“大江东去，浪淘尽，千古风流人物”。同为胸怀天下、放眼历史的登高者，苏辛之精神联结和词作承续，可见一斑。

但与苏轼的文人身份相比，辛弃疾更靠近军事家角色，他纵览历史，尤瞩目于与军政相关的功业成败与盛衰兴亡（东坡更属意于生命的丰满和价值实现）。我们看到，两词都提到一个三国人物：孙权孙仲谋。孙权十九岁继父兄业为东吴主公，曾建都京口，这个历史人物有何特质？《南乡子》下片，借用了赤壁之战前夕曹操对孙权的评价，赞美其少年英主的刚勇决断：“年少万兜鍪，坐断东南战未休。天下英雄谁敌手？曹刘。生子当如孙仲谋”。《永遇乐》开篇，再度将孙权置于历史坐标上的崇高位置，谓之千古难觅。此处的断句似可两解：一解为难觅孙仲谋这样的英雄；二解为天下英雄难觅孙仲谋这样的主公。暮年辛弃疾回顾平生事业，万般感慨系于不曾遇到一个如孙权般明断刚决的主公。当北伐口号再度提起时，孙权这个名字既意味着一种渴盼，也透露出对当下南宋主政者的疑虑。

因此，《永遇乐》接应《南乡子》，若激切的复调重弹，更以长调篇幅将话题导向深入。辛弃疾再度登上北固楼——心系北伐，以史为鉴，他还有很多话要说。孙权以下，他又将目光投向南朝刘宋刘裕。刘裕世居京口："斜阳草树，寻常巷陌，人道寄奴曾住"。历史的画面从夕阳下那片苍茫草树浮现，仍然生机凛凛："想当年，金戈铁马，气吞万里如虎"。刘裕一世英豪，西征北伐，收复洛阳、长安二都，那气吞万里之势真是照亮了山河历史。词的上片仿佛笼着太阳的光轮。然至下片换头，一个反跌，光轮黯灭，我们看到刘裕的儿子刘义隆登场："元嘉草草，封狼居胥，赢得仓皇北顾"。宋文帝刘义隆好大喜功，听信王玄谟的北伐陈说，"有封狼居胥意"（《宋书·王玄谟传》），仓促北伐，不但未取得事功，反而招致北魏太武帝拓跋焘大举南侵，国力因之大损。此再度就北固/顾亭切题也。然，"元嘉草草"，仅就七百多年前的刘宋发议论吗？吊古自为伤今，画面迅速切换到四十三年前那幕景象："烽火扬州路"。那是辛弃疾亲历且耿耿难忘的历史：完颜亮大举南侵而身死瓜州渡，宋金交战的烽火燃遍江北，青年辛弃疾冲破烽火乘势南归。可叹隆兴北伐草草收场，南宋失去了最好的一次收复时机。历史无情地翻过，江对岸的佛狸祠早已成了百姓祭祀之所。然而北望扬州，词人的眼前仍久久燃烧着四十三年前的火光，那灼热的愿望从未在他心中熄灭，此时也正映照无情的现实，词收结于一声仿佛从地心深处涌起的叩问："廉颇老矣，尚能饭否"。廉颇这位战国时代的赵国大将成了辛弃疾最后的自况，揭示他内心强烈的预感：正如忠勇的廉颇遭受诋毁而被弃用于赵王，自己或许也面临同一条英雄末路吧。

登高临远的辛弃疾仿佛拥有如炬眼光，北固亭上的他望到了自己的命运，也预测到了开禧北伐的结局。开禧元年（1205），辛弃疾被韩侂胄论劾调离镇江，两年后在铅山赍志以殁。贸然北伐的韩侂胄，也付出了身死名裂的代价。一阕《永遇乐·京口北固亭怀古》，是英雄暮年的慷慨悲歌，为历史的悲情见证。

辛弃疾的登临怀古词，艺术风格也极为鲜明。首先是好用典、大量用典。据岳飞之孙岳珂《桯史》记，他曾向辛弃疾提出《永遇乐》“微觉用事多耳”，辛弃疾答曰“君实中予痼”，试图进行修改，然“累月犹未竟”（《桯史·稼轩论词》）。这则记录不知是否可靠，今天我们读到的词作仍同于岳珂引用的原初面貌。对辛词用典，历代论家看法不同。常规观点是词以应歌，当节制用典，避免晦涩难懂。然苏辛都打破了这个规则，辛弃疾尤其百无禁忌。究其因是言志带来的必然面貌。杨慎《词品》谈及《永遇乐》一词说：“谓此词用人名多者，当是不解词味。辛词当以‘京口北固亭怀古’《永遇乐》为第一。”明代沈际飞和卓人月也都对辛氏用典表达了肯定：“典故一经其手，正不患多。”（明代卓人月《古今词统》）我以为用典之于辛弃疾，恰如兵法的借兵与用势，体现辛词特有的视野、格局和力道。与之相应的另一个特点为上述词章音节顿挫。辛弃疾充分利用了词调的长短句句式，所作多仄韵，连续短句，数步一折，似击节而歌，形成铿锵顿挫、有金石声的效果，对应情感的郁勃与激昂，总体呈现沉郁顿挫风貌。

下面再欣赏一首辛弃疾仕闽时期的作品。出任福建路提刑和安抚使，是辛弃疾两段漫长乡居生涯中间的短暂出仕。这位生机如虎的英雄，生命能量和意志仿佛被时势束住了，然而仍肆力上下突围，过南剑双溪楼，对着“峡束苍江”地势，上揽苍穹，下窥深潭，借斗、牛双剑传说，表达“倚天万里须长剑”的剑气雄心。词脉如蛟龙起伏，起调高举飞扬，忽而幽深冷峭，忽而风雷骤起，收于感慨苍茫，诚为登临作中的奇篇：

举头西北浮云，倚天万里须长剑。人言此地，夜深长见，斗牛光焰。我觉山高，潭空水冷，月明星淡。待燃犀下看，凭栏却怕，风雷怒，鱼龙惨。　　峡束苍江对起，过危楼，欲飞还敛。元龙老矣！不妨高卧，冰壶凉簟。千古兴亡，百年悲笑，一时登览。问何人又卸，片帆沙岸，系斜阳缆？（《水龙吟·过南剑双溪楼》）

词中典故据《晋书·张华传》：晋尚书张华见斗、牛二星间有紫气，问雷焕，曰：是宝剑之精，上彻于天。后焕为丰城令，掘地，得双剑，其夕，斗牛间气不复见焉。焕遣使送一剑与华，一自佩。华诛，失剑所在，焕卒，其子华持剑行经延平津，剑忽于腰间跃出堕水，化为二龙。

经过南剑延平津的辛弃疾，有意会会神奇的双龙宝剑。“举头西北浮云，倚天万里须长剑”，栏杆拍遍处，英雄惟渴望拔剑一试，挥去浮云。

二　醉里挑灯看剑：一个人的中宵舞

对着一部稼轩词，我们很难想象，词中之龙辛弃疾，其南归后一半岁月，即四十三岁往后的近二十年，都被投闲置散，在江西铅山过着田园乡居生活，“却将万字平戎策，换得东家种树书”。这真是造化弄人：苏东坡一生说着归去，事实上从未归去；而辛幼安一生说着杀敌，倒不得已归去成了“稼轩”。

我们同时感到惊诧的是：退居田园二十年，竟不曾磨平辛弃疾的意气，他仍然像一位没有解下盔甲的将军，随时对酒谈兵、挑灯看剑，“检校长身十万松”。在山水清幽的带湖、瓢泉别业，赋出的却每每是“沙场秋点兵”这般壮词。一部稼轩词，这是最令人称奇叹异处。下面我们将品读的作品，即来自稼轩的铅山岁月，却皆为不折不扣的豪放词。不甘平庸的英雄本色，英雄失志的牢塞抑郁，发诸词章，壮阔跌宕，每每将我们带入那激情的现场，领略他自导自演的独角戏。

壮岁旌旗拥万夫，锦襜突骑渡江初。燕兵夜娖银胡䩮，汉箭朝飞金仆姑。　追往事，叹今吾，春风不染白髭须。却将万字平戎策，换得东家种树书。（《鹧鸪天·有客慨然谈功名因追念少年时事戏作》）

醉里挑灯看剑，梦回吹角连营。八百里分麾下炙，五十弦翻塞外声，沙场秋点兵。　马作的卢飞快，弓如霹雳弦惊。了却君王天下事，赢得生前身后名。可怜白发生！（《破阵子·为陈同甫赋壮词》）

《鹧鸪天》写记忆，以记忆反衬现实。每个人记忆中都有一个焦点，往往系之平生得意事。苏轼是“当时共客长安，似二陆翩翩俱少年”，李清照当是坐归来堂烹茶，即纳兰发挥的“赌书消得泼茶香”。记忆不仅浮现当初的快意，也照见期许中的那个自我。就“家本秦人真将种”的辛弃疾而言，记忆焦点落在那燃烧的烽火岁月，那从血与火当中冲出来的青春自我——担任耿京义军掌书记南下谈判，有如苏秦陈说合纵大略：“季子正年少，匹马黑貂裘”；嗣后率五十人小队奔袭五万人大营，活捉叛徒张安国绑于马背，率部浩荡南归：“壮岁旌旗拥万夫，锦襜突骑渡江初”。在那场生死较量中，年轻的辛弃疾以胆魄和速度取得了胜利。到南宋朝廷，其壮声英慨的陈说一时砭顽起懦：“懦士为

之兴起，圣天子一见三叹息。”（洪迈《稼轩记》）

少年英雄乃辛弃疾人设，亦素来天赋异禀者自期，常人汲汲以求的功名，天才只道探囊取物也。犹后世文坛传奇张爱玲名言“成名要早”。辛弃疾之名虽与字“幼安”合，或亦取意于汉骠骑将军霍去病，霍十八岁拜骠骑将军，破匈奴取祁连、封狼居胥，虽二十四岁即英年早逝，却坐稳中国历史上不可撼动的战神位置。辛弃疾生于靖康之变后的北方金人辖区，祖父辛赞未及率族南渡，唯将雪耻恢复的种子播入子孙后辈心中。辛弃疾衔使命而诞，伺时机而出，在金人统治区的成长背景成为他投身恢复事业的巨大优势，他敏锐识察“风雨佛狸愁”，乘势出击，兵贵神速，可叹他作为军事家的推进受阻于南宋朝堂政治——不谙政治权谋、“刚拙自信”似乎又为其劣势——《十论》《九议》的锋芒与韬略，在政治世界的重重机关中无法突围，失去了用武之地。这位不可一世的豪杰不得不忍受志意一再蹉跎：“却将万字平戎策，换得东家种树书”。

时不我与，但英雄亦不改本色。《破阵子》写的就是耿耿在怀的英雄梦。该调出自唐大曲《秦王破阵乐》，原大曲歌颂唐太宗李世民讨伐四方的武功，激越雄壮，但《破阵子》词牌下的名作，如李煜的“四十年来家国”，写亡国记忆，与“破阵”根本是反义；又如晏殊的“燕子来时新社”，写太平时世春和景明，有如春光的破阵子。唯辛弃疾此调豪壮，与原曲声情相合。可慨者，乃梦中破阵。

“醉里挑灯看剑，梦回吹角连营”，起调对句极壮，但以“醉里”“梦中”出，则豪壮中蕴牢落。醉与梦，合力揭示被现实压抑的内在理想。小晏有对句：“梦后楼台高锁，酒醒帘幕低垂”，亦用梦、酒相对。李煜云：“梦里不知身是客，一晌贪欢”，又云：“醉乡路稳宜频到，此外不堪行”，也是潜向醉、梦世界。小晏句，落魄公子的缠绵也；李煜句，亡国之君的悲切也。梦与酒映出的俱是真实心象与自家面目。稼轩此处为英雄的牢落与不甘：借酒开张、以梦为马，故将军举起了宝剑，回到他熟悉的战场。军乐响起、热血燃烧，进行曲激昂雄壮，冲锋号痛快淋漓……

“八百里分麾下炙，五十弦翻塞外声”，此对句以倒装修辞，“八百里”“五十弦”作为宾语提前。“八百里”是一头被主人王恺宝爱的牛，蹄角晶莹，所谓“骏物”也，却被王武子以射箭快赌赢下，探其心，炙其肉（典出《世说新语·汰侈》）。此处形容将士们在军旗下歃牛血为盟、挥刀炙牛肉，自是沙场上特有的豪酣。“五十弦”指军乐，悲壮粗犷，非寻常音乐，典出《史记·封禅书》：“太帝使素女鼓五十弦瑟，悲，帝禁不止，故破其瑟为二十五弦。”合“八百里”“五十弦”，以非常物事、非常状态，强调“沙场秋点兵”视死如归的勇气与决心。有此勇决，方能一举成事。

犹如战役打响，间不容发，过片承接上片，一鼓作气：“马作的卢飞快，弓如霹雳弦惊。了却君王天下事，赢得生前身后名”，的卢马系刘备骑过的烈性快马，霹雳以惊雷喻弓弦声之响捷。犹如往时的“燕兵夜娖银胡觮，汉箭朝飞金仆姑”——辛弃疾深知一场奇袭要的是速度，赢下恢复事业更需势如破竹的矫捷斗志。此词名称、意象，无不突出节奏气势。这一路高歌猛进至“了却君王天下事”两句到达顶峰，词人的激情和想象力也来到高潮，却就在这高潮处陡然坠落，跌回现实：“可怜白发生”。

《破阵子》题作“为陈同甫赋壮词”，邓广铭笺注系于淳熙十五年（1188）冬与陈亮唱和诸词（即《贺新郎》数首）后，也就是鹅湖之会后。亮字同甫，号龙川，“才气超迈，喜谈兵事”，力主抗金，为辛弃疾志同道合的挚友，也是豪放词家。辛弃疾退居带湖时，陈亮的过访重燃了他的激情，这幕自导自演的戏剧便呈给别后的陈亮——唯这位知己会得其中的壮慨悲思。

下面这首《八声甘州》则借史言志。一个平常夜晚，辛弃疾挑灯夜读《李广传》，“不能寐”，李广附身的他填写了此词：

故将军饮罢夜归来，长亭解雕鞍。恨灞陵醉尉，匆匆未识，桃李无言。射虎山横一骑，裂石响惊弦。落魄封侯事，岁晚田园。　　谁向桑麻杜曲，要短衣匹马，移住南山？看风流慷慨，谈笑过残年。汉开边、功名万里，甚当时、健者也曾闲。纱窗外、斜风细雨，一阵轻寒。（《八声甘州·夜读〈李广传〉，不能寐。因念晁楚老、杨民瞻约同居山间，戏用李广事，赋以寄之》）

灞陵尉不识李广，但李将军闻名天下，桃李不言下自成蹊。他当年在南山射虎，把石头都射裂了，如此神力几人能有？这样的英雄却得不到封侯，晚年落魄还乡，闲居田园。谁要向杜曲闲种桑麻？“我”只想短衣匹马，到南山学李广射虎，争一个风流慷慨、谈笑快意的晚年。汉代的开边事业是伟大的，可为什么像李将军这样建立过奇功的健者却被赋闲置于乡里？正思考着这个问题，纱窗外起了斜风细雨，送进来一阵轻寒。

此词以酒带出的意兴开篇，以风雨送进的微寒收结。辛弃疾这位健者，一面调侃了友人的山居邀约，声称自己还想南山射虎，渴望着一朝平戎万里；另一面，却在沉思古往今来英雄命运时感到“一阵轻寒”。这是冷热的又一相搏。

说剑论诗、醉舞狂歌燃烧着老英雄不甘平静的乡居岁月：

老大哪堪说……我最怜君中宵舞，道男儿到死心如铁，看试手，补天裂。（《贺新郎》）

说剑论诗余事，醉舞狂歌欲倒，老子颇堪哀。白发宁有种？一一醒时栽。（《水调歌头》）

宋光宗绍熙三年（1192），辛弃疾起为福建路提刑和安抚使，复于绍熙五年（1194）被劾落职，自此开始了第二阶段近十年的乡居生涯，是为瓢泉阶段。因为带湖别业失火，他在瓢泉新筑庄园。一向看不上“求田问舍”的辛弃疾，似乎终于动了卜筑之兴，“喜草堂经岁，重来杜老；斜川好景，不负渊明”（《沁园春·再到期思卜筑》）。但一转头，却又留下这样一首奇作：

叠嶂西驰，万马回旋，众山欲东。正惊湍直下，跳珠倒溅；小桥横截，缺月初弓。老合投闲，天教多事，检校长身十万松。吾庐小，在龙蛇影外，风雨声中。　争先见面重重，看爽气朝来三数峰。似谢家子弟，衣冠磊落；相如庭户，车骑雍容。我觉其间，雄深雅健，如对文章太史公。新堤路，问偃湖何日，烟水蒙蒙？（《沁园春·灵山齐庵。时筑偃湖未成》）（1196）

将军回到田园，他没了兵马，便将眼前的群山想象为回旋奔驰之万马，将湍急水面上的拱桥视作刚刚张开弦的一把弓。再抬眼巡视周遭，将迎面长松收编为十万战士，开始检阅起其军容是否整肃威武。这便是回到田园的将军，这便是辛老子闲极寂寞时一个人的戏码——庄严又悲凉。

此词下片，换了副笔墨写山，写与灵山的相赏相悦，把青山充分人格化了——眼前三座山峰，一大清早就争先恐后和他辛弃疾见面，他用爱悦欣赏的目光打量它们，连下三个比喻："似谢家子弟，衣冠磊落；相如庭户，车骑雍容。我觉其间，雄深雅健，如对文章太史公"。注意，这里词人别开一境，从上片的军事家视角转换为历史书写者眼光，直取磊落雍容的才调气度和雄深雅健的胸襟学问，表达对瑰伟气貌和人格的推许。然词的上下片收束处反复道以忧思："吾庐小，在龙蛇影外，风雨声中""新堤路，问偃湖何日，烟水蒙蒙"，在辛弃疾心底，这卜筑事业终究是渺小的，它镶嵌在现实风雨的烟笼雾罩中。又或者，借着青山的伟岸，衬出了一庐之小。辛弃疾向往的始终是前者。

三　更能消几番风雨：怨悱传统的运用

“可惜流年，忧愁风雨。”现在我们来关注词人笔下的风雨春天，此为稼轩集中不可忽视的景象。一代雄杰辛弃疾，站在时间的激流中，充分借用了楚辞的怨悱传统，来倾诉对他生命中“春天”的热切情思和深长憾恨。

春已归来，看美人头上，袅袅春幡。无端风雨，未肯收尽余寒。年时燕子，料今宵梦到西园。浑未办、黄柑荐酒，更传青韭堆盘？　却笑东风，从此便薰梅染柳，更没些闲。闲时又来镜里，转变朱颜。清愁不断，问何人会解连环？生怕见花开花落，朝来塞雁先还。（《汉宫春·立春日》）

家住江南，又过了、清明寒食。花径里、一番风雨，一番狼藉。红粉暗随流水去，园林渐觉清阴密。算年年、落尽刺桐花，寒无力。　庭院静，空相忆。无处说，闲愁极。怕流莺乳燕，得知消息。尺素如今何处也？彩云依旧无踪迹。谩教人、羞去

上层楼，平芜碧。（《满江红·暮春》）

上面两首，一写“立春日”，一写“暮春”，可接续而读。《汉宫春》被邓广铭列为编年集中的第一首，作于辛弃疾南归之初，借立春这一节气道出时局紧迫感，怡然美好的节令风俗和动荡不宁的情绪在词中形成对照，让我们看到有志者的时间概念与寻常人迥然不同。“春已归来”，这是自警也为警示，召唤对时序的回应，“无端风雨，未肯收尽余寒”，忧心形势与时间的相违。“年时燕子，料今宵梦到西园”，幽婉道出对故土乡园的牵念，情感催迫志向。“清愁不断，问何人会解连环”，叩问实现恢复之志的现实路径。结拍“生怕见花开花落，朝来塞雁先还”，以雁对应上片的燕，警觉于春秋代序，时不我待也。从这首词开始，我们发现辛弃疾写春天必写风雨，春天与风雨成为对立命题，风雨是摧花辣手，是春天的威胁。

“生怕见花开花落”，雄豪如辛弃疾，面对春天却屡番发出这般声音。《汉宫春》中立春当日态度——“浑未办、黄柑荐酒”的游子情怀，和日后元宵词《青玉案》中的“那人却在、灯火阑珊处”，皆透露出南归人辛弃疾的别有怀抱，他不能投入岁时节日的庆祝中，做不到“直把杭州作汴州”。他紧紧盯着眼前的春天，一如昔日的屈子，“恐鹈鴂之先鸣，使夫百草为之不芳”。

然而，春天毕竟是被辜负了。“家住江南，又过了、清明寒食”，《满江红·暮春》为闺怨词类型，而无处不照应着词人自身的身份与心境，起调三句，时空别具意味：江南是地理符号，清明寒食为时间标志。当北人辛弃疾提到“江南”，必然含有一番自我追问：留在北面的家山和他所衔负的使命。然而，寒食清明过了，他再度面对“一春虚度”的现实，即恢复之志的蹉跎。“花径里、一番风雨，一番狼藉”，谓风雨摧花，直至落花流水。“算年年、落尽刺桐花，寒无力”，形势非由意志可扭转也。词人深潜于他的悲哀和寂寞中：他能向何人诉说心事呢？“无处说，闲愁极”，他还能盼到渴望的讯息吗？“彩云依旧无踪迹”，于是空有一腔抱负的词人，面对又一个春天的流逝，内心惶迫竟至“羞去上层楼”。

我们仍可以把《满江红·暮春》还原成一首典型闺怨词：一个闲庭深院中的幽独女子，和其忆念的世界暌违，眼睁睁看着春光离去。中国古典诗歌具有深厚的伤春传统，“香草美人”的兴托怨悱，使这一主题兼具生命意涵与道德意涵，闺阁美人的伤春与豪杰志士的伤志无疑具有心理同构性，都是对理想自我的追寻、对生命价值的坚守，英雄美人的世界可以互通。婉约词正是在这一向度增加了文体魅力，苏、辛等豪杰之士，皆能借美人心肠，写出寄意深幽、芬芳悱恻的佳作。

下面的《摸鱼儿》和《祝英台近》两首，继续在“伤春”主题深入，为辛氏“芬芳悱恻”名篇，周济概括为“敛雄心，抗高调，变温婉，成悲凉”：

更能消、几番风雨，匆匆春又归去。惜春长怕花开早，何况落红无数。春且住，见说到，天涯芳草无归路。怨春不语。算只有殷勤，画檐蛛网，尽日惹飞絮。　　长门事，准拟佳期又误。蛾眉曾有人妒。千金纵买相如赋，脉脉此情谁诉？君莫舞，君不见、玉环飞燕皆尘土！闲愁最苦。休去倚危栏，斜阳正在，烟柳断肠处。（《摸鱼儿·淳熙己亥（1179），自湖北漕移湖南，同官王正之置酒小山亭，为赋》）

宝钗分，桃叶渡，烟柳暗南浦。怕上层楼，十日九风雨。断肠片片飞红，都无人管，更谁劝流莺声住？　　鬓边觑。试把花卜归期，才簪又重数。罗帐灯昏，哽咽梦中语：是他春带愁来，春归何处？却不解带将愁去。（《祝英台近·晚春》）

同一位作者的作品集中往往能见到复调重奏，那并非艺术的无谓重复，乃披示最殷切的心声。“更能消、几番风雨”不正同于“可惜流年、忧愁风雨”？然添上“几番”，复添上“匆匆春又归去”，愈见岁月惊心动魄之力和人心所经受的煎熬。“惜春长怕花开早，何况落红无数”，两句中却有百转千回之意，堪称同类主题的绝唱，与东坡《洞仙歌》的“但屈指，西风几时来，却不道，流年暗中偷换”，复可并称伤春悲秋双绝——豪者并非一味向外，那内部的丘壑亦自不凡。甚至不妨说，气象有多雄大，情感就有多深邃。时间在不同人那里有着不同的意味和度量，在《摸鱼儿》这首春词中，辛弃疾将时间之弦绷到了最敏感的程度，也将主体之情切与现实之无情做了最惊心动魄的对比。到下片，引入汉武帝陈皇后典，将有情无情之对立推向高潮。美人的失意对应英雄的失志：“千金纵买相如赋，脉脉此情谁诉”。然于芊绵中忽见跌宕，愤懑的英雄气仿佛从背幕后跳出来：“君莫舞，君不见、玉环飞燕皆尘土”。自后“闲愁”“倚栏”，一读即知为辛氏典型面目。

《祝英台近》亦如《摸鱼儿》，借美人离忧言英雄失志，抚剑的壮士，一变为命运面前忧伤的美人：“试把花卜归期，才簪又重数”，命运未可知，等待犹煎熬。辛词何以好写美人？因英雄美人皆卓然于众人之上，却都对抗不了时间的力量。此调为令词，较上作更觉缠绵，如上片写落花：“断肠片片飞红，都无人管，更谁劝流莺声住”，结拍收以女子梦中语：“是他春带愁来，春归何处？却不解带将愁去”。借用心理同构说，美人的缠绵即是英雄的郁结，而辛弃疾心中的春天——如我们所知——永远指向那特定的目标和憧憬：“平戎万里”，“西北洗胡沙”，“了却君王天下事”。

于是，风雨侵凌，成了辛弃疾笔下春天恒常的面貌：

无端风雨，未肯收尽余寒。（《汉宫春·立春》）
一番风雨，一番狼藉。（《满江红·暮春》）
更能消、几番风雨？匆匆春又归去。（《摸鱼儿》）
怕上层楼，十日九风雨。（《祝英台近·晚春》）

以上四阕均出自辛弃疾前半生。到他晚年，还有一首“章法绝妙”（王国维语）的《贺新郎》，以春归写别情，用世间美人英雄故事痛说“芳菲都歇”，从而道尽理想失落的孤独与沉痛：

绿树听鹈鴂，更那堪、鹧鸪声住，杜鹃声切。啼到春归无寻处，苦恨芳菲都歇。算未抵人间离别。马上琵琶关塞黑，更长门，翠辇辞金阙。看燕燕，送归妾。　　将军百战声名裂，向河梁、回头万里，故人长绝。易水萧萧西风冷，满座衣冠似雪，正壮士悲歌未彻。啼鸟还知如许恨，

料不啼清泪长啼血。谁共我，醉明月！（《贺新郎·别茂嘉十二弟》）

此词略去当下别离细节，而纯以自然意象和历史形象结构全篇，两种意象皆密集而出，又相互击撞。起调叠用三种鸟声，反复陈说春归之苦恨：鹈鴂为屈原《离骚》标志性时间意象，洪兴祖引《禽经》注“鹈鴂鸣而草衰”；鹧鸪啼声近似“行不得也哥哥”，古人用以致挽留意；杜鹃啼叫为暮春标志，传说中蜀帝杜宇关心百姓，死后犹化鹃提醒春耕。就在鸟的悲切鸣声中，一转至“人间离别”，连用五个典故，包揽历史上美人英雄最凄怆的别情。其中上片三典写美人：昭君出塞，陈皇后发配冷宫，庄姜送别燕燕（出《诗经·邶风·燕燕》）；下片二典写志士英雄：苏武和李陵之别，荆轲与高渐离之别。这些别离无一不牵涉着政治场域的复杂事态，也无一不是永诀，它们涵盖了人世间至深怅恨，呈现了卓异人物的悲情命运，“壮士悲歌未彻”。鸟叫声再度起来，和人类世界交响共鸣，“料不啼清泪长啼血”。就这样，借助自然和历史的双重力量，辛弃疾传递出此时此刻的激荡情怀。

据考证，稼轩族弟茂嘉此番别去为“赴桂林官”，粗视之亦不过寻常离别，然于此际稼轩而言：一者身边同志凋零，二者年华老去，当初勠力同心南下共谋恢复，谁料时势推迁，志业竟至渺茫！故有永诀之悲。结拍“谁共我，醉明月”，道出芳草衰歇、明月独吊的无限悲凉之意。

陈世骧曾论屈原《离骚》创造了诗的时间：“它剖白人类所有的心绪，居于最深刻的人类的焦虑中，与人类在时光之流中面临的‘存在’、‘自我身份’问题相搏斗；如此，它始创了诗的时间（poetic time）。那是经过洗礼的时间，它的蕴含炼造为诗的意象，因此称之为诗的时间。”（《中国文学的抒情传统》，页 172）朝夕、日月、春秋、芳草、美人皆为屈原用来刻画时间、寄托主体情志的诗歌意象，而同为才能和精神的卓异者，辛弃疾接续了屈原的兴托传统，他咏叹的春天，正是生命激流中经过洗礼的时间。

四　停云风味：与万物对话

“不念英雄江左老，用之可以尊中国。”纵然有着和屈原一样的孤绝志意，漫长的乡居生涯，却也使得辛弃疾在人格中发展出陶渊明的一面，他自号“稼轩”，乡居词每引渊明为同调。辛词提到陶渊明的有三十多首，其中与《停云》意象相关的就有十首出头。《声声慢》一阕完整隐括了渊明四言诗《停云》：

> 停云霭霭，八表同昏，尽日时雨蒙蒙。搔首良朋，门前平陆成江。春醪湛湛独抚，恨弥襟，闲饮东窗。空延伫，恨舟车南北，欲往何从。　叹息东园佳树，列初荣枝叶，再竞春风。日月于征，安得促席从容。翩翩何处飞鸟，息庭树，好语和同。当年事，问几人、亲友似翁。（《声声慢·隐括渊明停云诗》）

渊明原诗序曰：“停云，思亲友也。”一个时雨蒙蒙的春日，诗人静寄东轩，春醪独抚。在对远方友人的思念中，体味着深长的寂寞。又在深永的寂寞中，敞开襟怀接应春天生机勃勃的万物。《停云》有着复杂的情绪，我们可以推测：那个因八表同昏、道路阻隔而无法前来的亲友，或许未必是具体的哪个人，而更近于诗人意念中的知己——越是独特的灵魂越强烈地呼唤着知己。乡居中的稼轩寂寞同于渊明，那团停在半空中的云，象征了对际遇的审视和命运沉思，故而反复出现：

停云高处、谁知老子，万事不关心眼。（《永遇乐》）

一尊遐想，剩有渊明趣。山上有停云，看山下、蒙蒙细雨。（《蓦山溪》）

更拟停云君去，细和陶诗。（《婆罗门引》）

停云老子，有酒盈樽，琴书端可销忧。（《雨中花慢》）

且饮瓢泉，弄秋水，看停云。（《行香子》）

孤独的灵魂可以发展出丰足的自我世界。宋代士大夫之推崇陶渊明，即因陶诗及反映的人格“质而实绮，癯而实腴”（苏轼论其诗，亦可以此视其人），也因渊明恬淡之外“其实豪放”（朱熹语。清代的龚自珍继承了这种说法，有诗云“想见停云发浩歌”）。在个体人生的探索和建构中，陶诗的贡献之一在于捕捉存在的瞬间，发现并肯定日常生活的诗意，这为后世士大夫示范了超迈风流的精神世界和朴素自足的生活方式，传统田园题材的写作里贯穿着渊明精神。南宋田园诗大盛，田园词则经北宋苏轼的著其先鞭，到辛弃疾手下进一步开拓发展，事实上，稼轩堪称田园词的第一写手：

茅檐低小，溪上青青草。醉里吴音相媚好，白发谁家翁媪？　大儿锄豆溪东，中儿正织鸡笼；最喜小儿无赖，溪头卧剥莲蓬。（《清平乐·村居》）

明月别枝惊鹊，清风半夜鸣蝉。稻花香里说丰年，听取蛙声一片。　七八个星天外，两三点雨山前。旧时茅店社林边，路转溪桥忽见。（《西江月》）

乡村风情、田园风光，娓娓道来，简朴亲切。一户农家的平居图，有声有色，端然清平之乐；一次乡间小路的夜行，耳得目遇，无不清惬美好。这是另一个辛弃疾。那根大气力的词笔，点染起寻常物事也能信手拈来，妙语天成。那颗万里平戎的心，间歇也会松弛下来，纳入身边万物活泼的机趣。而因了那股压抑不住的能量，辛氏田园词往往有着独一份的幽默感，戏谑调侃，随机触发，万物无不可对话。早在第一次隐居带湖时，辛弃疾就写了首盟鸥词，盟鸥笑鸥，戏谑成章，牢骚与放达皆在那谐趣中：

带湖吾甚爱，千丈翠奁开。先生杖屦无事，一日走千回。凡我同盟鸥鹭，今日既盟之后，来往莫相猜。白鹤在何处，尝试与偕来。　　破青萍，排翠藻，立苍苔。窥鱼笑汝痴计，不解举吾杯。废沼荒丘畴昔，明月清风此夜，人世几欢哀。东岸绿阴少，杨柳更须栽。（《水调歌头·盟鸥》）

又如江弱水言，乡居的辛弃疾像极了一个退休“老干部”，他闲下来了，可毕竟闲不住，百无聊赖中自娱自遣，背着手在村庄四处踱步，东看看西瞧瞧：

松冈避暑，茅檐避雨，闲去闲来几度？醉扶怪石看飞泉，又却是、前回醒处。　　东家娶妇，西家归女，灯火门前笑语。酿成千顷稻花香，夜夜费、一天风露。（《鹊桥仙·己酉山行书所见》）

连云松竹，万事从今足。拄杖东家分社肉，白酒床头初熟。　　西风梨枣山园，儿童偷把长竿。莫遣旁人惊去，老夫静处闲看。（《清平乐·检校山园书所见》）

“东家娶妇，西家归女”“西山梨枣山园，儿童偷把长竿”，这些最日常的乡村景观，在辛老子眼中倒也饶有滋味，所以“老夫静处闲看”。不过，这个可爱的东张西望的老干部，胸中到底不脱峥嵘气象，“怪石飞泉”“连云松竹”，就如那个磊落不平的自我一再冒出头。醉醒醒醉，往返于奇崛与平和两种完全不同的情绪中，构成这类田园词特有的张力。

在辛氏田园词中，我们经常看到作者努力按捺住自己那颗龙腾虎跃的心，去欣赏太平风物。与陶渊明不同，乡居的辛弃疾没有衣食之虞、农事之艰，他置身于传统士大夫向往的田园诗中，且亦有交接万物的诗人心性：一丘一壑、花草禽鱼，逐一品赏而来，以万象为宾客，机趣盎然地交谈。然而，这份安适生活给了一个在精神上最不甘于安适的人，那胸中郁勃常常平地而起，给眼前物象投上了情绪和人格色彩：

红莲相倚浑如醉，白鸟无言定自愁。（《鹧鸪天·鹅湖归病起作》）

城中桃李愁风雨，春在溪头荠菜花。（《鹧鸪天》）

此正王国维《人间词话》所论“有我之境，以我观物，故物我皆著我之色彩”。红莲如何醉？白鸟如何愁？醉与愁恰为稼轩周而复始往还的两种状态：“书咄咄，且休休”的心事和归于徒劳的排解。而“城中桃李愁风雨”嵌在一幅清新明丽的田园画卷中，属于别有意味的一笔，折射出稼轩难以磨灭的用世心和对时局的冷眼观察。当进一步释放出内心的醉意，他更写出这样的词：

昨夜松边醉倒，问松“我醉何如”？只疑松动要来扶，以手推松曰“去”。（《西江月·遣兴》）

不管多么努力从田园世界中得到慰藉，辛弃疾不可能成为另一个陶渊明，那一朵悬留在半空的云并不能就此安静下来。嘉泰元年，坐在瓢泉别业的停云堂，“水声山色竟来相娱”，时已六十二岁的稼轩用他最熟悉的词牌《贺新郎》填了一阕新作，词前小序称“庶几仿佛渊明思亲友之意”：

甚矣吾衰矣。恨平生、交游零落，只今余几！白发空垂三千丈，一笑人间万事。问何物、能令公喜？我见青山多妩媚，料青山、见我应如是。情与貌，略相似。　　一尊搔首东窗里。想渊明、停云诗就，此时风味。江左沉酣求名者，

岂识浊醪妙理。回首叫、云飞风起。不恨古人吾不见，恨古人、不见吾狂耳。知我者，二三子。（《贺新郎》）

以孔夫子的一声浩叹起调，整首词盘旋着激荡不平之气：伤迟暮、悲事业、睥睨世间俗子。和李白一样，辛弃疾言愁绝不低调。岳珂《桯史》记：“（稼轩）每燕，必命侍姬歌其所作。特好歌《贺新郎》一词。自诵其警句云：‘我见青山多妩媚，料青山见我应如是。’又曰：‘不恨古人吾不见，恨古人不见吾狂耳。’每至此，辄拊髀自笑，顾问座客何如。”（《桯史·稼轩论词》）此段描叙颇能传递辛氏性格风采。老英雄抬起骄傲的醉眼，只看向青山和历史深处有限的几位贤者，这平庸的世界他不屑为伍。“想渊明、停云诗就，此时风味”，再一次，辛弃疾体会到了渊明那深刻的寂寞，然而他到底无法归于渊明的恬淡静穆，于是他——回首叫，停云堂前那团云朵仿佛听到了召唤——云飞风起。

五　横竖烂漫：稼轩词的体式

辛弃疾门生范开在《稼轩词序》称："公一世之豪，以气节自负，以功业自许，……果何意于歌词哉，直陶写之具耳。故其词之为体，如张乐洞庭之野，无首无尾，不主故常；又如春云浮空，卷舒起灭，随所变态，无非可观。无他，意不在于作词，而其气之所充，蓄之所发，词自不能不尔也。"诚然！不同于其他任何词家，辛弃疾更像一位词坛"闯入者"——他在人生主战场痛失英雄用武之地，于是使气纵性于词场，百无禁忌横竖烂漫，极大解放、改造了词的世界。叶嘉莹总结辛词特质为"一本万殊"，这"一本"即贯穿始终的抗金复国意志，乃其所有作品的出发点和核心命意，"万殊"则是由之生出的变化多端的体式面目。辛词之颠覆常体，一体现为大量用典，二体现为语言和形式的自由腾挪、千变万化，由是词格为之一变。

"百药难治书史淫"，辛弃疾曾这样"招认"自己的史癖。他立身以真儒自许，故从书史中获取丰沛的精神资源，以史为师、为鉴、为衡量当下的尺度，这是他词中好用典故的根本原因。辛词中的史典，多用三国、东晋、南朝事，因为这数个王朝或分裂、或偏安，其中蕴含的历史教训正足为南宋镜鉴；辛词中出场的历史人物，则大率为英雄美人，因其生命质地和精神表现“为卓异、为英特”，对应辛氏自身的人格自许，引发惺惺相惜的命运共情。辛词用典虽多，却绝无吊书袋的板滞笨重，而如力拔山兮气盖世的壮士，舞动剑戟刀戈乃其英雄本色；又如将军胸有百万雄兵，安排调度奇招迭出，而中自有法。词中引用前人语，往往无暇也不必融化，搬来即用，却稳稳当当铿然作响，如“树犹如此”“生子当如孙仲谋”“甚矣吾衰矣”……真是豪者气魄。词本为歌曲，文小质轻，辛词的用典极大拓宽了词的表意空间，加重了词之分量。

南宋刘辰翁比较苏辛词风曰：“（东坡词）犹未至用经用史，牵雅颂入郑卫也……及稼轩横竖烂漫，乃如禅宗棒喝，头头皆是，又如悲笳万鼓，平生不平事并卮酒，但觉宾主酣畅，谈不暇顾。”（刘辰翁《辛稼轩词序》）既总结了辛词用典上的突破，也叹赏其体式的不拘一格。本着“拿来主义”精神，辛弃疾打破了词与其他文体的疆界，将古今体势一并裁入词体，径为我用。翻开一部稼轩词，能看到招魂体、天问体、宾戏体、解嘲体、花间体、易安体、隐括体……远自楚骚汉赋，近则当代词家，其修辞方式和语言风格一一被吸纳，恰如十八般兵器供于高手面前，任其挥舞生风。比如下面这首宾戏体戒酒词，真是前无古人后无来者：

杯汝来前！老子今朝，点检形骸。甚长年抱渴，咽如焦釜；于今喜睡，气似奔雷。汝说“刘伶，古今达者，醉后何妨死便埋”。浑如此，叹汝于知己，真少恩哉！　更凭歌舞为媒。算合作人间鸩毒猜。况怨无小大，生于所爱；物无美恶，过则为灾。与汝成言，勿留亟退，吾力犹能肆汝杯。杯再拜，道麾之即去，招亦须来。（《沁园春·将止酒，戒酒杯使勿近》）

此词戏拟班固赋作《答宾戏》和韩愈散文《毛颖传》，采用主客问答形式，俳谐滑稽中寓壮志不展、借酒浇愁的牢骚郁愤。稼轩之龙腾虎跃的能量，转至词坛亦自不凡，禅宗棒喝、悲笳万鼓，但凭心肆意而发，嬉笑怒骂皆成文章。

也因此，一部稼轩词的语言自由解放，变化无端，不复有规矩存在。有通俗生动的民间语言，如“些底事，误人那。不成真个不思家”（《鹧鸪天》），“近来愁似天来大，谁解相怜？谁解相怜，又把愁来做个天”（《丑奴儿》）；也有夹杂大量虚词语气助词的横空盘硬语古文句式，如“不知云者为雨，雨者云乎”（《汉宫春》)，“不恨古人吾不见，恨古人不见吾狂耳”(《贺新郎》)；有活跃激荡的对话乃至呼喝，如“天下英雄谁敌手？曹刘”(《南乡子》)，“杯，汝来前”(《沁园春》)；更有冶炼精严的对句，如“八百里分麾下炙，五十弦翻塞外声”(《破阵子》)；又间或效李易安的呢喃口语，如“千峰云起，骤雨一霎儿价。更远树斜阳，风景怎生图画”(《丑奴儿》)……正如叶嘉莹指出：“辛词既能用古又能用俗，在词史上可以说是语汇最丰富的一位作者。”“其更可注意者，乃是他即使在‘别开天地，横绝古今’‘牵雅颂入郑卫的大声镗鞳’的作品中，却也仍保有了词之曲折含蕴的一种特美，虽然极为豪放，却绝无浅率质直之病，这才是辛氏最为了不起的使千古其他词人皆莫能及的最为可贵的成就。”如果说长短句曾造就词的婉约旖旎韵致，那么到了辛弃疾笔下，它就完美地对应了那种盘旋激荡的多变姿态和沉郁顿挫的词情与声情。

读辛词总能感受到强大的势能，这是在生命的奔流中诞生的作品。“东坡之词旷，稼轩之词豪。”(《人间词话》)何谓旷？物无羁拽于我；何谓豪？我可笼罩万物。王国维于南宋独重稼轩词，谓其“有性情，有境界”，“即以气象论，亦有‘横素波、干青云’之概”。历史没能成全辛弃疾成为又一个霍去病、又一位战神，辛弃疾也没放过历史，他将天纵之才、将永远不能在平庸中度过人生的英雄本色、将蹉跎岁月里抵死不曾消解的激情倾泻于词坛，创造了一大批瑰伟雄杰、震烁千古的词作，画下自己的历史形象。这未必为作者本人最在意的胜利，然则是真实而永久的胜利。

第十讲

暗香疏影：
姜夔词的冷韵幽香

本讲我们迎来一位布衣词人——姜夔，他终身未有功名，漂泊江湖，精通音律，雅好梅花，以词名世而开南宋一派道路。

作为一位布衣名家、一介体制外文人、一名仰赖创作为生的全能型词客，姜夔在南宋词坛取得了和辛弃疾同领风骚的地位，各有其广大的追随者，如清人刘熙载总结：“白石才子之词，稼轩豪杰之词。才子、豪杰，各从其类爱之，强论得失，皆偏辞也。姜白石词幽韵冷香，令人挹之无尽。拟诸形容，在乐则琴，在花则梅也。”（《艺概 · 词概》）

词发展到南宋，也如有机生命体一样经历四季。姜夔的词恰巧就爱写冬天的景象与情怀。如若说我们曾在辛弃疾和辛派词人作品中领略秋风一样的飒爽刚劲，现在不妨试着去品赏白石词一树寒梅般的幽韵冷香。

一　跌入江湖：羁旅漂泊与忧时伤乱

现存白石词集中可编年的第一首作品，为我们熟悉的《扬州慢》，写作时间明确系于淳熙三年（1176）冬至，这年姜夔二十二岁：

> 淮左名都，竹西佳处，解鞍少驻初程。过春风十里，尽荠麦青青。自胡马窥江去后，废池乔木，犹厌言兵。渐黄昏、清角吹寒，都在空城。　　杜郎俊赏，算而今重到须惊。纵豆蔻词工，青楼梦好，难赋深情。二十四桥仍在，波心荡冷月无声。念桥边红药，年年知为谁生。（《扬州慢》）

《扬州慢》为姜夔自度曲，词前缀有后来增补的小序，这类小序亦为白石词特色之一，可帮助我们了解写作背景："淳熙丙申至日，予过维扬。夜雪初霁，荠麦弥望。入其城则四壁萧条，寒水自碧，暮色渐起，戍角悲吟。予怀怆然，感慨今昔，因自度此曲。千岩老人以为有《黍离》之悲也。"那是下过一场夜雪的寒冷冬至日，词人行旅中经过扬州城，城中荒凉景象令其惊心“怆然”，遂谱写了这首表达沧桑之慨的《扬州慢》。序中提到的千岩老人为诗人萧德藻，他是姜夔后来的忘年交和赞助人，将自己的侄女嫁给了姜夔。“《黍离》之悲”，源自《诗经·王风·黍离》，《毛诗》解此篇为西周旧臣“闵宗周也”，即表达故国哀思。从姜夔写作《扬州慢》上溯十六年，即绍兴三十一年（1161），金主完颜亮南侵，扬州城经历了一场兵燹。这场兵燹摧毁了一座繁华城市，至今仍满目荒凉。以扬州的前朝繁华衬今日荒凉，自是“黍离之悲”应有之义。《扬州慢》一调，为年轻词人呈给时代的悲歌。

如果大家还记得柳永的《望海潮》，就知道《扬州慢》起调延续了都市词的常规写法，即以一组四字对，概括所赋城市的历史地理位置。扬州是位于长江北岸、淮河南面的一座历史名城，处在极为重要的交通位置，故和平时代人烟辐辏，商贾云集，极尽繁华。唐朝诗人杜牧曾留下名句：“谁知竹西路，歌吹是扬州。”（《题扬州禅智寺》）为其盛时写照。姜夔对句融入小杜诗：“淮左名都，竹西佳处”，交代过往，继之“解鞍少驻初程”，开启当下。区别于柳永《望海潮》的一路繁华，姜夔要写的却是古今对比、想象与现实映衬的反差和失落，这位年轻旅人反复倾诉这样的情绪：“我”经过诗歌所咏的繁华风流的扬州城，看到的却是怎样一座让人悲伤的城市啊。

我们说《扬州慢》通篇都在用今昔对比手法，那么它比较的对象——昔日的扬州城采用谁的摹本呢？你一定已经发现了：是唐代诗人杜牧的诗篇。风流才子杜牧的名字的确早已和扬州联结在一起，他那些风流豪纵的诗篇也确实极具吸引力，不妨说，就是扬州最好的导游书。“过春风十里，尽荠麦青青”，千万不要误读成春风中作物生机勃勃的景象，而恰恰为反义。“春风十里”用杜牧诗：“春风十里扬州路”，指扬州昔日风流繁华；“荠麦青青”化用《诗经·王风·黍离》：“彼黍离离，彼稷之苗。行迈靡靡，中心摇摇”，谓曾经的繁华都市今天长满了野麦子，怎不叫人惊心！罪魁祸首是战争，战争摧毁了一座城，令它久久无法从创伤中复原。“胡马窥江”指完颜亮南侵，“废池乔木，犹厌言兵”用拟人手法，借物象言人事。由此来到上片末三句，由“渐”字领起，一种寂寥悲凉的情绪弥漫浸透而出：“渐黄昏、清角吹寒，都在空城”。角声、寒气、空城，你去体会这个黄昏这位年轻旅人的愁绪。

但此阕《扬州慢》通篇以杜牧为唯一对话对象，也让我们不禁去揣测姜夔下笔时的心理。现在来到词的过片：“杜郎俊赏，算而今重到须惊”。在他的诗句两度出现后，杜牧这位导游终于现身了，其实他一直陪伴着年轻词人，现在词人想象他——俊逸潇洒的杜郎——看到眼前景象也会大吃一惊。杜牧往昔的诗句再度涌出，一首接一首、一个美好形象接着另一个美好形象——那是杜郎笔下的动人春色："娉娉袅袅十三余，豆蔻梢头二月初。"那是杜郎记忆中情调缱绻的秋夜："二十四桥明月夜，玉人何处教吹箫。"但，一切如幻景消失了，这个冬至日姜夔看到的瘦西湖，只剩下"波心荡，冷月无声"——一个无言的世界，一座失去生命温暖的"难赋深情"的芜城。唯剩词人的执着一问："念桥边红药，年年知为谁生"，这是冬天向春天的发问。

《扬州慢》写作于寒冷冬日，呈现的是姜夔感受到的世界：寂寞、清寒、悲郁。"慢"作为调名，意味着词牌为长调，调缓拍抑，用来表达一种隐忍幽咽、吞声踯躅的情感，亦如《声声慢》《祝英台慢》等。另外，词中用了很多仄声领字，如上片的"过""尽""自""渐"，下片的"纵""念"，使得整首词音韵清刚顿挫，以传递词人强烈而悲抑的情绪。我们将会看到：自度曲，冷色调，巧借物象，格高调抑，此皆白石词典型面目。但，现在要发一问的是：这首感时伤世的作品为什么反复提到杜牧？杜牧的晚唐何尝又是好时代？杜牧的扬州生涯不亦为他本人自悔吗？——"十年一觉扬州梦，赢得青楼薄幸名。"然而，杜牧的风流俊赏，分明成了姜夔在这个严冬怀想的春天。

由此我们要说说姜夔的身世，说说这个年轻旅人是在何种情境下路过扬州、写下这首词的。与我们此前讲到的所有士大夫词家（包括李清照这位士大夫精英家族的女子）都不同，江湖是姜夔的身份标签。姜夔（1155—1221），字尧章，出生读书仕宦人家，父亲姜噩曾官汉阳县令，揆其名及用帝尧乐官为子名字，可知其家学修养。可惜姜夔少年失怙，家境贫寒，更悲剧的是一生未曾考取功名，在科举制隆盛的宋季，这是读书人相当难堪的命运。自少年时代起，姜夔便辗转江湖，踏上艰辛的谋生之旅。一介读书人靠什么谋生呢？“姜郎未仕不求田，依赖生涯九万笺。”这是其友人陈造的说法，以风雅隐去了酸辛。姜夔诚然为才士，在文学、音乐、书法上兼有不俗造诣，可惜他生活的宋代没有独立艺术家一说，他必须用这些才华去干谒富贵者，博其赏誉以换取生活之资，这是一种缺乏保障且相当卑屈的生存方式。这样的身份当时称“江湖清客”。从沔鄂湘中，到淮南，再到金陵、吴兴、吴松、苏杭，姜夔谋食的行迹覆盖了长江中下游水域，一叶小舟的漂泊为其生涯常态，他笔下的世界因此呈现出一片水色、一派寒意：

南去北来何事？荡湘云楚水，目极伤心。（《一萼红》）

满汀芳草不成归，日暮，更移舟向甚处？（《杏花天影》）

写作《扬州慢》时的姜夔，未必想到今后一生都将在江湖转徙中度过，但这位年轻的旅行者已饱尝世间冷暖，在经过一座名城时，再度遭遇现实与想象的落差，于是自然触碰到时代和自身的命运。——杜牧，尽管生逢晚唐，政治失意，但那时节的扬州城表面仍“春风十里”，俊赏的杜郎身上也闪耀着豪华贵公子的那抹快意青春。相比之下此刻的姜夔则是孤独无依，行经一座空城，时代的疮痍和身世的寒凉便一齐沉在心头，这首自度曲因而蕴含了双重主题：“黍离之悲”呈给时代，在其下面，藏抑属于自己的“难赋深情”，二者共同分享了空城意象——清角吹寒、冷月无声。

在姜夔写作这阕《扬州慢》两年后，淳熙五年（1178），辛弃疾和友人经过扬州，留下一首《水调歌头·舟次扬州》。因辛、姜两首词写作年份相近，地点都系于扬州，主题也都围绕着扬州和这个城市所经历的沧桑世变，故可对读互照，看出何为豪杰之词，何为才子之词：

落日塞尘起，胡骑猎清秋。汉家组练十万，列舰耸高楼。谁道投鞭飞渡，忆昔鸣髇血污，风雨佛狸愁。季子正年少，匹马黑貂裘。　今老矣，搔白首，过扬州。倦游欲去江上，手种橘千头。二客东南名胜，万卷诗书事业，

尝试与君谋。莫射南山虎，直觅富民侯。（《水调歌头·舟次扬州》）

辛词上片，即追忆绍兴三十一年金人南犯事，以快笔写战争场面，而从那血与火的画面中冲出来的，是幼安本人的少年英豪形象。犹如苏秦游说纵横，辛弃疾当年作为北方义军使节南下联合宋廷，次年即演绎了豪壮的南归一幕："壮岁旌旗拥万夫，锦襜突骑渡江初"。可以说，辛氏是历史参与者，是当仁不让的时代主人公，"了却君王天下事"系其一生英雄志业。此刻抚今追昔，他的壮阔与牢骚均不加掩抑。再过二十多年，其歌调仍然雄豪激越："四十三年，望中犹记，烽火扬州路。"（《永遇乐》）这就是王国维激赏的辛幼安："有性情、有境界。即以气象论，亦有'横素波、干青云'之概。"（《人间词话》43条）

与辛弃疾的镗鞳之音相比，姜夔的《扬州慢》，不过文士心中低低的吟唱。对历史现场而言，这位落魄才士为悄然经过的凭吊者，不是击楫中流的壮士。在一座被战争摧残的城市，他看到的不是烽火，而是沉默的废墟，在对这座城市的伤悼中，他对话的也不是英雄，而是一名风流才子——那更近于他自拟的形象。值得一提的是，姜夔写作《扬州慢》的年龄，正相当于辛弃疾率部渡江的年龄，都在二十岁出头。这是两种完全不同的人生，他们在历史中扮演的角色如此迥然相异。辛、姜于南宋词坛各开一路，前者大声镗鞳，炽热如火，后者雕辞琢章，冷韵幽香，所以刘熙载说："白石才子之词，稼轩豪杰之词。"（《艺概·词概》）"强论得失，皆偏辞也。"但是一意推崇辛稼轩的王国维就没这么客气："波心荡、冷月无声……虽格韵高绝，然如雾里看花，终隔一层。"（《人间词话》第39则）对姜夔精心提炼的艺术形象，王国维并不那么欣赏。

二　暗香：白石的咏物与托喻

谋食江湖，仰人周济，是非常酸楚而卑屈的生涯。我们来看一段周密《齐东野语》所载的《姜尧章自述》：

> 某早孤不振，幸不坠先人之绪业，少日奔走，凡世之所谓名公巨儒，皆尝受其知矣。内翰梁公于某为乡曲，爱其诗似唐人，谓长短句妙天下。枢使郑公爱其文，使坐上为之，因击节称赏。参政范公（成大），以为翰墨人品皆似晋宋之雅士。待制杨公（万里），以为于文无所不工，甚似陆天随，于是为忘年交。复州萧公（德藻），世所谓千岩先生者也，以为四十年作诗，始得此友。待制朱公（熹），既爱其文，又爱其深于礼乐。……或爱其人，或爱其诗，或爱其文，或爱其字，或折节交之。……嗟乎！四海之内，知己者不为少矣，而未有能振之于窭困无聊之地者。

有文字洁癖的人在读到这段自述时，会觉得姜夔不免虚荣，将他人的称道一笔笔记录下来。但，如若体谅到姜夔的角色和处境，这段话读下来其实满是辛酸悲凉。接下来行文中姜夔特别追忆他和张鉴的交往：“旧所依倚，惟有张兄平甫”，“十年相处，情甚骨肉”。感怆于这段珍贵的友情。张鉴为中兴名将张浚之后，出身南宋最显赫家族，却能和贫寒的姜夔推心相交，且的确想“振之于窭困无聊之地”，可惜早逝。对姜夔敏感的心灵而言，奔走于名公巨卿之门何尝不痛感屈抑？他有两句诗透露心迹：“黑头办了人间事，来看凌霜数点红。”于人世浮沉中，向往闲云野鹤的超逸清高。

姜夔在时人眼中大抵是清高的，范成大称道“晋宋间雅士”，这是很高评价，大约亦为姜夔自许。又陈郁《藏一话腴》更作详解：“白石道人气貌若不胜衣，而笔力足以抗百斛之鼎；家无立锥，而一饭未尝无食客，图史翰墨之藏，汗牛充栋。襟怀洒落，如晋宋间人，意到语工，不期于高远而自高远。”我们可借之想象出一个环绕于翰墨书香中的清癯寒士，眉间贮愁，神情却超逸清高。姜夔的词品被其赞助人张镃的后裔张炎总结为“清空骚雅”，所谓“骚雅”即《离骚》《小雅》之结合，代表中国诗歌最优美的传统；“清空”则大抵指向疏宕飘逸，所谓“孤云野鹤，去来无迹”。

下面我们来读姜夔的咏梅名作《暗香》《疏影》。白石词现存八十四首，其中咏梅之作有十八首，占据相当高的比例，《暗香》《疏影》两首为名作，历来备受称誉，对后世咏物词有很大影响。唯王国维不以为然：“白石‘暗香’、‘疏影’格调虽高，然无一语道著，视古人‘江边一树垂垂发’等句何如耶?”（《人间词话》38）在此条原稿中，“格调虽高”以下接“而情味索然，乃古今均视为名作，不可解也”。此两阕咏梅名篇是“骚雅”还是“无一语道著”? 我们将通过白石所处情境和选择的创作路径来尝试辨析：

旧时月色，算几番照我，梅边吹笛? 唤起玉人，不管清寒与攀摘。何逊而今渐老，都忘却春风词笔。但怪得竹外疏花，香冷入瑶席。　　江国，正寂寂。叹寄与路遥，夜雪初积。翠尊易泣，红萼无言耿相忆。长记曾携手处，千树压、西湖寒碧。又片片、吹尽也，几时见得?（《暗香》）

苔枝缀玉，有翠禽小小，枝上同宿。客里相逢，篱角黄昏，无言自倚修竹。昭君不惯胡沙远，但暗忆、江南江北。想佩环、月夜归来，化作此花幽独。　　犹记深宫旧事，那人正睡里，飞近蛾绿。莫似春风，不管盈盈，早与安排金屋。还教一片随波去，又却怨、玉龙哀曲。等恁时、重觅幽

香，已入小窗横幅。（《疏影》）

《暗香》《疏影》的创作背景，姜夔自己在小序中作了介绍："辛亥之冬，予载雪诣石湖，止既月，授简索句，且徵新声，作此两曲。"辛亥年为光宗绍熙二年即 1191 年，这年白石三十七岁。此前老诗人萧德藻将白石介绍给诗友、朝廷官员杨万里，杨万里激赏白石诗才，但自认能量不足以给予实质性帮助，就又将他举荐给当时退居苏州石湖的前任副宰相范成大。范、杨都是我们熟悉的南宋"中兴四大诗人"，所以白石的干谒亦必仰仗诗才，然"载雪诣石湖"，优雅的措辞后面仍是谋生的酸辛。乡居的范成大当然乐于接待一名能陪侍风雅的晚辈才士，所以留他住了一个月，待早梅开放，便向白石邀新词，而且特意要求创制新曲。

这是一道"命题作文"，题目寻常而难度不小，完成情况让范成大很满意："石湖把玩不已，使工妓隶习之，音节谐婉，乃名之曰《暗香》《疏影》。"姜夔的自度曲，至少一半功夫花在音乐上，我们今天欣赏不到乐调，很可惜。《暗香》《疏影》的命名，不知出自姜夔？还是出自范成大？题旨两个意象来自北宋初年高士林逋的咏梅名句："疏影横斜水清浅，暗香浮动月黄昏"，在此情境下作咏梅题眼，颇恰切。宾主一为清高自诩的江湖才士，一为退居林下的名流高官，都是心思细密的诗人，自当心照不宣。

同一般的咏梅词相比，《暗香》《疏影》两词写得曲折隐晦。王国维批评“全未道著”“情味索然”恐亦因此而发，前者谓形象不真切，后者谓情感不分明。却不知此时寄人篱下的白石，恰不能将隐衷说得那么真切分明。历来注家或将《暗香》解为白石自诉心事、《疏影》解为悲徽钦二帝“北狩”，又或将二首皆解作自伤身世，或皆解作感时伤世。我以为对此不必强做界说和附会。只需明了：梅作为姜夔偏爱的物象，必有与词人物我相映之处，能够寄寓的情感应该相当丰富，甚至朦胧隐约处即其含蕴丰富处。

《暗香》一阕，以冰雪世界衬梅之清寒幽独，以暗香打通内外时空。“旧时月色，算几番照我，梅边吹笛”，着笔于记忆、幽怀，是雅士情怀、情人孤衷，古今同调。“何逊而今渐老，都忘却春风词笔”，道出才子的自怜与自伤——白石的确相当自恋，这却也同时构成他的自持：竹外梅花的一缕香魂，仿佛是冰雪天地中词人的心魂。词人在梅花下对着酒杯，陷入深沉的记忆与绮丽幻觉：那美好的情人和知己在何方？又一场夜雪覆盖道路，“我们”遥相阻隔，但“我”的记忆和情意就如这缕缕袭来的暗香，忘不了、隔不断……“我们”往昔携手走过的西湖边，又见千树万树的梅花衬着那一泓寒碧，如今树下却是有谁呢？只得再一次任由那片片香雪随风飘落了吧……姜夔善琴，亦精笛箫，今天有人尝试将这阕《暗香》配琴箫，清雅幽沉，甚佳。

“暗香”实为凝聚了典型宋代审美和人格隐喻的一个意象。读两宋诗词，“暗香”出现之频密、名家名篇之纷呈，令人不能不为之侧目——

疏影横斜水清浅，暗香浮动月黄昏。（林逋《山园小梅》）

墙角数枝梅，凌寒独自开，遥知不是雪，唯有暗香来。（王安石《梅》）

零落成泥碾作尘，只有香如故。（陆游《卜算子·梅》）

东篱把酒黄昏后，有暗香盈袖。（李清照《醉花阴》）

水殿风来暗香满。（苏轼《洞仙歌》）

笑语盈盈暗香去。（辛弃疾《青玉案》）

上举数例可见一斑。林逋诗为咏梅经典，亦为白石词出典；王安石、陆游一再借“暗香”写梅之精神，极言其幽独芳洁；李清照以“暗香”写菊，仍是借花作人格隐喻，且于中蕴含情思；苏轼词中的“暗香”似写荷花，也在写美丽的女子及其生命芳华；辛弃疾词中的“暗香”既写美好女子，也喻心中志意。由是可说，以屈子开其端的芳草美人寄托到宋代进入一个特别阶段：芳香配上幽独，体现宋人特有的内敛和深沉，所谓别具幽怀、别具情意、别具操守抱持也。宋人之爱梅，即取此意：凌寒开放，傲骨香魂。

于梅，姜夔还好用一词："红萼"（如此篇）、"一萼红"（另一名篇调名），直取梅心。亦如他写荷，自度曲名"惜红衣"，词则"冷香飞上诗句"。王国维不喜欢"冷香飞上诗句"这样的才子气。但"红""香"对举，实可见白石用心。梅、荷皆冷、幽，色调中的那点/抹红，尤富意味：红乃青春生命之精华，又是情感灵魂深切处。红萼、冷香，反复道出白石的一腔衷情，冷峭中凝结着热烈。清寒既为姜夔的基本生命感受，同时也成了他的高自标持。人在江湖，必须建立自我形象，身居卑下，更须找到人格支撑。坚守"暗香"的姜夔，至少在他的时代出色担当了雅士角色，才华广受称道，人品亦受推崇。南宋后期一大批词人都承其衣钵。他最重要的赞助人张镃、张鉴兄弟的后裔张炎评价此阕《暗香》："不惟清空，又且骚雅，读之使人神观飞越。"（张炎《词源》）

再来说说《疏影》。此阕用典颇密，乍读觉得难辨意涵，其实就像我们今天说的朦胧诗，词脉章法并非无迹可寻。如其调名，《疏影》更多着笔梅之形貌意态，起句"苔枝缀玉，有翠禽小小，枝上同宿”，出来便是一幅写意花鸟：寒梅翠禽图。到结拍“等恁时、重觅幽香，已入小窗横幅”，就像将那幅心爱的画装裱好、珍藏于岁月时光中。那中间抒写/摹绘了些什么呢？姜夔通过用典打通想象空间——所有的典故都关乎美丽而寂寞的女子，用这些女子来配梅花，用梅花来衬这些女子，实现了人与花从气质到命运的互喻。“客里相逢，篱角黄昏，无言自倚修竹”，用的是杜甫《佳人》诗“天寒翠袖薄，日暮倚修竹”，表达乱世佳人的身世飘零和操守自持。“昭君不惯胡沙远，但暗忆、江南江北。想佩环、月夜归来，化作此花幽独”，用汉明妃王昭君事。唐代王建有《塞外咏梅》诗：“天山路傍一株梅，年年花发黄云下。昭君已殁汉使回，前后征人惟系马。”又杜甫《咏怀古迹》写王昭君，有“环佩空归月夜魂”句。白石词句当融化二诗，感慨昭君的命运幽独。下片“犹记深宫旧事”以下抟揉了几位宫廷女子的故事，有南朝宋武帝女寿阳公主事，此“梅花妆”的出典，“飞近蛾绿”是也。然少女/梅花的娇美轻盈，未必都为命运眷顾，“不管盈盈”是也，用“金屋藏娇”陈阿娇事，阿娇最后被发配冷宫，这便是命运飘零：“还教一片随波去，又却怨、玉龙哀曲”。“玉龙哀曲”指笛曲《梅花落》，是对美好生命的感怀和叹逝。整首读下来，你会发现句句皆扣着“疏影”，写梅花那种幽独的美丽。和上阕《暗香》连读，你更发现《暗香》里有

"疏影"（"竹外疏花"），《疏影》中有"暗香"（"重觅幽香"），才子心思，细致绵密让人慨叹。

前面提到，王国维不喜欢向来备受称誉的《暗香》《疏影》，拈出老杜一句"江边一树垂垂发"，认为比姜夔那些精雕细琢的句子强多了。静安论白石词常说"隔"："虽格韵高绝，然如雾里看花，终隔一层。"（《人间词话》第39则）但静安之不喜白石，恐亦存在读者之心与作者之心的"隔"。江湖寒士白石，面对退休元老、诗坛前辈范成大，要尽最大可能表现才华和用心，也要维护自身尊严，要迎合对方而不露迎合之态，要抒发自我又不能尽情抒发自我，于是他将那个"我"藏在"暗香""疏影"当中，范成大显然是能够意会而欣赏的，附加的故事，便是赠才子以佳人，延续出一幕"小红低唱我吹箫"的清美画图，然所谓艳事不过人生插曲，白石的命运并未得到改变。

宋词咏梅名篇极多，大家还可以对照欣赏陆游的《卜算子》，看看何为借物言志、何为直吐胸臆之"不隔"。如若再比较毛泽东主席的《卜算子》——"已是悬崖百丈冰，犹有花枝俏"，更又能体会豪杰之词于幽花当中仍能翻出伟力。

三　淮南皓月冷千山：白石的情与梦

对姜夔多有批评的王国维，也并非未曾被其作品打动过："白石之词，余所最爱者，亦仅二语，曰：'淮南皓月冷千山，冥冥归去无人管。'"（《人间词话》未刊稿第1条）"淮南皓月冷千山"，出自姜夔名作《踏莎行》，这是一首情词：

> 燕燕轻盈，莺莺娇软，分明又向华胥见。夜长争得薄情知？春初早被相思染。　　别后书辞，别时针线，离魂暗逐郎行远。淮南皓月冷千山，冥冥归去无人管。（《踏莎行》）

词前小序交代："自沔东来，丁未元日至金陵，江上感梦而作。"沔东为湖北汉阳，金陵为今天南京，丁未元日是南宋淳熙十四年（1187）正月初一。为生计而漂泊的姜夔，在家家团圆的正月初一仍旅寄孤舟，而他八百多年前在长江船上的一个梦，竟借由文字栩栩如生，留到了今天。

这个孤独的旅人梦到了昔日恋人，梦境分明如真：她一如往昔娇美轻盈，柔情缱绻，絮絮对他倾诉着别后的相思幽怨——那些不眠的夜晚、那一个个浸满情思的春天、那苦苦等待的书信、那密密缝下的针线——情郎啊，你难道不知晓？“我”的一颗心永远追随着你，你行踪渐远而“我”的心魂会跟到天涯海角……就在这番悲伤而热切的倾诉里，舟中的旅人蓦地惊醒，只见千山皓月，一片寒波，悠悠梦魂，消失在霜雪般的西望山岭中，一叶小舟，浮于不知今夕何夕的漠漠行旅。

“淮南皓月冷千山”，此中淮南是关键地名。夏承焘做白石词编年，勾勒出一段白石与合肥女子的恋情，开人眼目。现存白石词四分之一都围绕着这段恋情，其专情和深情，堪称词史之最。本来，词为言情文体，男女情爱为婉约词最重要的主题，或可曰词中泛主题，历来男性词家对情词的驾驭已得心应手，词中情感当然可以是虚拟的、想象的，写来也可以是类型化的、别有寄托的，从花间词到晏欧词，皆长于此。当然，如柳永、小晏、秦观，更无须说李后主和纳兰容若，在情词中充分投入自身体验和情感，情调缠绵悱恻，乃至哀感顽艳，可谓“古之伤心人”也。白石的恋情词又有何特点呢？同样抒写本人真实情感经历、也是至深生命体验，所不同者，其恋情对象专一，用了将近二十年时光来书写和纪念的，只是那一个；书写方式含蓄，既非血泪直书，也不风情旖旎，只是隐忍、低回、翻来覆去只叫自己知道，梦绕魂牵只让自己煎熬。白石情词中最突出的情感，是辜负、是永远的歉疚和深深的无奈，是以坚执的追忆和自我拷问，呈给那早已失去了的恋人。

白石恋情的初始面貌，可借其自度曲《淡黄柳》窥知一二：

空城晓角，吹入垂杨陌。马上单衣寒恻恻。看尽鹅黄嫩绿，都是江南旧相识。　　正岑寂，明朝又寒食。强携酒、小桥宅。怕梨花落尽成秋色。燕燕飞来，问春何在，唯有池塘自碧。（《淡黄柳》）

词前小序曰："客居合肥南城赤阑桥之西，巷陌凄凉，与江左异，唯柳色夹道，依依可怜。因度此阕，以纾客怀。"白石的词序都系他本人编订补上，可见他是以词为一份生命记录的。正如夏承焘和江弱水先后指出的，白石每每在词中埋下他特殊的生命符号，建立独特的个人意象。除了梅，柳亦为白石词的特别意象。柳是白石生命中未得铺展的那片春色，白石笔下的柳，是"淡黄柳"，生于合肥凄凉巷陌，依依可怜。而词人当初，是"马上单衣寒恻恻"的青年，"看尽鹅黄嫩绿"，但知道春天不属于自己，"燕燕飞来，问春何在，唯有池塘自碧"。《淡黄柳》一词所记，是一个没有到来就逝去了的春天，是一场相遇就注定分离的恋情，他无力回应春天燕子的多情。合肥连同所在的淮南，自此打下了白石深刻的生命印记。到1187年新年之交，姜夔自汉阳沿江而下，在即将抵达金陵时做了一个梦，梦中再度出现燕燕的追问，醒来浩叹：淮南皓月冷千山。那一刻的江心，西望即是合肥。

写作《踏莎行》在“丁未元日”，十年后的丁巳年（庆元三年，1197年）元日至正月十六，白石一口气填了五首《鹧鸪天》。这五首词的风格质实平易，几乎叫人认不出这就是那位“格韵高绝”的姜白石。它们是白石中年心境的流露，也是他对缠绕心间二十年恋情的再一次回思与道白，五首词联章而不可分割，故俱录于此：

柏绿椒红事事新，隔篱灯影贺年人。三茅钟动西窗晓，诗鬓无端又一春。　　慵对客，缓开门。梅花闲伴老来身。娇儿学作人间字，郁垒神荼写未真。（《鹧鸪天·丁巳元日》）

巷陌风光纵赏时，笼纱未出马先嘶。白头居士无呵殿，只有乘肩小女随。　　花满市，月侵衣，少年情事老来悲。

沙河塘上春寒浅，看了游人缓缓归。（《鹧鸪天·正月十一日观灯》）

忆昨天街预赏时，柳悭梅小未教知。而今正是欢游夕，却怕春寒自掩扉。　　帘寂寂，月低低，旧情惟有绛都词。芙蓉影暗三更后，卧听邻娃笑语归。（《鹧鸪天·元夕不出》）

肥水东流无尽期，当初不合种相思。梦中未比丹青见，暗里忽惊山鸟啼。　　春未绿，鬓先丝，人间别久不成悲。谁教岁岁红莲夜，两处沉吟各自知。（《鹧鸪天·元夕有所梦》）

辇路珠帘两行垂，千枝银烛舞僛僛。东风历历红楼下，谁识三生杜牧之？　　欢正好，夜何其？明朝春过小桃枝。鼓声渐远游人散，惆怅归来有月知。（《鹧鸪天·十六夜出》）

这是一份内省式记录。用了常见的词调，而非苦心经营的自度曲，相对应的是语言形式也松弛下来，见不到太多推敲痕迹，只是恳切自然。以今天眼光来看，这是一组没有宏大主题却熨帖恳切地表达个体人生的作品。庆元二年，白石得张鉴帮助，在杭州安家，是年除夕前五日他从张鉴别业返家，浮沉一路的心情，终于在即将抵家之际明快了起来，“一年灯火要人归”——此为《鹧鸪天》的写作背景。正是在一种难得的归家的安定中，姜夔一向敏感紧张的心松弛、平和下来，沉入内部，细细咀嚼体味自己的人生。我们看到词人卸下了清高——带一点疲惫、一些自嘲，融于平凡家居、寻常物事。梅花仍在，那个梅边吹笛、月下吟诗的才子已成了白头居士，伴娇儿学书，将幼女扛在肩头走上街观灯。然而这份难得的平静还是被轻易打破了，仿佛正因家居的温暖与良宵的美丽，促他忆起生命中那段永难释怀的缺憾，这个元宵节再次演为一场凭吊旧情的仪式——以追忆、忏悔和惊梦构成。夏承焘推测白石情事：“其孤往之怀有不见谅于人而婉转不能自已者。”（《姜白石词编年笺校·行实考》）诚乎此言，爱情的辜负可能正因当事人的万不得已而愈加铭心刻骨，而爱情的缺憾亦因联结着生命的缺憾而成至深隐痛。我们再次看到了梅柳意象“柳悭梅小”——那是不曾盛开的春天，看到西望中的合肥“肥水东流无尽期”。也看到了再度出现而更加倏忽一瞬的梦境：“梦中未比丹青见，暗里忽惊山鸟啼”。“少年情事老来悲”，词人没有饶过自己，但这毕竟又是一份只能隐藏心间而不足为外人道的感情：“人间别久不成悲”“两处沉吟各自知”，非体验至深者安能道出此数语！最后，白头的词人，看着世界的春天正在走来：东风历历，春上桃枝。他似问自己也似问世界：“谁识三生杜牧之”？

王国维《人间词话》没有提及这组《鹧鸪天》，我们无从知道静安的感想，无从知道他为白石那两句江上“梦语”打动之后，是否还关注十年后的这组作品？若是读过，以为“隔”还是“不隔”？同样，感慨“白石从不肯将真面目示人”的顾随也没有说到白石的这些情词。一位作家的多重面貌确非总是尽显人前，但也可以在阅读中被慢慢揭示出来。江弱水称《鹧鸪天》一组词为八百多年前“珍贵的爱情活化石”。但这组词之动人，甚至不仅仅在于其中爱情的执着、隐忍、节制与深情，还在于它们饱含丰富的世间情味，在于白石袒露了他一向清高后面的真面目：他的潦倒、酸楚、自嘲与自省；在潦倒、酸楚中他仍对人生怀着责任、耐心和温情。《鹧鸪天》写情，无绮罗香泽之态，有布帛菽粟滋味，艺术家白石也是人生的坚守者——把“我”的爱给你，将悲伤留给自己，扛着命运继续走下去，冷暖寒凉的世界也还是美好的世界啊。这一个白石，其实有些接近东坡品格了。

就在写作《鹧鸪天》的同年，姜夔向朝廷献《大乐议》和《琴瑟考古图》，用以议正乐典；两年后，又向朝廷呈上《圣宋铙歌十二章》，皆未获用。直到姜夔死后十年，理宗才“诏以夔所进乐议、乐章付太常”（《宋史·乐志》）。嘉泰四年（1204），“行都大火”，姜夔住宅被火焚毁，有《念奴娇》一阕记毁舍事，曰：“一邱吾老，可怜情事空切。”“绕枝三匝，白头歌尽明月。”

白石一生之于苦境中营求撑持，大略如此。年六十余，病卒于临安水磨方氏馆旅邸，结束漂泊的一生。《宋史·乐志》载其名及乐议事，存世《白石道人歌曲》所附十七首自度曲工尺谱，乃宋词保留至今唯一的词调曲谱，为中国音乐史的珍贵遗产。

白石的词风影响了宋末一大批词家，如吴文英、蒋捷、王沂孙、张炎、周密等，而由“暗香”所寄托的深沉内敛而幽怀别具的宋代美学，清人亦颇有领会，浙西词派“家白石而户玉田”（玉田即白石追随者、宋末词人张炎），可谓这种心境和美学的一种体现。清代词学家多继承了张炎对白石的评价，如陈廷焯称：“姜尧章词，清虚骚雅，每于伊郁中饶蕴藉……南宋一大家也。”（《白雨斋词话》卷二）更进而总结：“词有白石，犹史有马迁，诗有杜陵，书有羲之，画有陆探微也。”（《云韶集》）冯煦也说：“白石为南渡一人，千秋论定，无俟扬榷。”（《蒿庵论词》）在这种背景下，王国维《人间词话》作了一些与众不同的严苛批评，丰富了我们对白石词的认识。那么，王国维有没有看到白石词的好处呢？应当是看到的，在一条讨论词和诗赋的评语中他写道：“……王无功称，薛收赋‘韵趣高奇，词义晦远。嵯峨萧瑟，真不可言’，词中……惟白石，略得一二耳。”（《人间词话》第 31 则）“韵趣高奇”“嵯峨萧瑟”，此真道出了姜夔这位寒士别具一格的人品和词品。

参考文献

一、词家词集

《温庭筠词集　韦庄词集》，聂安福导读，上海古籍出版社，2010。

《李煜词集》，王兆鹏导读，上海古籍出版社，2009。

《二晏词笺注》，张草纫笺注，上海古籍出版社，2008。

《乐章集校注》，薛瑞生校注，中华书局，2012。

《欧阳修词笺注》，胡可先、徐迈校注，上海古籍出版社，2015。

《东坡乐府笺》，龙榆生校笺，上海古籍出版社，2009。

《淮海居士长短句笺释》，徐培均笺注，上海古籍出版社，2008。

《清真集笺注》，罗忼烈笺注，上海古籍出版社，2008。

《李清照集笺注》，徐培均笺注，上海古籍出版社，2002。

《稼轩词编年笺注》，邓广铭笺注，上海古籍出版社，2007。

《姜白石词编年笺注》，夏承焘笺校，上海古籍出版社，2023。

二、词学丛书

《全宋词》，唐圭璋编纂、王仲闻参订、孔凡礼补辑，中华书局，1999。
《唐宋词通论》，吴熊和著，浙江古籍出版社，2006。
《唐宋词格律》，龙榆生著，上海古籍出版社，2010。
《白香词谱》，（清）舒梦兰著，丁如明评订，上海古籍出版社，2011。
《白雨斋词话》，（清）陈廷焯著，杜维沫校点，人民文学出版社，2006。
《蕙风词话》，况周颐著，上海古籍出版社，2009。
《人间词话》，王国维撰，黄霖等导读，上海古籍出版社，1998。
《词学十讲》，龙榆生著，北京出版社，2011。
《唐宋词史》，杨海明著，江苏大学出版社，2010。
《唐宋词十七讲》，叶嘉莹著，北京大学出版社，2007。

三、延伸阅读

《唐人轶事汇编》，周勋初主编，上海古籍出版社，2014。
《宋人轶事汇编》，周勋初主编，上海古籍出版社，2014。

《顾随诗词讲记》，顾随讲，叶嘉莹、顾之京整理，中国人民大学出版社，2010。
《千秋一寸心》，周汝昌著，中华书局，2006。
《古典诗的现代性》，江弱水著，生活·读书·新知三联书店，2010。
《花间十六声》，孟晖著，生活·读书·新知三联书店，2006。
《苏轼年谱》，孔凡礼撰，中华书局，1998。
《苏轼十讲》，朱刚著，上海古籍出版社，2019。
《“自然”之辨：苏轼的有限与不朽》，杨治宜著，生活·读书·新知三联书店，2018。
《辛弃疾新传》，辛更儒著，北京联合出版公司，2023。
《柳永及其词之研究》，梁丽芳著，中译出版社，2020。
《美的焦虑》，（美）艾朗诺著，杜斐然等译，上海古籍出版社，2013。
《才女之累》，（美）艾朗诺著，夏丽丽等译，上海古籍出版社，2017。
《追忆》，（美）宇文所安著，郑学勤译，生活·读书·新知三联书店，2004。
《只是一首歌》，（美）宇文所安著，麦慧君等译，生活·读书·新知三联书店，2022。